至简 教子

# 跟妈妈过年

柯兆星　柯兆民　著

口述　柯兆斌　柯兆雄　柯兆玉　柯兆芳

　　　江紫华

　　　罗兰珍　陈宏瑶　林梅

厦门大学出版社　国家一级出版社
XIAMEN UNIVERSITY PRESS　全国百佳图书出版单位

**图书在版编目（CIP）数据**

至简教子：跟妈妈过年 / 柯兆星，柯兆民著. --
厦门：厦门大学出版社，2024.2（2024.12 重印）
ISBN 978-7-5615-9321-9

Ⅰ．①至… Ⅱ．①柯… ②柯… Ⅲ．①散文集-中国
-当代 Ⅳ．①I267

中国版本图书馆CIP数据核字(2024)第018855号

责任编辑　冀　钦
美术编辑　李夏凌
技术编辑　朱　楷

出版发行　厦门大学出版社
社　　址　厦门市软件园二期望海路 39 号
邮政编码　361008
总　　机　0592-2181111　0592-2181406(传真)
营销中心　0592-2184458　0592-2181365
网　　址　http://www.xmupress.com
邮　　箱　xmup@xmupress.com
印　　刷　厦门集大印刷有限公司

开本　720 mm×1 000 mm　1/16
印张　17
插页　8
字数　221 千字
版次　2024 年 2 月第 1 版
印次　2024 年 12 月第 3 次印刷
定价　85.00 元

本书如有印装质量问题请直接寄承印厂调换

厦门大学出版社
微信二维码

厦门大学出版社
微博二维码

谨以此书献给

天下所有的妈妈

左为作者母亲洪爱群（1925年10月23日——2014年9月9日）
右为作者父亲柯蓝荣（1913年4月12日——2012年6月28日）

△六个孩子的童年与青少年时代

△左起依次为书中的老三兆星、老二兆雄、大女儿兆玉、小女儿兆芳、老大兆斌、老尾兆民

△不同时期过年时的"全家福"

△2002年中秋节前夜,妈妈与失散六十五年的弟弟洪子河、妹妹洪秋菊在厦门梧村长途汽车站喜相逢

△妈妈引以自豪的家庭荣耀记录

△大家庭中的三代八个厦大人

△作者柯兆星（左，书中老三兆星）当年的工作照

△序言作者潘世墨先生与两位作者合影
（中为潘世墨，左为柯兆星，右为柯兆民）

△作者柯兆民（右，书中老尾兆民）当年的工作照

△插图画家谢济斌先生与两位作者合影
（中为谢济斌，左为柯兆星，右为柯兆民）

△画家谢济斌为本书"讲古篇"创作的绘画

△画家谢济斌为本书"亲子篇"创作的绘画

△画家谢济斌为本书"团圆篇"创作的绘画

△画家谢济斌为本书"纳吉篇"创作的绘画

△画家谢济斌为本书"出行篇"创作的绘画

△画家谢济斌为本书"数落篇"创作的绘画

△画家谢济斌为本书"新衫篇"创作的绘画

△画家谢济斌为本书"送年篇"创作的绘画

△画家谢济斌为本书"晒宝篇"创作的绘画

△画家谢济斌为本书"出行篇"创作的绘画

# 序：大爱无言，大道至简

　　阳春三月，柯兆星、柯兆民兄弟到我家，拿出一叠打印好的书稿，说是他们大家庭纪念父母亲的作品，希望我看看，提提意见，并且写个序。我很高兴可以先睹为快，但又恐怕提不出什么中肯的意见，更不宜作序。我将书稿看了一遍，情不自禁再认真地看了一遍，心情激动，有感而发。

　　我与柯氏兄弟同为厦门大学校友。退休十多年来，我们常有往来，彼此熟悉，我对他们的大家庭也比较了解。柯兆星1983年毕业于厦门大学历史系，参军、从警逾四十年，从事军警政治工作，荣立三等功三次，获授上校军衔、三级警监警衔。柯兆民1987年毕业于厦门大学外贸系，后获取MBA硕士学位，从事外贸工作，是一位成功的民营企业家。柯家兄弟姐妹六人及其家人，都应了人们熟悉的祝愿：身体健康，家庭幸福，事业有成。这个令人羡慕的大家庭的成功，要归功于他们的大家长。柯家长辈在世时，我们有过几次会面，交谈甚欢。柯父出身莆田大山的贫苦人家，1949年参加革命，是龙岩连城县新政府的首任民政股股长，一辈子兢兢业业，奉献山区。柯妈妈原籍潮州，出身平民家庭。1939年，日寇攻陷潮汕，全家逃难闽西，途中失散，柯妈妈只身在连城被当地人收为养女，大半辈子就生活在连城。直到2002年，她才与失散六十五年的弟弟妹妹相认、团聚。柯妈妈虽然没有进过学堂，识字不多，但是亲历新旧社会，爱憎分明，深明大义，携手丈夫，教子有方，勤俭持家，成就一个

美满幸福的大家庭。本书讲的就是柯妈妈的故事。

《至简教子：跟妈妈过年》凡十二篇，各有闪亮点。纳吉篇列举二十世纪六七十年代客家人"纳吉"习俗的林林总总：搁红橘、贴窗花、大扫除、染洋红、水满缸、抢财神、吉祥话、通宵灯，让我们读懂彼时的年俗民情。柯妈妈教育孩子行为举止要做到的"四吉相"：首先是要有好面相，面相好，样样好。多一点心平气和，少一点冷面冷色。其次是走路要有走相，要全脚掌着地，不可踮起脚走路，否则不单容易摔跤，还会给人轻浮的感觉。再者是坐椅要有坐相，要正襟端坐，勿要跷二郎腿，尤其不能抖腿，"男抖穷女抖贱"，会把钱米都抖掉。最后是吃饭要有吃相，夹菜要从菜盘的边沿夹起，筷子不可插在碗里，嘴里东西咽下后才可以再伸筷，吃饭时嘴巴不可发出声音。逢年过节人们都喜欢说"恭喜发财""财源滚滚""财神临门""招财进宝"，只不过是说说而已。在柯妈妈那里这些可不是口头禅，而是发自内心祈求菩萨保佑，让大家都能过上好日子。她要求孩子说话要避免"冇""少""死"，因为不吉利。扫地不能往屋外扫，会把门外弄脏，扬尘也容易飞到邻居家。送年篇讲述的是应该如何处理婆媳、邻里关系以及与亲家、单位领导的人际关系，对象包括老女儿、老亲家、老亲戚、老邻居、老保姆、老领导、老先生。柯妈妈遵循客家人的礼数，讲究人情世故，"做人礼数要到"，逢年过节方方面面，多有走动，互赠年货。她把全家几十口人的生日记得清清楚楚，每个人过生日都会有所表示。出行篇与送年篇体现老人家深厚而朴素的"尊师重教"情怀。柯妈妈特别尊重老师，称教过孩子的老师为"老先生"，甚至能够记住孩子们各个时期的任课教师，尤其是班主任。柯妈妈挂在嘴边最多的是：我们家跟厦大最有缘，儿孙三代有八位是厦大学生，有一位还是厦大的女教授。爱屋及乌，在她老人家心目中，厦门大学无疑是全中国全世界最好的大学，她鼓励孙辈努力学习，争取考上厦门大学。她与亲戚、邻里、子女的老师和首长，都能和睦相处。

几十年来，从乡村迁入大城市，由家庭主妇晋升老祖母，生活环境改善了，家庭角色转变了，柯妈妈都能很快适应。处事待人与人为善，亲朋好友有口皆碑。柯妈妈在数落篇教诲子女："忍得一时天地开"，这是她的处事原则，"一个家庭要和睦，最重要的是夫妻、兄弟姐妹之间能相互忍，有时候看起来天大的事，忍一忍就过去了，事后一想其实又是很小的事。"柯家儿女们从懂事起，就没有听见妈妈与爸爸大声争吵过什么。父母亲，一位是民国时期的高中毕业生，从事革命工作，是公家的人；一位是没进过学堂不识字的家庭主妇。两人性格秉性各异，文化水平有别，处事方法不同，难免会产生矛盾，也会有争论。但他们相互体贴，各自退让，并不影响夫妻感情。他们相守相伴六十余载，为后辈树立了榜样。子女各自的家庭也都是相亲相爱，团结友爱。亲子篇讲述老人家通过"掏掏耳""修修甲""捶捶背"这些亲子活动，与儿孙们互动交流，亲切感人。还有与子女一对一的悄悄话："鼻孔哪能冇鼻屎""官变细，福气又勿会变细""钱找人容易，人找钱难"；讽刺懒汉"夜里想千般，天光（亮）坐门槛"，遇到挫折时劝慰"跌倒作拜年"，则是运用客家谚语教育子女，娓娓道来，有温度、有深度，解开许多思想疙瘩，化解许多家庭矛盾。在家庭教育方面，她从不大声喝斥，最多用严厉的眼神盯着，事后讲明道理，不怒自威，令人口服心服。

从《至简教子：跟妈妈过年》这本书中，我们真切地体会到什么是亲情母爱，何谓大爱无言；什么是家训家风，何谓大道至简。柯妈妈的大爱，没有冠冕堂皇的辞藻，而是通过细微的情感、朴素的言语表达出来的。柯妈妈的家教，不是洋洋洒洒的祖训，她未必熟知"孟母三迁"的教子良策，遑论"曾国藩家训"的做人至理，却通过无时不在、无处不在的举止言行影响子孙后代。如老子《道德经》所云："万物之始，大道至简，衍化至繁"，柯妈妈熟谙祖训家规、公序良俗，怀古不守旧，传承无言的大爱与至简的大道，至今仍不失教育意义。

年，是亲人的团圆；年味，是至亲的母爱。从《至简教子：跟妈妈过年》一书中，体会到母亲的大爱，感悟到中华民族的美德，这就是我从作品中得到的启迪和教益。缅怀逝去的亲人，心念流逝的时光，不是为了挽回过去的岁月，而是为了"珍惜有爸爸妈妈时的每一年每一月每一天，珍惜有爸爸妈妈的每一顿年夜饭、每一句悄悄话、每一次相伴出行……"作者的肺腑之言，哪能不引起广大读者的共鸣？

我是作者的亲密校友，又是《至简教子：跟妈妈过年》的第一位读者，谨以此读后感，作为序。

潘世墨先生在仔细审阅书稿

潘世墨

2023 年 12 月 1 日

（潘世墨：厦门大学教授，厦门大学原常务副校长、校友总会副理事长）

# 前　言

　　年,是孩子们自记事起,跟妈妈一起生活的那些美好日子里,听妈妈讲得最多、记得最牢的一个字眼。在妈妈的嘴上,没有春节这个词,只有年这个字。

　　妈妈的年,不是一天,而是从腊月二十五进"年界"那天开始,到正月二十"天开日"这段长达近月的时间。

　　妈妈最爱过年了! 在妈妈的心目中,年,意味着一大家人欢聚团圆;年,意味着孩子们又长大了一岁;年,意味着在外工作学习的孩子们都回家了,在自己的跟前,能在膝前听到孩子们讲外面各种有趣的事⋯⋯

　　孩子们也最爱过年了! 有妈妈亲手做的油炸鱼、炸"煲料"、裹"桃子"、番薯饼、红团等美味佳肴,有妈妈领着孩子们去找裁缝师傅做的或自己亲手做的新衣衫,有妈妈讲的各种好听故事,有妈妈舒适无比的扒耳朵⋯⋯

　　妈妈晚年时常说,老人节一过,很快就要过年了。初九重阳节,妈妈叫它老人节。往年的老人节,是春节以外,妈妈最为期盼和享受的一个节日。妈妈知道,这一天,孩子们再忙,也会纷纷放下手中的活,抽空陪她和爸爸出去逛逛,共享天伦之乐。

　　爸爸比妈妈早两年离开孩子们。已达期颐之年的爸爸是壬辰年(2012年)走的,这是孩子们有生以来,首次面对至亲的永别。这年快过年时,看到孩子们仍然深深沉浸在怀念爸爸的巨大痛苦之中,无心准备

年货……妈妈把自己对爸爸的极度思念深藏心中，劝慰孩子们说：要过年了，你们的爸、偓（客家方言，音ai，"我"之意，下同）的老头子走了，偓跟你们一样想他。不过，大树倒下，细树冒藤，人都是这样一代一代传下去的。想归想，年，还是要过好。

爸爸走的这一年，是孩子们过的第一个没有爸爸的年。为了过好这个年，妈妈强忍伤悲，拖着愈发羸弱的身躯，事无巨细地交代孩子们准备过年事项，带着孩子们过年。少了爸爸的年，无疑是残缺的年。但妈妈还在，有着妈妈的张罗，年还是年，年味依旧。

孰料，甲午年（2014年）老人节这天，妈妈也走了，享年九十。从这年起，在老人节这个昔日亲情无限的节日里，孩子们再也不能与至尊双亲相偎相依……在很长很长的一段时间里，老人节，成了孩子们不敢直面的一个节日。

也正是从这年起，孩子们再也不能跟妈妈一起过年了！

妈妈走后第一年的年，孩子们没有过年的感觉，年味几乎荡然无存。第二年、第三年、第四年……依然如此。年复一年，曾经的年味仍然没有回来，且渐行渐远。终于，孩子们彻底明白过来：有妈妈的年，一去不复还了。

妈妈走后的这许多年里，对于过年，孩子们曾经的意趣盎然，曾经的憧憬期待荡然无存，甚至越来越畏惧年的来临，不愿面对少了爸爸又少了妈妈的年，一个没有了妈妈的年。

每逢佳节倍思亲，每到过年想妈妈。年过知天命、逾花甲，也有了儿孙的孩子们，越来越有切肤之感：既有爸爸又有妈妈的年，是完整圆满的年。有妈妈张罗的年，年才有年味，年才是真正的年！每到万家团圆的春节，孩子们都不禁睹物思人，触景生情，感慨万千……

往年过年时妈妈与爸爸相濡以沫、与孩子们水乳交融的情景，如今仍历历在目。妈妈忙前忙后准备年货，妈妈通宵达旦张罗香味扑鼻的年夜饭，妈妈在孩子们身前身后帮着穿新衣服，无不一一浮现眼前，依稀可见；妈妈"早点回家过年""再看下出门的车票""记得多写信回家""注意慢点开车""在外头勿要与人争吵""酒勿要食多"等等叮嘱，无不犹闻在耳。

妈妈走了，把年也带走了，却留下了永恒的年味——妈妈的年味。妈妈虽然不再与孩子们一起过年，但妈妈的年味，却随着时光的流逝，历久弥新，愈发浓郁，镌刻在孩子们的心田。

妈妈亲手剪的那些窗花，妈妈亲手做的那些衣服，妈妈亲手做的那些年货，妈妈张罗的那些年夜饭和"全家福"照，妈妈讲的那些故事，妈妈带着孩子们爬冠豸山，妈妈领着孩子们集体去老师家送年，妈妈在孩子们出行前的细细交待，妈妈为孩子们扒耳修甲……妈妈的所有一切，都没有随风飘逝，反而随着岁月的冲刷日显清晰，恍若眼前……

作者

2024 年元月

# 目　录

# 纳 吉 篇

从腊月二十五日起，家里就进入过年的节奏。不知这是妈妈生活时间最长的连城的客家习俗，还是妈妈从老家潮州带过来的习俗，或是妈妈自己立的规矩。

从这天起，妈妈就会时时处处提醒家里的孩子们：要过年了，拿东西勿要乒乒乓乓，讲话要吉吉利利，处处要干干净净，屋里要亮亮堂堂……妈妈说，只有这样，年才会过得好，才会有好兆头，新的一年一切才会红红火火、吉祥如意。

妈妈是这样要求孩子们，也是一直这样做的。屋里屋外，到处收拾得整整齐齐，布置得喜喜庆庆。在孩子们的印象中，平时就和颜悦色的妈妈，过年时再忙再累，哪怕遇到再不顺心的事，也总是满脸挂笑、泰然自若。

## 搁红橘

平日，一见到橘子，妈妈就会脱口而出："橘子橘子，吉利多子。"当年客家人非常喜欢这种水果，习惯写成"桔子"，以求吉利的美好寓意。过年了，橘子更是成为妈妈眼里的一件重要纳吉物。在妈妈的心目中，过年时摆在家里的红橘子，显然是越多越好。精心准备过年用的橘子，成了妈妈年前的一件心头大事。

在年前的最后一个圩日，妈妈会到熟悉的"老摊主"那里，买回一大筐又大又红的橘子。这些橘子是近郊农民新采摘下来的，都很新鲜，许多还挂着绿叶。橘子买回家后，妈妈还要对它们进行一番精挑细选，拣出表皮光滑、没有斑点且个头大小相当的橘子，单独用个竹篮存放，挂在通风处，还时不时地嘴里含上一口水，鼓足腮帮，往篮子里喷洒水雾，以保持橘子的新鲜度。

搁橘子，通常都是在年夜饭后。当一大家人还沉浸在欢声笑语嬉闹声中时，妈妈会抽空独自悄悄去完成搁橘子这件大事。

家里厨房灶台上、饭桌上、神龛上、床铺靠板上、床头柜上，以及收音机、电视机、冰箱、烤箱、鱼缸、鞋柜、装饰柜等处有台面的地方，还有孩子们的书包里，都是妈妈搁橘子的好地方。

妈妈搁橘子,橘子必是成双成对摆放的。妈妈还会在橘子下面压个装有一枚硬币的小红包,这其中具体有什么讲究,孩子们至今也不得而知,或许是吉祥生财的寓意吧。

几十年来,无论住在哪里,无论搁橘子的地方多寡,也无论妈妈搁橘子的步履是轻盈还是变得蹒跚,摆橘子这件在妈妈眼里的纳吉活,妈妈从来都是那么看重,总是一个人里里外外上上下下忙个不停。边搁橘子边轻声念念有词地说着"大吉大利""多子多福"等吉祥话,妈妈眼里尽是虔诚。

这些橘子,通常要摆到正月十五以后,妈妈才允许孩子们动。不过,在物质相对匮乏的那个年代,这些搁放在家里各个显眼位置的橘子,对孩子们而言,还是充满了诱惑力。尤其是放了一段时间缩水后的橘子,甜度更足,倍受孩子们青睐。往往才过了正月初七八,妈妈做的其他年货渐渐告罄时,孩子们便会纷纷违反妈妈的"禁令",忍不住偷吃。虽有令在先,但对孩子们的偷吃行为,妈妈则显得很宽容,一如既往地睁一只眼闭一只眼。当然,那些妈妈放在孩子们书包里唾手可得的橘子,等不到新学期开学,便早已被孩子们消灭精光。

妈妈走后,纵使孩子们哪怕只想咬上一口那些妈妈亲手买的、搁在孩子们书包及床头柜等显眼处的橘子,都成了再也不可企及的奢望。但妈妈留下的这种过年搁橘子的传统,却成了孩子们年复一年、代代相传的习惯。

## 贴窗花

大年三十那天家里贴的春联,妈妈不是很在意,也不用担心孩子们会把上下联弄反。因为妈妈知道爸爸不仅会写,还会带着孩子们贴。妈妈更看重的是贴窗花,不识字的妈妈甚至认为窗花比对联更好看、更直

观、更喜庆。

在二十世纪六七十年代家庭开支拮据的时候,买一片未剪开的窗花红纸与已剪开的窗花红纸,虽然不过一两分钱的价差,但妈妈一定会买那种未剪开的窗花红纸,拿回家后自己撕剪。这不仅仅是为了省点钱,更重要的是,妈妈喜欢在剪窗花时,孩子们一起围在身边观看欣赏自己的手艺。妈妈会早早交代卖窗花的熟悉店家,一进到货之后就捎个口信给她,好让她第一时间去把窗花买回家。妈妈告诉孩子们:早点去买,才能挑到好看的窗花;晚买了,都是被别人拣剩的,过年的窗花最好不要用"尾货"。

妈妈没读过书,连她自己的名字也写不全,但神奇的是,那些在孩子们眼里像蚯蚓一样弯弯曲曲如同天书一般难辨认的窗花字,妈妈却总是能准确无误地一眼"秒辨"出来,常常引发孩子们的一片惊讶声。妈妈还会叫上孩子们一块进行辨认窗花字比赛,孩子们较量时,妈妈担任裁判。有时,妈妈会让比赛的冠军挑战自己,结果自然是妈妈大获全胜。妈妈就会笑眯眯地调侃孩子们说:你们都上过学堂读过书,识字识墨,怎么这么简单的窗花,就认不赢连老师的面都冇见过的偓呢?

日积月累下来,孩子们也都练出了快速辨认窗花字的本事。只是,与妈妈相比,孩子们的这个本事仍属"小巫见大巫"的雕虫小技。

在孩子们的印象中,妈妈不仅有辨认窗花字的"火眼金睛",还特别擅长撕剪窗花字及凤凰、牛、羊、猪、鸡等图案,"出笼"的每个字、每只动物都显得清清爽爽、整整齐齐,一点也不"拖泥带水"。而孩子们在学着妈妈撕剪窗花时,才真正体会到妈妈的一句口头禅"看起来容易做起来难"。刚开始,孩子们撕剪出来的窗花字,往往不是动物图案上还挂着纸丝,显得龇牙咧嘴,就是把字撕剪过头,像一个人缺胳膊断腿似的。

看着孩子们一副自愧不如的样子,妈妈告诉孩子们:要撕剪出清楚好看的窗花,就一个诀窍:必须要有足够的耐心。慢慢地,孩子们也都能

弄出像模像样的窗花了。

与搁橘子那活儿都是妈妈独自完成不同的是,贴窗花时,妈妈往往是带着孩子们一起干。妈妈拎出一个小布搭,把一大叠老早就撕剪好的窗花剪纸,在床铺或饭桌上摊开,让孩子们按照自己的口授"指令",找出年年有余、福禄寿、平安、春、年、好、福、寿、吉、财、发等吉祥字与当年的生肖动物图案,沾上糨糊,把家里的每扇门、每扇窗以及米桶、桌椅、衣橱、鞋柜、花瓶等妈妈认为应该贴上吉祥字的地方全都贴上。

孩子们的书包、文具盒、书桌以及床铺的床头床尾等处,妈妈生怕孩子们贴不牢,通常都是亲自贴。妈妈贴这些窗花时,反复瞄了又瞄,容不得半分一毫的歪斜,一丝不苟地把它们贴摆得端端正正。妈妈边贴窗花边轻声呢喃着"考试都是一百分""快快长大成人""身体健健康康""出门平平安安"等吉祥话。

后来孩子们都参加工作了,经济条件更好了,加上妈妈眼睛也渐渐老花了,妈妈偶尔也会舍得多花几分钱去买些剪好的窗花。

有些窗花字,用的是繁体字,甚至是异形字,构造繁杂,连后来上了大学的孩子们,都觉得甚是难辨。孩子们至今仍不明白,为什么不识字的妈妈却能准确地撕剪出那么多复杂的窗花字,兴许是精诚所至金石为开吧。

## 抹洋红

洋红是一种红色素,呈粉末状。因其从国外传入,是个舶来品,故叫作洋红。妈妈向来偏爱红色,认为它代表吉祥、喜庆。妈妈对洋红的使用非常广泛,将它作为过年时纳吉的首选吉色。每年一进腊月,妈妈就会到她熟悉的店铺去买她认定的好洋红。妈妈说,洋红是不能久放的,最好都要用当年新买的,不仅新鲜红艳,而且用在食物上,勿容易变质,

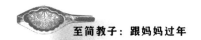 

所以勿能用隔年的。

洋红，妈妈通常把它用在食物的表层：或全染，如作为送礼、回礼的鸡蛋，就要把它们带壳染透。或点缀，如在蒸好的鸡的头冠上点上一点洋红，以彰显喜庆。抹洋红前，妈妈会先用些许温开水把洋红粉调匀，然后用张厚点的牛皮纸把碗遮盖包扎好，这样既便于随时使用，又能防止水分挥发变枯干。装过洋红的碗不易清洗，妈妈会专门找个碗沿有些破损、不再用于盛饭的小碗来装洋红。

那根作为染红工具的鸡毛羽，妈妈非常在意。它一定是祭祖用的那只大公鸡身上最漂亮的那根毛羽。妈妈说：自己家染红纳吉用的鸡毛羽，千万勿能到外面去捡，万一它是来自瘟鸡就不吉利了。

过年时，妈妈的洋红，自然最多的是用在熟食的点缀装饰上。过年时蒸全鸡蒸全鱼等出锅时，妈妈会用那根专用的鸡羽毛沾点洋红，涂抹在鸡冠、鱼头部位。给祭祖时用的大公鸡染洋红，妈妈显得异常虔诚、小心翼翼。特别是染红作为回礼给别人的鸡蛋，以及正月里出生的孩子过生日的鸡蛋，妈妈通常是不让爸爸和孩子们插手的，唯恐他们把蛋染成"斑面"，即红中掺白，没有通体红遍。妈妈自己染的蛋，个个色泽红艳匀称，赏心悦目。

做炸"枭料"（客家小吃，类似炸薯片）时，妈妈也会很仔细地用鸡羽毛沾上洋红，在被搓揉成条状的枭料块中间，勾勒上一个细长细长的椭圆圈。这样切片炸好出锅后，每片枭料片的中间都有一个很是讨人喜欢的小红圈圈，像极了婴儿的红嫩嘴唇，煞是诱人。

洋红还有一个重要用途。正月里，尤其是年初一时，如果哪个孩子不小心说了不吉利的话，或者孩子们出门在外撞上了别人家办白事，妈妈知道后，会在第一时间用手指蘸点洋红水，在孩子们的额头上抹上一些，说这样会驱邪。要是哪个孩子不愿额头上抹得红红的，妈妈也会迁就，象征性地在孩子们的头发上抹上一些。

孩子们读中小学的二十世纪六七十年代,书包不像现在这样五彩斑斓,基本都是单色素色的。过年时,妈妈还会在孩子们那些洗得发白的书包正中、四个边角处以及书包带上抹点洋红。

给书包抹洋红时,妈妈会一边抹一边告诉孩子们说:书包是你们读书人最重要的东西,现在过年了抹红来,新年新学期开学后,你们也会开门红,一切就会顺顺利利,走路上学才不会绊跤跌倒,课程门门都满分。

## 水满缸

平时,妈妈就很强调家里水缸里的水一定要满满的,尤其是开水瓶里不可空瓶,需时时保持瓶里有水。妈妈说,每个家庭,经济条件有好有歪,招待客人难免也会有差别。有时候家里有酒有肉勿要紧,但万万不可有热开水,不然就要出洋相,让人家说到你家连口水都喝不上的闲话。妈妈说,任何时候其他东西实在有了也关系勿大,要是水缸空了,开水有了,那就勿像话了。

兴许,这只是妈妈强调水满缸的表层原因。更深层的原因,应该是妈妈秉持水能生财的信条。因为平时妈妈有句口头禅:水满财满。

因此,过年时,妈妈除了会把厨房里装油盐酱醋的坛坛罐罐塞满外,还特别注重"水满缸"。

在自来水尚未普及入户的早先年代,一家人生活在连城时,家里用水主要靠挑,妈妈每隔一两天就要去护城河的"搭水桥"岸边挑水,或偶尔到附近熟悉的家里有水井的邻居家去"借"水,囤在家里一个约莫灶台般高的大水缸。

雇人帮忙挑水到家里,一担水也不过两三分钱。但家里的用水,妈妈从来都舍不得花钱雇人挑。据老大兆斌回忆,当年除了需要在医院陪床照顾生病住院的爸爸,还有妈妈生弟弟妹妹坐月子的那些日子,基本

上妈妈都是自己去挑水，而且家里的水缸很少出现低于半缸的情况。

端水，是孩子们印象深刻的一段特殊经历。在莆田老家柯都村生活时，整个村庄饮用水都依赖"垅边山"山脚下那个也不知什么年代就开始有的一个大水井。

说是水井，其实就是一个两米见方、深约一米的常年溢水的大水坑，水质很好，清澈见底，甘甜醇香。水坑依山脚的一处凹坑自然而成，也没砌井沿，只在朝路的一边搁了几块光滑的大溪石，当作井沿。水井离村庄大概有三四百米远，因为溢水量不是很大，几百年来，村里的人约定俗成：井水仅作吃喝生活之用，而冲澡、洗菜、擦洗家具等非生活饮用水，则必须用流经村庄的一条小沟渠中水质较差的水。谁家要是违反这一条老祖宗几百年前就传下来的乡规民约，那一定会招来全村人的声讨非议。

在莆田老家的那几年，快过年时，家家户户都会在年三十的前一两天，争先恐后地去那口水井挑水。为了让家里过年时多囤些饮用水，除了家里的一副水桶，妈妈还会向亲邻借上一副水桶，让已成年的老大兆斌与小女儿兆芳一块去挑，自己则带着另外几个孩子，动用家里一切能动用的盛水工具，如脸盆、铝锅、大汤盆等，也一块加入挑水大军，起早摸黑地避开挑水高峰期，直到把家里大小水缸及洗菜池、大锅、小盆等灌得满满的为止。

孩子们记忆中，过年时，因为妈妈的特别叮嘱和亲力亲为，无论是住在连城城里，还是住在莆田农村老家，家里的几个大水缸总是满满的。即使后来进入了自来水的时代，家里也都保留着一个囤水的大水缸，过年时也都是装得满缸都是水，以备不时之需。

# 抢财神

客家人吃年夜饭前,有在门口放炮仗迎财神爷的习俗。出身贫民家庭,打小吃尽饥寒之苦的妈妈,对传说中的财神爷有着一种天然的膜拜。抢财神,是妈妈非常看重的一个仪式。

过年放假了,孩子们爱上街买些喜欢的小玩具,哪怕一时买不起,别的小伙伴买了,让自己过把瘾也行。妈妈会煞有其事地告诉孩子们:过年了,财神爷也像你们一样爱逛街凑热闹。天快要暗的时候,财神就出来逛了,谁家的鞭炮先响更响,他听了就往谁家跑。所以,炮仗一定得买那种大串而且像打雷一样响的,一定要抓住财神爷出来逛的那个时辰,抢先放,放响来,财神听到才会到家里来。

妈妈对孩子们说,宰鸡宰鸭俚勿怕,就怕放炮仗。也不知妈妈是真的不敢放,还是有意要锻炼孩子们。自然,放炮仗这事毫无悬念落到孩子们身上。但,何时放炮仗,却是妈妈说了算。吃年夜饭前,天一放黑,妈妈会一再叮嘱孩子们早点备好炮仗,在家门口听候招呼。担心孩子们按捺不住放炮仗的急迫心情,没到该放炮仗的那个时辰就乱放,妈妈会反复交代孩子们,只有她说放时才能放。否则,炮仗一旦放早了,财神爷还在远处,会听不见的。要是放太迟,财神爷又已从家门口溜过去了。

炮仗何时鸣放才是其时?很长的一段时间里,孩子们一直是云里雾里的,只是完全以妈妈的号令为准。后来,孩子们发现一个细节,在迎财神爷的那个时辰,妈妈会紧紧盯住那几户家境比较殷实的邻居的动向,只要一看到他们把炮仗拿出家门口,妈妈就马上给孩子们下达放炮仗的指令。

在迎财神爷时,通常是先放一整串的小炮仗,然后再放几枚大粒的"冲天炮"。不论是放大的,还是放小的,妈妈会反复交代孩子们不可用手直接抓炮仗,而必须把炮仗系在一根小竹竿的顶端再燃放,以免出意

外炸到手。妈妈更不允许孩子们像别人家调皮孩子那样,满街互相追逐打炮仗,尤其是玩那种威力特别大的"冲天炮"。妈妈告诫孩子们说那样容易伤到人,特别是容易伤到眼睛。妈妈对孩子们说,你们读书人就靠一双眼睛看书,万一炮仗炸坏了眼睛,那就读不成书了。

不过,妈妈也知道爱玩炮仗是小孩的天性。所以过年时也会默许孩子们玩玩炮仗,但只能玩那种筷子头般大小威力较弱的小炮仗,并且只能在自己家门口玩。妈妈美其名曰:这样才能吸引财神爷来我们家。慢慢地,孩子们也渐渐明白妈妈的一片良苦用心。让孩子们在妈妈眼皮底下玩炮仗,妈妈才放心,风险才可控。正因为有妈妈的悉心呵护,小时候孩子们玩炮仗,从来没有发生过一起被炸伤的事故。

# 吉祥话

妈妈常说:做人做事要有准头,开音讲话要有兆头。特别是正月当头年初一这一天,讲话的兆头最重要,好兆头才能带来一年的好运气。

从腊月二十五这天起,妈妈有句话常挂嘴边:今天开始进"年界"了,马上就要过年了,大家讲话都要给偓小心点,要讲究兆头,勿要乱讲话。

过年期间,妈妈不仅要求孩子们讲吉祥话,自己也时时处处注意以身作则,以致习惯成自然,妈妈的吉祥话几乎都是脱口而出的。

妈妈在带着孩子们迎财神、贴窗花、染洋红、作祭祀时,会很应景地说出"新年大吉""年年有余""福如东海""寿比南山""长命富贵""多子多孙""冇疼冇病""大吉大利""吉星高照""顺顺遂遂""吉祥如意""福寿延年""添财添丁""财源滚滚""招财进宝""喜事连连""财神临门""积善福报"等吉祥词……

年夜饭开吃前,妈妈照例要先拜拜观音菩萨。妈妈信奉观音菩萨,

在妈妈心目中，观音菩萨是无比神圣的。妈妈给观音菩萨敬香时，显得无比虔诚，边合手敬拜，边低声祷告。妈妈的祷告语速很快，可以毫不夸张地说，妈妈能在短短一两分钟内，就把她所掌握的人世间常用吉祥话几乎都说了个遍。

孩子们小时候看着妈妈做的满桌好吃的菜，往往无心去细听妈妈嘴里念念有词在说什么，实际上即使认真听也不太听得出妈妈在念什么，只是觉得妈妈极具节奏感的祷告语很有趣，念得既快又好听。直至孩子们慢慢长大，到了已不再一味被美味佳肴分心的年纪，才渐渐听懂了妈妈祷告语的意思，大概涉及平安、发财、升迁、学有所成、子嗣兴旺这五大范畴。

过年期间，有些字眼，妈妈显得特别忌讳。比如"冇"字，虽然妈妈平时也用得很频繁，但一旦进入过年的节奏，尤其是年初一这天，妈妈是不允许孩子们说话带"冇"这个字的，比如找东西找不到时，不能说这个东西"冇了"之类的词，而要说这个东西勿知放到哪里去了。再比如"少"字，妈妈也会要求孩子们用"勿够"二字替代。"死"字是绝对不能说的。寒冬腊月，平时易挂嘴边的"冷死""寒死"等客家话口头禅，过年时要改说成"好冷""太冷"或"冷得受勿了"之类。

有了妈妈不断提醒与"旁敲侧击"，过年时一大家人聚在一起，极少出现出言不吉的情况。有时孩子们习惯成自然地正要说出平时一些带不吉字眼的瞬间，总是会被妈妈神奇地捕捉住，及时"扼杀"在嘴边。

不过，虽有妈妈的耳提面命，无奈家里孩子多，人多则嘴杂，难免也有百密一疏的时候。过年时，尤其是年初一这一天，要是哪个孩子不小心说漏嘴，讲了一句不吉祥的话，妈妈一定会脱口而出一连串相关的吉祥话，以图第一时间把那句不吉祥的话覆盖掉。

过年期间，妈妈讲吉祥话的意识非常强。即使孩子们都长大了，他们的同学、朋友来家里拜年时要是不经意间说了些不太吉祥的字眼，妈

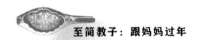

妈听到后，也会悄悄地让孩子们私下提醒他们。

妈妈的吉祥话，孩子们至今记忆犹新。耳濡目染之余，久而久之，孩子们对妈妈说过的许多吉祥话，烂熟于心，逢年过节、喜庆日子，也能像妈妈那样信手拈来、脱口而出。

# 讲"四相"

孩子们无论做什么事，妈妈都很在意他们做事是否有做事的样子，有无犯忌或不雅行为。用妈妈的话说，就是做任何事都要注意有好相。

日常生活中，在孩子们言谈举止、接人待物上，妈妈一向强调要讲究"四相"：面相、行相、坐相、食相。

过年时，迎来送往多，妈妈更是不厌其烦地对孩子们三令五申"过年了，勿能出歪相"，不可在客人面前失礼，让客人难堪。

**面相**。这是"四相"中妈妈强调最多的一相。妈妈会很诙谐地告诉孩子们：面相好，样样好。好面相，做宰相。她反复告诫孩子们，平日你们有些争辩、吵闹，有时候忍不住出现脸色难看的情况，偓也理解。现在一大家人难得欢欢喜喜、团团圆圆在一起过年，兄弟姐妹之间要笑脸相迎，心平气和，有事好商量，勿要吹胡子瞪眼睛大声讲话。千万勿能因为一个人的难看面相影响全家过年的好心情。特别是有客人来家里拜年时，你们就算有再大的不舒心事，也一丝一毫都勿能挂在脸上，不然让人家看出你的冷面冷色，会误以为你勿欢迎他，那就难堪了。妈妈还把切身体会传给孩子们：偓去别人家做客时，要是主人的笑面靓，自己感觉连喝他家的白开水都是甜的。

**行相**。孩子们记忆中，从小时记事起，妈妈就给自己灌输了要全脚掌着地，不可踮起脚的行路方法。妈妈说，那样行路不单容易绊跤跌倒，还会给人勿稳重的感觉。平日孩子们跟妈妈一块外出时，有时妈妈会冷

不丁地悄悄让孩子们注意看路上某个行人,低声说:你们仔细看看,这个人就是踮着脚行路的,一颠一抖的多难看啊,你们可要注意别像他一样。妈妈还形象地举例告诉孩子们,你们注意看下电影电视上太监的行路姿势,他们大都是踮脚行路的,显得不男不女。再说,你们平时要是冇养成行路的好习惯,现在过年了,从厨房端进端出的东西多,踮脚行路端不稳,稍微碰撞一下就容易把煮好的好料撒掉,那多可惜啊。

**坐相**。平日,妈妈就对孩子们的坐相特别在意。妈妈要求孩子们坐椅子时必须坐得端端正正,手要放在大腿上,不能随意抠鼻揪头发。眼睛要平视前头,不可以歪脖子斜眼睛的,像个生病住院的病人一样。妈妈说:一个人要是连坐都坐勿清楚,你就勿要指望他能做成什么大事。妈妈特别强调坐椅子时不可以晃脚抖腿。妈妈常说:男抖穷女抖贱。男的坐椅子时抖腿,给人勿老成的感觉,并且会把钱米都抖掉。女的坐椅子时抖腿,样子会显得轻浮,容易让人家联想起旧社会坐在那种勿好场所门口等待"客人"的那种女子。

**食相**。这是妈妈讲究的"四相"的重中之重。妈妈常常告诫孩子们说:一家人一块吃饭,一定要等到大家到齐后才可以动筷;夹菜要从菜盘的边沿夹起,不可从盘子中间去掏;筷子不可插在碗里,要平放在自己的碗侧或上头;要等嘴里东西咽下后,才可以再伸筷,勿能像"饿死鬼"那样食东西,一口冇下肚又抢着下一口;桌上勿识得规矩乱动筷子,会被人嫌的;吃饭时要尽量抿住嘴,保持安静,以免声音大干扰到别人,或口水喷出溅到别人脸上。为了向孩子们强调吃饭抿嘴控声的重要性,妈妈还生动地说:食东西声音小点,才勿会让乞丐、流浪汉听见,知道你有好料食,过来跟你争食。

为了让孩子们养成上桌的好习惯,妈妈还经常绘声绘色地给孩子们讲"傻媳妇"拴绳吃宴席闹笑话的故事,常讲常新,令孩子们捧腹不已,于笑声中不断受到启迪教育。

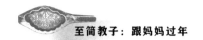

# 洁屋日

屋，在连城客家话中，为"家里"之意。自腊月二十五进"年界"后，大年二十九前，妈妈会专门安排一天时间，对家里里里外外进行一次大清洁，这一天便成了家里的洁屋日。

妈妈一辈子都很讲究齐整干净，注意仪表仪容。哪怕早些年代，住的房子再局促，也都打理得清清爽爽。妈妈在耄耋之年行动不便时，仍把自己的梳妆台、床铺、衣柜、抽屉、小挎包保持得一尘不染，收纳有序，一目了然。妈妈常说：东西勿怕旧只怕脏，房间勿怕小只怕乱，衣服勿怕补只怕破。爸爸及孩子们平日的衣冠是否整洁，妈妈一向非常在意，过年时更是一再强调。用妈妈的话说是，老柯家的人一走出去，必须让别人从穿戴上一眼就能看出是谁打理的。

平时扫地时，妈妈要求孩子们不可把扫把举过头，说这样勿雅观勿吉利，扫把上的灰尘晃落还容易把家具弄脏。不过，洁屋日这一天，妈妈是允许扫把"上天"的。当然，妈妈会让孩子们用旧报纸、大块抹布先把灶台、桌面、床铺等处覆盖好。妈妈会找根长竹竿或长木棍，与家里的扫把连接延长，亲自把天花板的边边角角洁扫干净。妈妈不放心孩子们做这个"通天活"，因为担心灰尘掉进孩子们的眼睛。

家务活，平日基本上都是妈妈包揽了。在妈妈眼里，爸爸是家里的顶梁柱，在单位上班已是很辛苦，加上爸爸老是肠胃不舒服，所以妈妈不让爸爸插手家务活，总是想着让爸爸多休息。除非休息日及寒暑假，平时孩子们放学后，妈妈一般很少安排家务活给孩子们做，以让孩子们专心读书。

唯独扫地这活，无论上课日还是节假日，每天妈妈都会安排给孩子们干，还说这是孩子们的专利。孩子们都还小时，一家人无论住在哪里，妈妈会采取"分片包干，互相支援"的办法，安排孩子们扫地。妈妈很看

重那种团结协作精神,强调先干完活的必须帮助仍在干的。妈妈说,兄弟姐妹之间互帮互助,就是要从平时的一点一滴做起,要是现在小时连帮忙扫地这样简单的事都勿肯做,以后长大了,更大更难的事肯定更帮勿到。

扫地一定要往里扫,这是妈妈特别强调的。二十世纪六七十年代,孩子们小时,家里住房的地面基本都是硬土夯成的,时间长了,地面往往会隆卷起一些绿豆般大小的土疙瘩。对这些土疙瘩,妈妈还有一个有趣的说法,称之为"金米屎"。妈妈对孩子们说,把"金米屎"往外扫给别人家,哪里舍得啊。后来孩子们才明白,不把"金米屎"往外扫,其真正的原因是妈妈担心少不更事的孩子们往外扫时,用力不当,扬尘飞到邻居家。

让孩子们每天都要扫趟地,妈妈明里的理由很充分:偃从四十岁生完老尾兆民那年起就发现有高血压,一低头扫地,头就会发晕。开始时,孩子们听着感觉有道理,但后来孩子们发现,洗衣服时妈妈同样也要低头忙乎,但这"技术活",妈妈不放心孩子们做,无惧低头头晕,一直都是自己洗。孩子们这才明白,妈妈坚持每天让孩子们扫扫地,是要让孩子们从小养成爱劳动、爱整洁的良好习惯,培养孩子们的动手能力。

通常,过年前的洁屋日,妈妈会找个阳光明媚的日子来进行。一大早,妈妈会带着孩子们一起干,不过略有分工。通常,老大兆斌、小女儿兆芳跟着妈妈负责清洗家里帐被以及厨房、卫生间等相对难清洁的区域。锅碗瓢盆的擦洗、边边角角的蜘蛛网清除、屋内地面及家门口公共通道的洁扫等容易干的活,则由老二兆雄带着两个弟弟共同完成。两边都干完活后,妈妈还会组织孩子们交叉观摩、点评。年终时,爸爸工作显得更忙,自然无法腾出手来参与家里的洁屋活。

这天,把屋里及门口通道洁扫干净后,妈妈还带着孩子们把家里的桌子、凳子、锅盖、床架、床板等木质家具器具通通搬到家门口开阔地,一股脑儿排开,让孩子们接上胶皮水管,或提上几大桶水,对它们进行彻头

彻尾的刷洗，直到把那些木质家具洗得光洁如新，连细如指甲缝般大小的沟沟槽槽里都见不到一点污垢后，才就地晾晒。晾晒好后，妈妈还会在桌脚、椅脚、床板及锅盖等处贴上小红纸条。

在冲洗、晾晒家具器具时，有些小虫会从缝隙中爬出来，孩子们会停下手中活，偷空与它们玩起"猫捉老鼠"的游戏……一旁忙个不停的妈妈，看着孩子们开心的样子，自然是不忍心催促孩子们赶紧干活的，总是自己默默地加快擦洗的节奏。

家门口这些洗得油光贼亮、摆放有序的家具器具就像一道靓丽风景线，煞是耀眼，往往引来左邻右舍及过往行人驻足，投以阵阵赞许声和艳羡的眼光。

孩子们小时候看到妈妈年底了那么忙，还要花那么多气力那么仔细地洁洗家具器具，一起帮妈妈干活的孩子们有时干烦了，会不解地问妈妈：这些家具器具，用不了多久又会脏回去，在家里简单擦洗一下不也一样，为什么要兴师动众花费那么多精力去折腾？妈妈也不反驳，只是笑眯眯地反问孩子们：你们勿是都喜欢红包里的钱越多越好吗？倨听说财神爷很爱干净，他最喜欢把钱米送到屋里干干净净的人家去。

# 通宵灯

妈妈一向讲究窗明几净，说家里弄得整齐干净些，更会养目神，让人心情好。过年期间，妈妈更是注重把屋里屋外到处弄得亮亮堂堂、喜喜庆庆的，说这样才像过年的样子。不单自己住起来舒服，有客人来拜年，也会留下好印象，更重要的是会吸引财神爷在我们家多住一段日子。

年三十、大年初一这两天晚上，妈妈一改平时要求孩子们要人走灯关、睡前灭灯的做法，让屋里所有的房间及屋外阳台通道的灯都通宵达旦亮着。顾虑爸爸及孩子们开着电灯不好入睡，妈妈会在自己及孩子们

的卧室边角处,点上一根发着微光的小蜡烛,以替代电灯。

早些年在莆田农村老家过年时,还没有电灯,妈妈会在需要亮通宵灯的那两晚,拿出早就备好的几盏煤油灯,换上长长细细的棉灯芯,把上层玻璃灯罩擦得透亮,把下层的油壶灌得满满,点亮后将亮度调暗,在睡觉的房间及灶台各放上一盏,让它们通宵亮着。

当年,孩子们在农村读书时,无论是中学还是小学,老师是基本不布置课外作业的,放学回家后,孩子们几无伏案写作业之累。但从小受爸爸爱看书爱动笔习惯的熏陶,孩子们也都养成了爱看课外书以及写日记的好习惯。尤其是看小人书,成了家里孩子们最大的课余爱好。当然,孩子们这些阅读行为,大都是在晚饭后趴在略显昏暗的煤油灯下进行。

因担心孩子们的视力,通常孩子们在灯下连续看书达到一个小时左右,大约晚上九点时,妈妈便会出现在孩子们的眼前,开始催停。有时候,孩子们被课外书精彩的故事情节吸引住,目不转睛一时停不下来。妈妈催了几遍后,见孩子们还不歇停,就会走过来轻轻地把煤油灯拧灭,心疼地对孩子们说:读书是一辈子的事,煤油灯这么暗,要是图一时痛快把眼睛看坏了,你们以后不单书看不成,甚至连做事都勿方便,就算有眼镜戴,也是碍手碍脚很麻烦的事。

有时,在妈妈离开房间后,孩子们会用私藏的火柴,又悄悄地把煤油灯点着,用硬壳纸把朝房间门的灯光罩住,偷偷继续看书,但十次有八九次,仍会很快被妈妈发现,煤油灯就会被妈妈进来端走。

不过,一年中晚上九点一到就熄灯的规矩也有例外。过年时点通宵灯的晚上,孩子们可以大饱眼福。年三十、初一晚,妈妈把家里的煤油灯都点亮后,会一反常态地告诉孩子们:平常对你们的眼睛管得很严,现在过年了,你们除了肚子要食饱来,眼睛也可以看饱来。趁家里亮着通宵灯,你们要看小人书看小说的,可以多看两三个小时,但再迟也不能超过十二点,不然的话,过年跨年通宵看书,除了影响眼睛,你们还会变成书

虫的。

妈妈总是这样举重若轻,对孩子们进行轻松形象的愉悦教育,在貌似不经意的轻描淡写的言行中,给孩子们以启迪,让孩子们养成良好的日常习惯。

节俭惯了的妈妈,为了节约电(煤油),又总会在次日天色刚一放亮的那个时辰,蹑手蹑脚起床,去逐一把那些电灯关掉,或把煤油灯灯芯抿熄。

妈妈走后的这些年,虽然妈妈点通宵灯的身影已永远定格在记忆中,孩子们也相继成家立业、儿孙绕膝,但过年时,都延续了妈妈在除夕、初一晚点通宵灯的做法。这,既是一种传承,更是孩子们对妈妈与爸爸永不磨灭的追思。

# 年货篇

置办年货,是妈妈过年操办的重头戏。孩子们小时候,妈妈去买年货时,往往会带上他们,不仅有让孩子们提篮拎袋打打下手之意,更有让孩子们出去多见见市井世面的考虑。

妈妈置办年货的重点是年夜饭和初一早餐食材的准备,以及一些过年时家家户户必备的风味小吃。一直以来,妈妈把年夜饭、年初一早餐,视为一大家人一年中最重要的两顿饭。妈妈说,年夜饭吃好了,意味着过去的一年里团团圆圆、圆圆满满。而年初一早餐吃好了,新的一年中家里每个人天天都会有好口福。

## 赶"年圩"

早些年,连城城关一带的集市有着"(农历)逢五一小圩,逢二逢八一大圩"的"赶圩"(赶集)习俗。从大年二十五进"年界"这天起,至大年三十,则天天都是大圩日,俗称年圩日。这几天,是城里人采购年货最繁忙的日子,妈妈也不例外。一家人在连城生活时,妈妈的年货,基本上是在年圩日备齐的。

年圩日,毫无疑问,是一年中最热闹的圩日。从县城中心的县政府门口区域,往外延伸,南至"南门头",北至老街的"三角坪",东至汽车站,西至"四角井"一侧的"转龙桥",近郊的农民肩挑手提,带着蔬菜水果、

鸡鸭鹅兔，以及地瓜干、冬笋、香菇、茨菇、红衣花生等各种土特产，从四面八方涌进县城，沿街摆摊设点，路的两侧摆不下时，便蹲在街道的中央一字摆开。城里的居民，家家户户也纷纷出动，挎篮拎袋上街采购年货。

那几天，城里城外买货与卖货两股人流汇聚，人们摩肩接踵，把当年方圆仅四平方千米左右的县城老城区几条主干道塞得几乎水泄不通。在老城区，根本用不着出安民告示，不用说机动车辆进不来，就连自行车也都绕开走。

那时，可不像现在满街都是超市、便利店，一个偌大的县城，只有一家百货公司及区区几家供销社，且基本不卖生鲜果蔬。一般家庭生活所需，尤其是新鲜食品，主要靠圩日解决。而年底的年圩日后，就要等到正月初八才开始有圩日。这就意味着年圩日买的食品年货，得囤够十天左右的量。

赶年圩日，无疑是妈妈一年中外出购物最多、最忙的几天。妈妈说，乡下农民跟我们城里人一样，也是很看重过年全家团圆的。年圩日赶完后，人家就要待在他们自己的家里一段时间过大年了，不再出门。所以，过年该买的东西，特别是吃的东西，一定要赶在年圩日结束前买好。不然正月来家里的客人多，到时候要是冇像样东西招待人家就丢脸了。

孩子们脑海里，爸爸在单位一直都是大忙人，哪怕都临近离休了，事情也一点都没变少。年底时，爸爸更是忙得不可开交。那时候单位上班族，都是要干到大年三十下午的，几乎每年的年三十下午五点来钟，天都开始放黑了，爸爸才匆匆忙忙赶回家，照例是无暇考虑家里过年的事，更别提有空陪妈妈上街赶圩买年货了。

年圩日时，学校早已放假，妈妈赶年圩，都会带上孩子们。跟着妈妈去赶圩，也是一年中，孩子们非常期待的一件开心事。

跟妈妈赶圩的孩子们很惊奇地发现，在举步维艰的人山摊海中，身躯娇小的妈妈不仅穿梭自如，还能精准定位，迅速逐家找到所需采购年货的摊位，三下五除二结账，把土猪肉、冬笋、芋子、香菇、茨菇等"勿会动的"年货塞进大提篮、布搭，让孩子们拎着。

而鸡鸭兔等会活蹦乱跳的年货，即妈妈所说的"会动的"年货，妈妈不放心交给一块赶圩的孩子们，都是自己拎着。妈妈说，这些会飞会跳的"宝贝"跟勿会动的东西不一样，在人山人海的圩上要是不小心让它们跑了，再找回来就像老光棍找老婆一样难。为安全起见，妈妈还会用预备好的细麻绳，很麻利地捆上它们的脚及翅膀。

孩子们印象中，每次跟着妈妈赶年圩，效率都很高。很多差不多同时段出门赶圩的左邻右舍还在圩上，到处"挤死挤命"找年货时，妈妈已经早早带着孩子们打道回府了。

事后，孩子们问妈妈，我们家东西也有比别人少买，妈妈你怎么那么快就能买好我们要的东西。妈妈告诉孩子们，这个是有诀窍的，你得在上一个圩日，就要向人家问清楚，下个圩日，他们大约什么时辰进城来，摊位大概摆在哪条街巷哪个位置。偓一般会先放一点"定头"（定金）给他们，你要的东西人家才会给你带出来给你留着。这样，偓赶年圩时，就可以一下子找到他们，不会买空白走一趟。

妈妈还向孩子们特别提醒说：平时赶圩时，对这些老远从乡下来城里的农民，你跟他们讲话一定要客客气气的，勿要跟他们斤斤计较。人都是讲感情的，与人打交道，你一定要先敬重别人。你对他们这些乡下

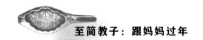

来的农民好点，人家也是心中有数的，自然会尽量满你的意。倨去找这些有点熟悉的农民买东西时，经常是同样的价钱，倨往往能比别人买到更新鲜更嫩的笋、脚更黄的鸡、肚子里草更少的鱼，这其中是有奥妙的。希望你们今后时时处处都要懂得尊重别人，这样既能让别人高兴，又能让自己得到方便。

赶年圩时，妈妈更愿意带着老二兆雄与老三兆星一起去。用妈妈的话说，他俩"上圩耐挤"，因为都长得比较结实粗壮。有时，年幼瘦弱的老尾兆民也会吵着要跟着去，妈妈拗不过他，也会带上他。自然，老尾兆民不单帮不上什么忙，还成了妈妈的重点保护对象，妈妈把他紧紧拽在身边，生怕他被挤伤走失。

## 油炸鱼

这是妈妈的拿手好菜。过年期间，妈妈常挂嘴边的口头禅是"年年有余（鱼）"。鱼，在妈妈的年货清单里，自然是不可或缺的。这里说的鱼，专指妈妈偏爱的草鱼。除了年夜饭及年初二两个女儿回娘家中午那餐，是用活蹦乱跳的草鱼外，整个正月里，家里平日自用及接待临时登门拜年的客人，餐桌上必不可少的鱼，是妈妈早些日子就做好的油炸鱼。

在国家改革开放前的早些年代，物资相对匮乏，加上无论城乡，正月初一至十五这段时间，家家户户都在忙于过年，农贸市场、圩日基本处于停滞状态，不是你想买活鱼就能随时买得上的。而鱼又是过年时不可或缺的重要年货。所以，为便于食用，跟许多寻常人家一样，妈妈也会在年前做些便于存放食用的油炸鱼。无论是在连城还是莆田居住，做油炸鱼时，妈妈喜欢用价廉肉厚刺少的淡水草鱼。

妈妈做的油炸鱼特别好吃，孩子们至今回味无穷。妈妈买草鱼，会认准城里几家公认是在冠豸山脚下引山泉水饲养的鱼塘摊贩。草鱼买

回家后，先搁在大木盆或洗衣池里养上三五天，让鱼吐干净肚子里的泥土后再宰杀油炸，这样吃时鱼的泥腥味大为减少。

杀鱼时，除了把鱼鳞、内脏、鱼鳃处理干净外，妈妈还会特别仔细地把鱼背部与尾部的那几根大刺剔除掉。妈妈告诫孩子们说，鱼身上就属这些部位的刺最硬，你们以后在处理鱼时，一定要小心处理好，否则吃时喉咙被刺卡上就会出大麻烦，尤其是细人仔。

剔除大刺后，妈妈把鱼去头去尾，切成两根手指见宽的长方块，掺入茴香、料酒、酱油等，用面粉拌匀，腌上一个晚上，次日再用花生油温火油炸。妈妈强调炸鱼的油一定要用纯正的花生油才香。

妈妈做的油炸鱼，因从选材、腌制到火候各个环节，都特别讲究，所以炸出来的鱼特别香酥，加上食用方便，自然也特别受孩子们青睐，孩子们常常会按捺不住诱惑，打开橱柜，偷偷用手直接抓着吃。

见此，妈妈则会意味深长地问孩子们：你们老是偷食，是不是妈妈俚油炸的鱼实在太好食了啊？是的话，那你们尽管光明正大地用筷子夹着食就是，食光了，妈妈俚再给你们炸就是。你们用外面玩回来脏兮兮的手，像猫一样偷抓鱼食，有时还躲在有蜘蛛网的边边角角食，多不卫生啊！

后来，随着老三兆星老尾兆民在厦门工作成家，老大兆斌老二兆雄也先后在厦门定居，爸爸妈妈与孩子们都是在厦门一块过年。这时，随着国家改革开放政策的持续推进，商品市场的繁荣活跃，家里的经济条件也日见好转，随时吃上新鲜的活鱼，已不再是个问题。

虽然到菜市场、超市买海鱼方便多了，妈妈也知道海鱼比淡水鱼更没腥味，但过年时妈妈还是习惯买些草鱼。妈妈仍偏爱草鱼，显然不是海鱼更贵的原因，应是妈妈在连城生活几十年、擅长做油炸草鱼、孩子们也特别爱吃的缘由。妈妈的油炸鱼源远流长，至今，孩子们及孩子们的孩子们，都普遍对油炸鱼情有独钟，无论过年还是平日。

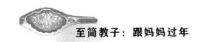

# 做"食料"

这是连城城关一带过年时，家家户户必备的一种美味年货小吃，它用煮熟的芋子或地瓜作为主材，拌上淀粉，蒸熟切成薄片，晾晒干后再油炸，类似炸薯片、炸虾片，吃起来特别香酥可口，当地人称之为"食料"。

"食料"，因其是纯手工活，制作工艺复杂，很检验女主人的烹饪水平。它也是当地亲友间送礼及回礼的重要年货。正月里，不少女主人往往会从自己做好的"食料"中挑选出部分品相上佳的，用个精致的盘子端出来，让左邻右舍们相互品尝，既是睦邻友好之举，也有炫耀手艺之意。对于这种能展示柯家女主人手艺，给柯家长脸的事情，妈妈向来是不甘落后的。妈妈做的"食料"，在亲朋好友、邻居圈中向来享有很好的口碑。

孩子们小时候最爱看妈妈做"食料"了，对妈妈能做出这种好吃又好看的东西感到非常神奇。做"食料"，貌似简单，实则不简单，它对制作的每道工序要求还是蛮高的。

妈妈当年做"食料"的流程，孩子们至今记忆犹新。

妈妈先把上等的芋子或地瓜煮熟捣烂，按照一定比例，拌上木薯粉或地瓜粉，做成铅笔盒般的长条块，把它翻来覆去地反复搓揉好后，再在其中心部位勾勒上一圈淡淡的洋红。蒸熟后，稍作冷却，以不沾菜刀为准，即进行切片，切得像硬币般薄。妈妈强调，"食料"搓揉得越透，炸得就越"胖"，才酥脆好吃，并且家里的"食料"越"胖"，家会越兴旺发达；再一个，切片时要尽可能薄，并且每片厚薄均匀一致，这样下锅油炸时才不会有的过火，有的没炸透。

然后，妈妈会带着孩子们把切好的"食料"片拿到那种带边箍的大竹盘里，紧凑有序逐片铺开，置于家门口阳光充足处晒干。妈妈告诉孩子们："食料"一定要一次晒透，并在太阳快下山时就马上把它们收纳好，它才勿会吃到露水返潮。否则再次拿去晾晒，油炸起来就有那么好食。

最后进入油炸关，这是妈妈最费心力的环节，也是最吸引孩子们眼球的时候。妈妈说，做"炱料"，要是下锅这一关没做好，前面的功夫就通通白做了。下锅油炸时，妈妈可谓全神贯注，紧紧盯住锅里翻滚的"炱料"的颜色变化，不断用锅铲对"炱料"进行搅动，适时调节火候油温。每次炸"炱料"时，妈妈总是能把"炱料"下锅、出锅的时间节点拿捏得恰如其分，炸出来的"炱料"成色十足，香味扑鼻，相当诱人。

炸好的"炱料"，体积膨胀了好几倍，又容易受潮、挤碎。所以，妈妈小心翼翼地把它们装入一个大瓷缸，用防潮的牛皮纸里三层外三层地把缸口包扎妥当，并一再叮嘱孩子们，取用时，动作一定要麻利点，尤其要及时把封口密封回去，以免"炱料"受潮变软。

在孩子们眼里，妈妈无疑就是个顶级的"炱料"大王。有时，看着一旁手痒，跃跃欲试也想学做"炱料"的孩子们，妈妈会特别提醒他们说：无论做什么好食的东西，原材料都是第一重要的。要做好"炱料"，最关键在于芋头、地瓜，宁愿多花几分钱买那种容易煮得烂揉得透的芋头、地瓜。如果贪便宜买到沙沙的那种，它们黏性不够，不便揉匀，容易起疙瘩子。"炱料"一旦有疙瘩子，就会炸不透，食时碰上它们，就像嚼到小石子，自己家里人不小心食到了磕到牙还好说，万一上门的客人特别是年纪大的客人磕坏了牙齿，那就会被人家说一辈子，我们也会难受一辈子的。

孩子们印象中，正月里，家里餐桌上头，始终摆着一大盘"炱料"恭候客人。登门拜访的客人中，有的只是来进个门拜个年，甚至未及坐歇，只是打个招呼就走。对于来去匆匆的客人，温酒热菜显然是来不及的。这时，除了油炸鱼及卤料等现成东西外，妈妈做的"炱料"就派上大用场了。对于急于出门的客人，妈妈会把桌子上的"炱料"抓出一把，用小纸袋装上，让客人捎上边走边吃。

# 卤拼盘

每年过年时，妈妈会做出各式各样的卤制品，并把它们拼装在一个较大的菜盘子里，便于食用，尤其方便接待临时来客。

这个拼盘里，以卤好的猪肝、猪心、猪腰等以及半肥瘦的猪肉为主，辅以卤蛋。这卤料，可是妈妈的拿手好菜。

妈妈说，过年了，人来人往多，特别是来拜年客人都不会坐很久的，要煮点东西给客人吃，往往还没煮好端上来，客人就要走了，所以现成能吃的东西最方便。妈妈会叮嘱孩子们及媳妇们，以后自己当家时，过年时，一定多备些熟的卤料，这些卤料既好吃又方便，省出时间还可以陪客人好好聊上几句。

妈妈会找个出"大日头"，即阳光明媚的日子，到菜市场采购猪肝等猪内脏及猪肉相关卤材，回家后立即把它们洗得干干净净，然后放在锅里过水去腥后捞起来，搓上细盐，挂到户外阳光充足处晾晒，待干皮后取下，煮个七八成熟后，再切成若干大块，放进装有用五香等调料配制好的卤汁锅里，文火慢卤。

锅里卤料的香味四溢时，嗅觉灵敏的孩子们纷纷闻香而来，围在灶旁垂涎欲滴。看着边上一个个孩子的馋样，妈妈通常会用锅铲角勾些碎料起来，先给孩子们解解馋……岂料，孩子们的味蕾由此顿然大开，可谓以肉解馋馋更馋。妈妈自然于心不忍，就会把锅里那些"面相"更好的大块卤料留存，剩下的，就任由孩子们在厨房里先吃为快了。

一边干活，妈妈会一边扭头欣赏孩子们狼吞虎咽的样子，并笑容满面地对孩子们说：全城就算你们先过年了。不过，妈妈也会在孩子们大快朵颐之余，不忘郑重其事地告诫孩子们说：俚刚才挑存起来的那些卤料，主要是备着以后留给客人食的，你们就不可以再偷食了。要是客人来了，俚发现少了，拼不成盘，会找你们算账的。

　　客家话里,肝谐音官。大凡客家人办家宴,都离不开猪肝。平时,爸爸及孩子们做生日及七月半、中秋、冬至等重要节日家里聚餐,猪肝都是妈妈备菜的首选。过年时做卤料,毫无疑问,猪肝更是妈妈的最爱。

　　妈妈还会临时腌制些淡淡的咸蛋,煮熟后切成"一口下"大小,穿插摆放进卤拼盘中。妈妈做的这些咸蛋,盐分总是拿捏得恰如其分,既不会太咸,香嫩可口,又不会太淡,便于保存。客人来家拜年时,妈妈会把腌制煮好的鸡蛋,作为客人的下酒菜。

　　尤值一提的是,妈妈切的蛋,像用小皮尺量过似的,无论是四等分还是六等分,每片蛋白所摊到的蛋黄都"旗鼓相当",非常精准,令孩子们惊讶不已。有时妈妈忙不过来,也会让孩子们去切蛋,开始时孩子们无一例外,把这貌似再简单不过的活干砸了,都会出现一两片蛋白几乎没有蛋黄的情况。

　　妈妈的卤拼盘,不仅好吃,还相当好看。哪怕再忙,妈妈也会不吝啬时间,把切好的蛋块,仔仔细细地与其他卤料巧妙组合成好看的拼盘。拼装卤料盘时,妈妈说,盘子中间部分必须隆得高高的,才好看,让客人觉得我们主人家盛情。客人走后,妈妈会迅速进行补盘。妈妈会反复提醒孩子们,其他年货,你们可以随便食,唯独偳摆好的这一盘,谁也不允许去乱动。要是到时候客人来时端出来有空洞缺角的,就很难看相了。

　　有一年正月的一天,家里来了一拨客人,妈妈让老三兆星去厨房把菜橱里的摆盘端出来,途中兆星实在忍不住色香味俱全的卤拼盘的诱惑,偷偷抠走盘子中间隆起区域的一片蛋吃了,再快速抹平空隙端出来。

　　耍了小聪明的兆星自以为做得天衣无缝,兴冲冲地端出来交给桌旁招呼客人的妈妈,妈妈转身接盘的瞬间脸色骤变,以前所未有异乎寻常的严厉眼神瞪了兆星一眼,然后转身若无其事地继续招待客人。

　　那天,客人一走,妈妈马上把在家的孩子们召集一块,罕见地花了好长时间,用兆星的例子苦口婆心地集体教育了孩子们一通。妈妈说:

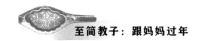

给来家拜年的客人准备下酒菜上桌时，菜盘必须饱满整齐，万万不可以缺边短角，那是非常冇礼貌的，会给人家被自己家里人或上一拨客人用过的感觉。

事过几十年，回想起妈妈当年那深烙脑海的一瞪，老三兆星至今记忆犹新，虽心有余悸，却又念兹在兹。

要论孩子们今生今世吃过的最好卤料，妈妈做的卤料，当之无愧！

## 炒糖豆

相比较其他年货兼具自吃与招待客人的功能，炒糖豆是上不了酬客桌面的，纯属孩子们专享的"口福"。妈妈的炒糖豆，是过年时孩子们口袋零食中的最爱。

妈妈炒糖豆用的豆，并不是普通的小黄豆，而是农民在田埂上种的豆，俗称"田埂豆"。这种豆要比普通黄豆稍微大粒些，有小孩子小拇指头大。"田埂豆"比小黄豆更加松脆好吃。但"田埂豆"粒大且产量少，价格要比普通黄豆贵一些。因为孩子们特别爱吃这种豆，所以妈妈每次做炒糖豆的豆，用的都是"田埂豆"。

做炒糖豆时，妈妈会把豆先炒好，搁在一旁晾上个把小时，待它们完全冷却发硬后，再把它们倒进熬制好的糖浆热锅里，反复搅拌，直至每粒豆子都被一层薄薄的糖浆裹上，然后再倒进一些早已炒熟的面粉，再次搅拌，让每粒豆都"穿"上"白衣服"，便大功告成了。

因选材上乘，加之妈妈炒糖豆时对面粉量、甜度、火候把握得恰如其分，妈妈做出来的炒糖豆好吃极了，成为孩子们的"掌中宝"。孩子们有时与小伙伴们换豆吃时，总感觉别人家的炒糖豆要么裹的面粉太多太厚，豆藏得太深，吃起来"空山不见人"；要么糖没挂住，豆不甜。而妈妈做的炒糖豆是绝对不会发生这种情况的。年后新学期开学时，孩子们都

会在裤兜里装上一把，拿到学校去让小伙伴们尝尝，每次都大受欢迎，通常都是被"秒光"，有时甚至连裤兜都被翻个底朝天。

过年时炒糖豆是寻常人家的常态，但也有一些经济条件更好的"大户人家"，会给孩子们做炒糖花生。豆毕竟是豆，即便是用最好的"田埂豆"做的炒糖豆，其口感也仍逊色炒糖花生米。孩子们偶尔吃到"大户人家"孩子分发的炒糖花生米后，会回家向妈妈"渲染"。

花生比豆好吃，妈妈焉能不知。无奈花生又确实比豆贵不少，且粒大易耗不经吃。当年像我们这种孩子多、家庭开支大的普通人家，又是确实无法与"大户人家"去攀比的。

不过，妈妈自有妈妈的办法，妈妈在做炒糖豆时，会用少许花生米"混"进豆中。孩子们在吃炒糖豆时，要是谁运气好，在一小把糖豆中吃到一粒糖花生米，那开心劲就像现在有人买彩票中了大奖似的。看着孩子们在吃炒糖豆时，竞相炫耀偶得糖花生米时的高兴样，妈妈常常会故意放大嗓门问道：你们是谁又捡到金元宝啦？！

糖豆炒好后，妈妈通常是把它们装进她最喜欢的一个碎花白瓷坛里，用牛皮纸把坛口罩好后密封。

出于担心孩子们吃多了炒糖豆容易上火，妈妈会把装糖豆的那个瓷坛藏起来。不过无论藏在哪里，往往都躲不过孩子们的眼睛，隔三岔五地被轮番偷吃。往往才进入正月没几天，那坛炒糖豆就已所剩无几。向来对社会上偷窃行为深恶痛绝的妈妈，对孩子们偷吃糖豆之举，却佯装不知，熟视无睹。

有时发现孩子们因偷吃糖豆过量导致喉咙上火不适时，妈妈往往也不挑明，只是悄悄煮些黄豆水、绿豆汤等清凉饮品，交代孩子们要多喝点，以免喉咙痛加剧。只要妈妈一煮清凉物，孩子们便知道自己的偷豆行为败露了。

孩子们常常偷吃炒糖豆，妈妈却一反常态的宽容和淡定，熟视无

睹。孩子们一度也很费解，不知平日时时不忘对孩子们耳提面命，告诫孩子们绝对不可染上偷窃等不良行为的妈妈葫芦里究竟卖的什么药。

直到有一次老三兆星和老尾兆民"合伙作案"偷吃炒糖豆，被妈妈抓了现行，才解开了谜底。妈妈对着一脸囧样的两个孩子说：听说你们读书人有句什么口头禅叫"偷书不算偷"，那么在自己家里，偷食妈妈做的好吃东西，也勿能算偷，只能算贪食。过年了，偓也勿反对你们多食点好料，但要注意再好食的东西也勿能过量，不然会对身体不好。再一个，你们一定要记得事后帮偓将装糖豆的瓷坛坛口仔细封好，才勿会跑气，否则里头的糖豆就会变软勿好食了。

## "番薯起"

有几个年，孩子们是跟着妈妈在莆田老家过的。一种本地人称为"番薯起"的番薯饼，是在老家时妈妈做的年货中，孩子们印象最深的。它是当地过年及办喜事时，家家户户必备的一种饼，主材料是番薯，发酵后易膨胀，当地莆田方言里，"起"有"胀"之意，所以当地人称之为"番薯起"。"番薯起"或蒸或烙，不论冷热，松软可口，都很好吃，且易保存。可谓是莆田过年小吃的代表作，不失为一种独特的美食文化。

"番薯起"，因其制作工艺比较复杂，稍不小心，就会发酵不起来，变成"死饼"，硬如木块，无法下口。1969年全家刚迁回莆田老家时的第一个春节，看着乡亲们都在做"番薯起"，妈妈也跟着尝试做了一回，结果以失败告终。孩子们当年过年时吃的"番薯起"，都是宗亲们馈赠的。

这事对一向不肯自甘人后的妈妈刺激很大，她暗下决心要做好"番薯起"。从正月起，每逢有亲友办喜事做"番薯起"时，妈妈都主动靠前打下手，既帮忙亲友，又可偷师学艺。终于，妈妈也做得了一手好"番薯起"。

妈妈做"番薯起"时，孩子们往往会在一边围观。只见妈妈把当季

刚出的新鲜番薯削皮后洗净切块蒸熟,剁捣成绵柔的泥状,装进大瓷缸,再加入事先磨好的米浆一块发酵。发酵好后,一个个揉捏成鸡蛋般大小,放进饼模具做成月饼状,蒸熟后即可食用。

妈妈还独树一帜,创造性地在"番薯起"发酵阶段,拌入二三十个自家养的母鸡下的蛋,所以做出来的"番薯起"往往比别人做的要香许多,尤其是烙煎时,满屋飘香,孩子们都很爱吃。

莆田农村盛产地瓜,在老家生活的那几年,每年一进入腊月,妈妈就会分批次做出数百个"番薯起",不仅过年时足够吃,还可供孩子们开学后吃上好长一段时间。开学后,孩子们每次出门前,妈妈都会不忘用干净的纸张包上一两个"番薯起",塞进孩子们的书包,作为他们的课间点心。有时,孩子们会掰些给同学分享,同学们都说比他们家做的好吃,他们哪里知道,妈妈做"番薯起"的配方与众不同。

长大了的孩子们,纷纷出外学习、工作,尝过各种风味的饼,也见过形形色色的饼,却无不认为还是比不上妈妈当年做的"番薯起",既好吃又好看。

## 做"红团"

"红团",是莆田另一种著名的特色风味小吃。表皮呈红色,内有馅料。主要供结婚、满月、做寿、乔迁等喜事时用,也是过年时许多家庭必备的小吃。因其外观通体艳红,相当喜庆,在老家生活的那几年,向来讲究纳吉讨吉的妈妈,在备年货的"清单"中,"红团"自然居于显位。

"红团"通常以糯米粉掺拌面粉,添加些红色素,加水揉制成皮。以绿豆或糯米加糖相和为馅,用揉好的皮裹成小孩拳头般大小的圆团,将圆团搁进印模成形后,置入蒸笼中蒸熟即成。

做"红团"前,妈妈的准备工作是相当充分的。入夜后,妈妈把制作

"红团"皮所用的糯米先放在清水缸里泡上。如果糯米浸泡的时间不够，会导致次日拿去碾磨时磨不细；泡久了又容易发馊。因此，妈妈整个晚上都睡不安稳，要起床好几趟，反复察看糯米的浸泡情况，把握浸泡时间，及时捞出糯米。妈妈还会去老宅后山采些品相上乘的鸡蕉叶，以作蒸"红团"的底垫，确保"红团"不粘在蒸笼上，起笼时不致露馅。做馅的绿豆，妈妈也是挑了又挑，生怕混进个别质量差蒸不熟的"死豆"，孩子们吃时磕到牙。做色素用的红菜头汁或红萝卜汁，妈妈更是精心压榨保存。

特别是印模，妈妈会挨家挨户去借那些早早就留神好的雕刻着"福""禄""寿""喜"字样及双孩儿、庆丰收等寄托美好愿望的祝福图案的上佳印模。所以，妈妈做出来的"红团"模样，并不是千篇一律，而是千姿百态、煞是好看。

当年，妈妈做的"红团"，造型多样可爱，个个馅料饱满，色泽红艳。"红团"出锅时，红彤彤，热气腾腾，香味四溢，软糯可口，深受孩子们喜欢。有时光拿在手上，就爱不释手，久久不忍下口。

每次做"红团"时，妈妈都会把她听来的关于"红团"的传说——富家子弟"盘舍"与落难女子"美思"的相知相恋、以红团寄托相思的爱情故事，经自己"艺术加工"后，再"二传"讲给围在身边的孩子们听，孩子们总是听得津津有味，在享用饕餮大餐前先享受一番精神美餐。

## 酿米酒

这可是妈妈最为重视的年货，可谓年货的压轴大戏。孩子们成家立业前，大部分的年，都是在连城过的。连城客家人过年，家家户户米酒的用量都是很大的。特别是正月里，见面话不在多，往往先进三碗米酒。当地流行的一句话是：过年过年，冇肉可以，冇酒勿行。妈妈从小在连城长大，自然深知这一习俗。

　　妈妈时常会说:借钱借米勿借酒。意即什么东西都可以借,唯独不能开口向别人借酒,这是酗酒的酒鬼行为,会让人看不起的。为了确保过年时不借酒,每年一入冬,妈妈就开始在赶圩时特别留意物色上等的糯米,依经济条件,少则半笪(三十五斤),多则一笪,亲手自酿过年的米酒。妈妈认为,过年用的酒酿顺了,来年一切都会顺。

　　妈妈告诉孩子们:酒跟狗一样,都是很有灵性,会认主人家的。你要是好好用心对待它们,它们也会好好报答你的。只要自己有条件做,过年的酒就要尽量自己做,酒就会像自家养的狗一样跟你亲,酿出来的酒都是好酒。

　　妈妈酿酒,是相当有仪式感的。妈妈说,米酒要做好,勿要在大白天做,最好在夜深人静时做,那样不会吵到酒神,惹它生气,让你喝勿到好酒。妈妈做酒,通常都是在夜里十一二点以后,待孩子们入睡后,才开始忙乎开的。

　　做酒的这一晚,妈妈照例几乎是通宵未眠的。妈妈说,做酒的当晚千万勿能贪睡,要像给刚出世不久的婴儿喂奶一样多起来几趟照料它,才能做得好。

　　妈妈用个大饭甑把糯米蒸好,倒进一个大缸,再找床棉被,小心翼翼地把大缸捂得严严实实。然后,每隔半个小时左右,掀开一次,散气后再捂好,反复多次。妈妈说,这样,米酒才不会因太热变酸,或因太冷不出酒。妈妈还说,做酒最怕不出酒,要是有那么甜哪怕有点酸,好歹凑合还能喝。要是不出酒,就像竹篮打水一场空,啥都没有了。

　　妈妈捂酒缸用的那床被子,非常有讲究。妈妈会事先特地把家里那床最新、被面纯色的被子找出来,将被面拆下洗得干干净净,连同里头的棉絮一块掏出来晒得喷香喷香的。妈妈说,用这样的被子捂出来的酒才会出酒,才甜。

　　每次成功出酒时,妈妈都会抑制不住高兴的心情,叫上孩子们到酿

酒的那个缸边，一块欣赏缸中央那一小窝新冒出的酒，并边说着"财水出来了"，边用小瓷匙给围在身边的孩子们每人喂上一小口……

有时，妈妈会不无幽默地告诉孩子们：除了大肚子怀孕生小孩带婴儿，就数做酒最需要小心了。由于妈妈的小心，在孩子们印象中，妈妈的酒都很成功，特别甘醇，令人唇齿留香，深受亲朋好友称赞。遇到有人取经时，妈妈会很谦逊地告诉人家说：偓年轻时也勿会做酒，也是经过好多次做勿好后，才慢慢学会的，熟能生巧。不过，实在要讲经验的话，就是做酒的日子一定要先拣好，再就是糯米、酒饼（酒曲）都要买好的，水要用井水。

而给孩子们传授经验时，妈妈则会说得更详细。妈妈说，买对做酒的糯米，是第一重要的。一定要非常仔细去辨认，千万勿要买那种看起来油光发亮、经过处理过的旧米，而要挑选表皮显得粗糙但仍能闻到一股香味的新米，新米更会出酒。妈妈还说，酒饼的好差，就连经常做酒的人也很难辨认。所以，买酒饼一定要去大家公认的老字号店里去买，千万勿能贪便宜几分钱，买到勿好的酒饼弄坏了一大坛酒，那就真的像是"缝衣针上削铁，大把锄头扛出去"了。

后来，妈妈渐渐老了，酒做不动了。但妈妈已教会了孩子们做酒，尤其是老二兆雄及媳妇罗兰珍与爸爸妈妈一块住的时间最长，深得妈妈做酒的真传。听到他俩每次做出来的酒得到客人赞誉时，妈妈都会流露出无比的欣慰。再后来，孩子们喝过各种酒，家里也并不乏各式各样的酒，但孩子们最想喝的还是妈妈当年亲手做的酒。

# 添置篇

平日,添人添衫、添碗添筷、添米添油、添柴添火、添财添丁、添福添寿等带添字的词,妈妈特别喜欢,使用的频率非常高。

过年时,妈妈有句口头禅:新年要有新彩头,该添置的东西一定要添置。即使孩子们都长大成家了,每逢快过年时,妈妈仍会时不时提醒他们:再过几天,圩日就要停了,很多店铺也要关门。过年家里要用的东西,一定要备得齐齐的,免得临时抱佛脚买不到,又勿好向别人借。

年前,妈妈自己添置的东西,以厨房用具为主,小至碗筷、菜刀、菜板、锅铲、高压锅圈等,大至铁锅、饭甑、桌椅、电饭煲等。妈妈督促成家后的孩子们为迎新年添置的东西,则有缝纫机、洗衣机、彩电、冰箱等妈妈眼里的"大家当"。

## 新碗筷

妈妈常说:一副碗筷一个人,一张床铺一夫妻。新碗筷,这是年年过年时妈妈厨具必添品的首选。过年时,无论家里还有多少能用的碗筷,妈妈是一定会再去采购一些新碗筷的。哪怕橱柜里还存有往年买的尚未启用的碗筷,妈妈也不认为它们是新的了,而必须再添新。

妈妈有时还会告诉孩子们说:连那些乞丐过年了,都知道会换副干净的碗筷乞讨,我们家里过年要是冇新碗筷,那就连要饭的都不如了。

与其他许多年货是在进"年界"后才采购不同，新碗筷，妈妈往往会在一进腊月后就去店铺早早买好。妈妈说，碗筷一定要早点去买，勿单单是为了更便宜，更主要的是，外观好看的碗筷，特别是好碗才勿会被别人挑光。

不知妈妈出于什么考虑，买碗筷时，妈妈还特别喜欢带着孩子们一块去。孩子们小时候，都跟妈妈去买过碗筷。对碗筷的挑选，可是妈妈的拿手好戏，妈妈有她独到的经验。

一家人在连城过年时，妈妈买碗，岂止是货比三家，简直可谓跑遍全城。当时，连城县近郊李屋乡，有个员工逾百、规模很大的国营瓷厂——李屋瓷厂，盛产各种碗碟。近水楼台先得月，县城里的瓷器店特别多，大大小小不下二十家。虽然大部分瓷器店卖的碗，都出自同一瓷厂，但因其炉窑、批次不同，同样价格的碗，质量还是有差别的。为了选到好碗，城里卖碗的瓷器店，妈妈几乎都涉足了，进行反复比较。

最终，妈妈买的碗，个个看起来都是那么圆滑饱满，色泽均匀，绝无丝毫裂痕或坑洞。每次拿回家时，妈妈都会叫上孩子们，边自豪地展示给孩子们看，边告诉孩子们挑碗的诀窍是"一看二摸三听声"，即看起来透亮，摸起来光滑，听起来清脆。

对筷子的挑选，妈妈也有独到之处。在二十世纪六七十年代，无论是在小县城店铺，还是在农村集市，卖筷子的都不像现在一盒几双包装好，论把论盒卖，而是一大堆筷子横七竖八地丢在一个大箩筐里，让买家自己挑选。

妈妈会把一大把筷子拢在手里，筷子头朝下，上上下下来回顿上几十下，然后先挑出笔直且长短一样的部分，再从中找出粗细更接近的那几根。妈妈说，筷子整齐均匀，长短一致，不仅仅是好看，更主要是夹菜时夹得牢，不然，容易往下掉，既浪费饭菜，又会把桌面地面弄脏。妈妈说，筷子要是两根勿一般齐，就像一个人长着长短腿一样难看相。

买筷子时,深知客家习俗的妈妈特别强调要成双成对,一定要算准,不可以出现单数。在孩子们都还没成家时,家里人口未过十,但妈妈过年买筷子时,一定会多买上几副,凑成十双或十二双。

兴许妈妈认为,添了新碗筷,让碗筷等人,预示着家里会加人添丁。孩子们到了谈婚论嫁年龄时,家里有媳妇娶进门、孙宝宝降临,是最令妈妈期盼高兴的事。妈妈告诉孩子们说:听说巢做好了,凤才会去落窝。同样道理,家里碗筷多准备好几双,人丁自然来。妈妈总是这样,虽然没什么文化,但无论做什么事,总能以自己丰富的生活阅历,将一些深奥的道理化为浅显易懂的表述,似春风化雨沁入孩子们的心田。

后来,孩子们都有了自己的小家庭。受妈妈的影响,过年时,每个孩子都会添置些新碗筷。长年累月下来,每个小家庭的橱柜里,都塞满了各种碗筷,蔚为壮观。

# 新锅头

要过年了,家里添个新锅头,妈妈也是相当在意的。妈妈说:一个田螺一个篦,一个锅头一个家。想必在妈妈心目中,锅代表着家,代表着人丁兴旺,新年有新锅,意味着孩子们长大成家立业,分门立户。

所以,要过年时,不管家里的锅是多是少,是新是旧,妈妈会像过年必添碗筷一样,一定是要添置个把新锅。妈妈买锅,以铁锅为主。倒不是妈妈知道铁锅富含对人体有益的铁元素等,而是妈妈认为铁锅做出来的饭菜更香更好吃,同时铁锅破了还容易修补。当年可是有专门的补铁锅师傅的。

妈妈晚年时,与爸爸一块随孩子们到厦门居住,妈妈囤的锅就更多了。厦门当地有个中秋博饼的习俗,常常会以电饭锅、电炒锅等锅类作为奖品,家里要是哪个孩子在外面手气好,博饼捧个锅回家,那无疑是令

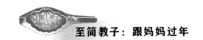

妈妈无比开心的事,会被妈妈好生夸奖一番。长年下来,除去一些消耗,家里各种锅,铁锅、铝锅、钢精锅、电饭锅,各种锅,大的小的,国产的进口的,可谓琳琅满目。锅,可谓是家里库存最多的家什。

家里有一些积存的厨房用具,有时,妈妈会送些给亲戚朋友或来家搞卫生的家政阿姨,唯独没见过妈妈把锅送掉。显然,妈妈认为家里的锅是有特殊象征意义的,所以不可以随意送人。早些年,妈妈会郑重其事地提醒孩子们:过年时要送人家东西,送鱼送肉、送铲送勺都可以,就是锅头勿能送,必须留好。

不过,随着时间的推移,尤其是每年中秋节前后,在厦门的孩子们博饼得来的锅越来越多,在橱柜里越来越占位置。孩子们深知妈妈的惜锅情结,不敢打它们的主意。儿媳妇们有时却会背着妈妈,悄悄整理出些锅拿出去送人。一向对儿媳相当包容的妈妈知道后,自然不会对她们有丝毫责怪。妈妈虽然表面上装得若无其事,内心其实还是很不舍的。幸好,孩子们的孩子,即孙子辈也纷纷工作、成家了,锅还是用得着的,家里库存的那些锅渐渐有了新的安家落脚地方,这点深为妈妈乐见。

# 新菜刀

小时候,孩子们就常常听妈妈说:厨房里东西除了锅头外,就是菜刀最重要了,它不单单能切菜剁肉,还能保护灶神的安全。

菜刀,不仅有实用功能,还被妈妈赋予了"灶神卫士"的特殊地位,自然也就成了妈妈年货采购单里的重要一项。

每年一进"年界",妈妈就会去城里公认"刀最利"的一家刀铺去买把新菜刀。店里为招徕顾客,配有免费磨刀石,但妈妈从来不在店里享受免费磨刀待遇。妈妈告诉孩子们说,他们只是简单地磨一下,磨出来的刀勿好用,并且被开过刃的新刀再拿去给磨刀师傅磨时,他们会勿开

心的,勿开心自然做勿好事。

妈妈告诉孩子们:挑选菜刀,勿要只看它外观光亮好看,最重要的是要拎起来多掂量几次,看它重勿重,用起来有冇分量。就像看一个人一样,勿要被他衣服穿得光鲜靓丽蒙住眼睛,而要看他人好勿好,内心善良勿善良。

新菜刀买回家后,妈妈就会天天留神磨刀人的吆喝声。

一听到窗外老远传来磨刀师傅那极富韵律的"磨菜刀抢菜刀"的吆喝声,妈妈再忙,也会马上停下手中的活,找出新买的那把未开刃的菜刀,以及家里几把常用的旧菜刀,早早候在门外。磨刀师傅干活时,妈妈会搬个小板凳坐在一侧当"监工",一边比比画画叮嘱师傅刀哪些部位要重点磨,一边轻声自言自语说着"刀利吉利""刀顺运顺""刀起邪去""刀刀见财"等吉祥话。

后来,妈妈与爸爸离开连城,来到厦门与孩子们一块居住,远离了熟悉的刀铺,妈妈渐渐不再自己去买菜刀。过年时,妈妈还总是会不忘提醒孩子们要添把新菜刀。但与磨刀师傅打交道,妈妈始终自己来。无论是住在街巷深处的低楼层房子,还是住在喧嚣声大的高层,听力逐渐衰退的妈妈,对很多声音的反应已日显迟钝,却唯独对窗外传来的磨刀师傅的吆喝声,依然是那么的敏感,总能第一时间敏锐捕捉到,连忙把家里的菜刀拿出去让师傅磨。

妈妈说:过年了,一定要把菜刀磨得利利来,切出来的菜才会像模像样。特别是削骨剁肉时,不单是切得快,更主要的是切出来的肉齐齐整整,做好的肉端出来才好看相。要是菜刀不利,把肉切得挂丝带碎的,煮熟端出来,看相差,人家客人看了,会笑话你的。还有,刀磨得利利的,哪怕一时冇用,挂在墙上,就像关公手里的那把大刀一样,也是能驱邪吓跑妖魔鬼怪的。

# 柴多多

孩子们小时候，家用电器是个稀罕物，更没有煤气天然气。炉灶燃料，以烧天然的柴木、煤炭为主。妈妈说，柴米油盐醋，柴火排在第一是有道理的，要是有柴火，你有再多好吃的鱼啊肉啊也煮不了，也到勿了你嘴里。过年时卖柴卖炭的店都要关门，一定要早点把柴火石炭准备好。米油盐巴味精这些东西要是一时有了，可以去向左右邻居借，要是有柴火了，去向人家借就不像话了，会被人笑的。

临近过年，妈妈喜欢把家里的柴火积存得多多的。除了担心断火，还有另一层原因——讨好兆头。向来讲究纳吉的妈妈说：过年时，柴火积得越多，招来的财宝越多，柴火烧得旺旺的，家里也会财水旺盛。

在连城生活时，家里燃料主要是石炭。在城郊的西山，盛产优质煤炭，当地人俗称石炭。与其他人家一样，妈妈也是把块状的石炭买回家后，放在自家的门前空地上，带着孩子们一块把它捣碎成粉灰，然后加工成形似老鼠的实心椭圆"老鼠炭"和形似厚饼且中间带孔的圆"饼炭"两种，晒干保存。其中，"饼炭"是有铁模具的，而"老鼠炭"则完全靠手捏。在文化生活比较贫瘠的早些年代，跟着妈妈捏"老鼠炭"，成了孩子们的一大乐趣，因为每次妈妈都会教孩子们捏出各种形态逼真的小老鼠、小黑兔等，即使弄得黑头黑脸也在所不惜。

生怕过年时柴火不够用的妈妈，会充分利用屋前屋后可以避雨的角落，把加工好的石炭积存在那里。时间一长，左邻右舍都知道老柯家有个很会积石炭又肯帮人的女主人，偶有"断火"时来向妈妈借，都能如愿而归。妈妈虽然自己很忌讳向别人家"借火"，但对邻居们的伸手求援，却总是有求必应，还会乐呵呵地送上一句话：做出了好食的菜，勿要忘了催的石炭功劳啊。

七十年代在莆田农村老家生活时，不用说电、煤气、天然气没有，甚

至连煤炭也没有。灶头里烧的，主要以深山里捡回的枯木、烂树头为主，辅以房前屋后山上的杂草、松毛（松树的针状叶子）。平时家里用柴，主要由正值豆蔻年华却辍学的小女儿兆芳承担。

每年农闲时，兆芳就会跟着一帮比她大得多的宗亲大姐大婶们，徒步到离家十余里远的深山老林里去寻拣枯树，劈成便于捆扎的短树段挑回家。一般都是凌晨四五点天一放亮就出发进山，傍晚天黑前出山回家。上山时，需带上中午吃的干粮。

路途遥远，兆芳年纪又比同行的人小，妈妈担心她不胜体力，所以妈妈会算准小女儿返程的时间，在学校下午放学后，安排老二兆雄或老三兆星带上扁担和绳子，捎上些点心，在兆芳返程的途中去"撞"姐姐，让她补充能量，并帮她"分担"，即匀出三分之一左右的重量给弟弟挑。

兆芳至今还深有感触：当年妈妈想的就是周到，吃点点心补充能量固然重要，但最重要的还是安排弟弟去"分担"，在挑担返程快精疲力尽的时候，肩上的担子哪怕只减轻三五斤，都像卸掉一座大山似的。

山上弄回来的这些枯树段，因比较潮湿，还需晾晒一段时间才能入灶。妈妈会让孩子们把它们劈开后逐层架空，呈六边形状摞在屋檐下朝阳避雨处晾晒。孩子们，尤其是老二兆雄的劈柴功夫和老三兆星的摞柴功夫，没少受妈妈的夸奖。有时，妈妈还会将家门口的一大堆枯树段分成若干份，让在家的几个孩子进行摞柴比赛，那热闹劲常常吸引不少路人"观战"。

进入腊月后，为了确保过年期间的柴火充裕，妈妈对搁在门口那几垛柴火的使用，显得特别"吝啬"，能不动用就不动用。妈妈会督促放假了的孩子们去距家数百米的"垅边山"上拔一种叫"狗毛针"的草，耙松树的落叶"松毛"。"狗毛针"与"松毛"的共同特点是：烧起来火势很旺，但不耐烧，一大把塞进灶洞，很快就灭。几个孩子一起上山一整天的"劳动成果"，往往只能勉强够灶头用上一顿。

为了鼓励孩子们上山拔草把"松毛"，妈妈还常常会承诺以"讲古"为奖赏。加之上山干活，还能顺手采到"乌饭"等野果，孩子们也是乐此不疲，年前那几天，几乎天天都给妈妈背回几大捆"狗毛针""松毛"，让妈妈为过年囤的那几垛柴火几乎可以原封不动，深得妈妈欢心。

后来，石炭、木柴双双退出家庭舞台，为电器、煤气、天然气所取代，过年时妈妈不再为家里囤积柴火而操心了。但妈妈对柴火的重视，仍然一如既往。快过年时，妈妈总是不忘反复叮嘱孩子们，煤气罐要及时换，最好多买个小罐备用，以防断气停电。

## 小硬货

国家改革开放后，随着孩子们纷纷都走上工作岗位，爸爸的离休工资也加了好几次，家境逐步变得殷实起来，妈妈不再为孩子们的温饱操心，手中也渐渐有了些闲钱。过年时，妈妈会花上几十上百元，去首饰店买一点耳环、戒指这样的小件黄金饰品，并把它叫做"小硬货"。

年底，妈妈会让孩子们陪自己去首饰店物色些金饰。妈妈说，过年进点金，既能保值升值，又能传给子孙后代。特别是日后万一遇上手头紧急需时，还能随时变现应急。手上闲钱少时，妈妈也会至少去买副价值仅几十元的耳钉，以了却心愿。

妈妈以她几十年的人生阅历，认为家里必须得有一些急需时能够变现的"小硬货"。平日，妈妈会向孩子们比喻：钱如流水，年底了你们各种奖金、入账比较多，可要好好用起来。闲钱放家里柜子抽屉里，用着方便，今天抽一张，明天抽一张，是会不知不觉抽光的。倒不如拿去买些首饰放着，你总不能把它们今天削一点明天削一点去花吧。

每到年底"奖金季"，看着长大工作了的孩子们手头比平时阔绰些，妈妈便会提醒孩子们说：会赚钱很重要，会管钱其实更重要。过年了，添

置些家当,多买些年货,包红包大方点,该花的都得花,不过也别忘了买点"小硬货"存起来,有时候小硬货会救大急的。

有段时间,老大兆斌老二兆雄热衷于用闲钱炒股,哥俩一碰头就是聊股票聊个不停。对此,妈妈时不时插话告诫他俩:厓听外头人说买股票十个里有九个是蚀本的,这种像婴儿的屎尿一样冇准头的东西,你们最好少碰,确实有点闲钱的话,就去买点"小硬货"。如果遇有老尾兆民也在场,妈妈则会意味深长地对孩子们说:像老尾兆民这样开工厂办公司的,要是哪一天事业做大了,上市发行股票了,那你们几个当哥哥姐姐的,要买自己弟弟公司的股票,你们买再多,厓都喜欢,反正肉都在自己家的锅里。

为强调买"小硬货"这个问题的重要性,妈妈会常常不忘举例告诉孩子们:在老尾兆民刚出世那年,有段时间你们爸爸身体特别不好,胃老是出问题住院,医生交代营养一定要跟上。当时家里一点积蓄都冇,将厓与你们爸的那副好床板卖掉后,也就冇什么值钱东西可卖了,厓只好将厓自己唯一的首饰——一副耳环卖了,买了几根老参,那段时间天天用它炖小母鸡给你们爸爸吃,他的身体才很快好起来。老头子他能活到现在这么老,跟那几根用厓那副耳环换来的老参也是分勿开的。

光阴荏苒,世事难料。几十年来,妈妈的这些古朴嘱咐,令孩子们受益匪浅,不仅摒弃了想通过炒股等"一夜暴富"的思维,养成脚踏实地干事业和勤俭节约的好习惯,在个别特定时期,有的孩子还真如妈妈所言"小硬货会救大急",用平时积攒下来的"小硬货"变现,解了一些"燃眉之急"。

妈妈走后,孩子们整理妈妈留下的东西。孩子们怎么也想不到,自己没有退休金,只是靠帮爸爸代管工资精打细算的结余,凭孩子们平时给些零花钱的妈妈会存下近三十件"小硬货",让大家庭里四代二十几个人每人都得到了一份永远的传承!

# 大家当

二十世纪八十年代末起,彩色电视、冰箱、空调、洗衣机等家用电器在中国应运而生,并逐渐进入寻常人家。这些在妈妈眼里属于值钱、便捷、时尚的高端产品,妈妈把它们统称为"大家当"。

在"大家当"刚兴起的那几年,孩子们均已有了自己的小家庭。要是哪个孩子买了件"大家当",尤其是赶在年前买的话,那无疑是令妈妈相当开心的一件事。孩子们新买"大家当"的那几天,妈妈喜不胜收,言必"家里又添大家当了"。

随着日子的改善,孩子们买的"大家当"日益增多。进入下半年后,只要妈妈知道哪个孩子有计划要买"大家当",如果不是急需的话,妈妈总会提醒孩子们:能不能缓一缓等到过年时再买,新年添"大家当",那多喜庆啊。

那些年,无论妈妈与哪个孩子住在一起,只要这个孩子家新买了件"大家当",妈妈一天到晚就围着"大家当"转,手里拿着一块干净的红绒布,一有空就把"大家当"里里外外擦个不停,容不得半点灰尘。有次,已近八旬高龄的妈妈住在老三兆星家,居然瞒着老三,悄悄踩在床铺的被子上去擦洗新买的空调,结果不小心滑倒在床上,虽幸无大碍,却着实把老三兆星吓出了一身冷汗,并向妈妈发出了"限高令"。

1999年福厦高速公路全线通车那年,老尾兆民买的国产桑塔纳"2000型"红色轿车,令妈妈高兴不已,说这台"洋车"是有家以来最大的一件"大家当"。原本兆民得知福厦高速九月底通车,是想赶在"十一"国庆前买车,成为福厦高速公路开通首批"驾车见证人"的。妈妈知道后,按捺不住喜悦的心情告诉老尾兆民:能勿能再坚持些日子,等过年时再买,添个"大家当",开新车迎新年多好啊! 老尾兆民便遂了妈妈的意,向车行预定腊月底提车。

提车那天，妈妈催着爸爸早早起床，找出自己及爸爸平时舍不得穿的好衣服，一番精心梳妆打扮后，一起陪老尾兆民及媳妇林梅去4S店坐妈妈说的"柯家的第一台洋车"。

正因为家里有了"洋车"，后来妈妈还跟喜欢看车展的老尾兆民去厦门会展中心看了好几趟车展，居然也迷上了车展。只要听说厦门哪里有车展，就会要求孩子们带她去看。见多不怯，加上自己家也有"洋车"了，跟孩子们去看车展时，面对琳琅满目的"洋车"及珠光宝气的车模，妈妈显得底气十足、泰然自若，在豪华的展厅里胜似闲庭信步。2008年正月的一天，老三兆星带妈妈去厦门国际会展中心看车展，当时有个靓丽洋妞车模大概是发现妈妈的气质与一般老太太大不相同，反过来想蹭妈妈的"流量"，破天荒地走下展位，"屈尊"主动走到妈妈跟前，邀请妈妈与她合影，曾引发了现场一阵不小的骚动。

这年正月初三，妈妈拽着爸爸，叫上老大兆斌、老二兆雄，让老尾兆民开着这台新车载他们返回莆田老家。进入涵江区西天尾至老家碧溪这段山区路段时，妈妈一直与爸爸说个不停：老头子啊，你说你当年一头挑着一两个月要食的地瓜咸菜，一头挑着沿途要卖的米粉去城里读书，这段山路要走一整天，现在只要坐车半个来小时。我们要好好感谢毛主席、邓小平啊，是毛主席让人修了这条路，邓小平让我们的老尾有钱买这台车。

# 新衫篇

　　给孩子们张罗过年的新衣衫时,妈妈有句口头禅:有钱冇钱,新衫过年。妈妈还会认真向孩子们解释说,肚里冇食冇人知,身上冇衣受人欺。过年时,在家里吃好吃差,一般只有自己肚子知道,别人是勿清楚的,但正月当头,你要是冇新衣衫穿,还穿破旧的衣服出去,那就一下子会让满城满大街的人都知道。孩子们的新衣服,无疑是妈妈准备过年的重中之重。

　　即使在家里经济比较拮据的那些年,妈妈也强调:过年了,不管条件怎样,全家老小都必须得有新衣服穿,不然人家要说偓这个女主人勿会当家的闲话了。

## 挑布料

　　成品衣,在二十世纪五六十年代时,不仅很少,而且很贵。一般家庭,通常是买不起的,都是去布店买布,找裁缝师傅量身定做。过年时孩子们要穿的新衣服,也基本上都是妈妈带着孩子们去布店购买布料后,再拿到裁缝店去让师傅量身定做。与其说买新衣服,不如说是买新布。

　　在计划经济时期,买布,可不是你想买就可以买的。布,属于国计民生重要产品,是由国家专营的,而且必须用布票才能买。做一套衣服,成年人通常需要七尺左右的布,尚在读小学未发育的小孩则依身高体重

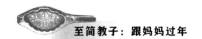

情况,需要五至六尺。

当年的布票是按家庭人口来计发的,家里每年发到手的布票似乎都不够用,或许有家里调皮的孩子多,衣服磨损快的原因,或许布票本身就供应不足。每年过年前,妈妈都要向别人买点布票,一尺布票也就三五角钱。当年,有些收入较高的居民,家里人买成品衣较多,会剩余一些布票,到年底布票快过期时,私下拿出去换些钱,而妈妈对这方面的信息一向都很敏感。要是有熟悉的人,不在乎那几角钱,把手上多余的布票送给妈妈,妈妈会把他们记很久很久,经常向孩子们提起他们:你身上这身新衣服就是用他送的布票做的,勿能忘记人家。

印象中,二十世纪六七十年代,整个连城县城只有一家卖布的店——县百货公司,位于城关南门头,正对着县政府大院两百来米处。买布时,孩子们也不懂布料质地,往往是到布柜前,先由妈妈主要负责挑选布料,再由孩子们自己决定喜欢的颜色。

是否耐磨耐脏,是妈妈选布的最重要标准。妈妈告诉孩子们:买布当然要买好看时髦点的,但更要买结实不显脏的。你们一放学就到处去野,要是布料勿耐磨勿耐脏,两下半就给你们弄破弄脏了,三天两头要补补洗洗,偓根本忙勿过来。特别是能穿得久点的布,就算一时贵一点,从长远看也是合算的,更省钱。


# 找师傅

当年,连城县城里做衣服的裁缝店虽然也有十来家,但真正公认做得好的也不过三五家。记得妈妈最认可的是在"衙门口"巷子的那家裁缝店。这家裁缝店生意最好,每年年底,店里每个做衣服的师傅都忙得不可开交,通常没有提早十天半个月,是预约不上的。

当年的预约,可不像现在一个电话或一条微信过去即可预约,而是

需要未来衣服的主人亲自带着布料过去店里，让裁缝师傅既看人又看布。师傅会根据布料的质地、孩子的体型等来判断做衣服的难易程度及所需时间，然后才留下布块，预收部分费用，并在一张小卡片上记上衣主姓名和取衣时间，再用别针把小卡片别在布上。从交布料到取成衣，通常至少需要半个月时间。

年底好的裁缝店师傅难预约，妈妈自然再清楚不过了。为了能早点预约上师傅，妈妈可谓想尽了办法。还没带孩子们去百货公司挑布前，妈妈会先去趟店里给认识的裁缝店师傅打个招呼，预告送布到店的大概时间，恳请师傅优先排单。

带孩子们去裁缝店时，妈妈还会从爸爸那要上一包他自己珍藏起来、平时舍不得抽的好烟，或路上买上一袋炒花生，带去犒劳师傅。因为妈妈是老主顾，加上又领了妈妈的"小心意"，师傅显得比接待其他顾客时更有耐心些。虽然师傅已用皮尺认真给孩子们量了尺寸，妈妈仍然会不厌其烦地把依偎在身边的孩子们身高体重胖瘦，特别是哪个孩子正处于发育期身子长得特别快等细节告诉师傅，事无巨细地叮嘱师傅哪个孩子的衣衫哪里要加长、加宽些。妈妈还会专门交代师傅在每个孩子的上衣肘部下方叠加块巴掌般大小的布，显得特别与众不同。因为妈妈发现正在读书的孩子们上衣这个部位容易磨破。

师傅们有感于妈妈的细心、懂行及对他们的敬重，做孩子们的衣衫时一点都不敢马虎，唯恐出差错。孩子们每年的每件新衣衫，穿出去都显得特别合体好看，经常引得邻居们向妈妈打探是哪家裁缝店哪个师傅的手艺。他们哪里知道，这其实就是妈妈的杰作！

## 自己做

令孩子们终生难忘的一套新衣衫，是1975年在连城过年时妈妈亲

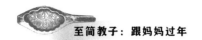

手做的那套新衣衫。

那年年底，爸爸胃疾复发住院。妈妈忙上忙下，一直忙到爸爸出院回家那天，妈妈才突然想起孩子们过年要穿新衣衫的事，便匆匆忙忙领着孩子们到布店选了当时比较流行的深褐色灯芯绒布，再急急赶往裁缝店。因手上的活实在太满，加上临时加的这一单又是好几套，所以任凭妈妈把好话说尽，裁缝店那些几乎年年都给孩子们做新衣衫的师傅还是不愿接单。

情急之下，妈妈丢出了一句几乎惊呆全场的话：那好，你有空勿给偓做，那就教偓做，不然偓今天就一直待在你们店里！最终，哭笑不得的师傅与妈妈达成了一个妥协方案：由师傅把布的大料裁剪好，告诉妈妈后续要领，让妈妈带回家自己加工。

为了孩子们这年仍能穿上新衣衫，妈妈豁出去了。白天，妈妈插空去裁缝店好几趟，不厌其烦地请教师傅，泡在店里观摩。有次，师傅被妈妈问烦了，半是无奈半是赞许地对妈妈说：偓带的徒弟也有你这么认真！早知这样，让你拿回家做，还要花去偓这么多时间，倒不如当初就接了你这一单好了。晚上，妈妈依葫芦画瓢学着上糊打样、收边缝制、熨烫整型，连续五六天，几乎天天都熬夜到凌晨两三点。

那几天，爸爸妈妈的床铺上、餐桌上，到处摆满了布、剪刀、锥子、硬纸壳、软皮尺等，还有自己煮的供糊布用的稠米糊，家里简直就像个小裁缝店。经过连续几天通宵达旦的辛苦，妈妈给孩子们自己做的衣服终于大功告成。虽然达不到那几个头牌裁缝师傅的水准，但用裁缝店师傅的话说，妈妈的手艺已经相当于他们出师了两三年的徒弟的水平，每个孩子穿起来也都显得得体好看。

那时，灯芯绒布刚在小县城面世不久，也算是时尚布料。孩子们穿上这套衣服，无不自豪地告诉同学及左邻右舍的小伙伴，这是妈妈亲手做的衣服，简直羡煞了他们。正在读中学的老二兆雄、老三兆星及读小

学的老尾兆民，整个正月及过了年开学后，不约而同地几乎天天都穿着这套妈妈亲手做的新衣衫，久久舍不得换下。也正是这一年的正月，穿着妈妈亲手做的同样款式的兄弟们照了第一张合影照。

时隔几十年，孩子们至今仍清晰记得妈妈当年恳请裁缝师傅帮忙的急迫声音，记得妈妈在家熬夜伏案缝制衣衫的忙碌身影，仿佛在眼前。

事后，妈妈告诉孩子们，要不是人家师傅看在偃家孩子多，又是老关系，每年都是到他店里去做新衣服，人家哪里会肯教你。说实在话，师傅的教，也只是简单说几句，主要还是要靠偃自己赖在店里，仔细观察师傅们是怎么做的。不过话又说回来，人家师傅能让你待在他身边看，就已经很好了。你想想看，如果人人都去店里偷偷把手艺学去了，以后勿到他那做衣服，他们靠什么吃饭呀？

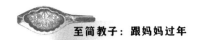

事实也确实是这样。有了这次成功的经历后，妈妈便渐渐走上了自己给孩子们做衣衫之路。

当年，市面上除了凭布票才能买的布外，还有一种叫"龙头布"的布是不需布票也可以买的。"龙头布"呈白色，质地粗糙，价格自然要比凭布票才能买得到的布便宜许多。家里孩子多，个个都在长身体，身上的衣服隔三五个月就不合身了。显然仅仅靠国家发的那点布票是远远不够买布给孩子们做衣服的。

于是，妈妈成了"龙头布"店的常客。这种布料，裁缝店的师傅通常是不接单的，因为报价低了，挣不到钱；正常报价，工钱都跟买布的钱差不多了，做衣服的人又不乐意。所以，妈妈把"龙头布"买回家后，用深色的染料染色晾干后，再把孩子们拉到身边，自行比画裁剪做成衣衫。

当然，早些年，妈妈用低廉的"龙头布"给孩子们做的衣衫，主要还是供孩子们平时穿。过年时孩子们穿的新衣衫，除了那年妈妈亲手做的那一套外，全是裁缝店的师傅做的，因为妈妈生怕自己把凭票买来的好布给糟蹋了。


# 成品衣

进入二十世纪八十年代后，孩子们纷纷长大工作、成家了。随着国家改革开放政策的深入推进，商品经济日趋发达，各种成品衣店（柜）如雨后春笋般遍布大街小巷，传统的手工裁缝店逐渐销声匿迹。

随着成品衣店（柜）的兴起，当年遍布县城的传统裁缝店寥若晨星，直至最后一家也关了门。在厦门这样的大城市，传统裁缝店更是一店难寻。即使难得见到一家，也因为缺乏市场的竞争，裁缝师傅的精湛传统手艺日渐衰微，无法令挑剔的妈妈满意。无奈之下，年底为长大了的孩子们准备过年必穿的新衣衫时，妈妈也只好随大流，让孩子们领着自己

去成品衣店（柜）物色现成的衣衫。

固然，成品衣店（柜）模特身上各式潮流新款的衣服琳琅满目，可选余地大，孩子们也最终都买到了过年穿的新衣衫，妈妈也会表示认可说：现在过年要穿套新衣衫真方便。虽然用不着妈妈去操办，孩子们也照样能穿得光鲜亮丽，不过，孩子们还是能够隐隐约约感觉出来，妈妈似乎有种说不出来的惆怅。或许，妈妈的欢愉，就在于自己亲自领着孩子们去买布，看着柜台边选布时孩子们欢天喜地的样子，或许就在于自己亲自与裁缝店师傅沟通互动，听着孩子们穿上新衣衫时叽叽喳喳的快乐笑声……

尽管如此，在成品衣的时代，临过年时，妈妈仍会催促孩子及儿媳们要抓紧购买过年穿的新衣衫。并且，妈妈还会告诉孩子们，家附近哪家店有哪种款式的衣衫，是适合哪个孩子的。显然，妈妈事先用心踩过点了。哪怕儿子儿媳妇及孙子中有好几个有军服、教师服等制服发放，妈妈也会时不时地提醒他们，单位发的制服归制服，再好的制服也是工作服，过年放假不上班时，还是要穿自己买的新衣衫。

也许是已经长大，也许是也与妈妈一样有留恋传统裁缝店的情结，慢慢地，过年时孩子们似乎很难在成品衣店（柜）找到合体满意的新衣衫。与其说在成品衣店（柜）找不到心仪的衣衫，不如说是找不到由妈妈领着去裁缝店量身定做或妈妈亲手做时，去领取新衣衫及穿上新衣衫的那种充满期盼、喜悦、自豪的感觉。

# 仪式感

孩子们日常的仪表仪容，妈妈一向很重视。每遇重要日子或家庭大事，妈妈都非常讲究仪式感。像孩子们在大年初一的一早穿新衣衫这件事，妈妈更是倍加注重仪式感。

平日，妈妈常对孩子们说，一个人做事情清勿清楚，可勿可靠，往往从他的穿衣戴帽可以看得出来。邋里邋遢、披头散发的人，很难指望他会将事情做得多好。妈妈话是这么说的，妈妈自己也是带头这么做的，无论是早些年在烧柴火的灶台忙，还是在工地干递砖挑沙的"老鼠工"（计时工），即使浑身沾满灰尘，妈妈也总是把自己的发髻收拾得整整齐齐的，把衣扣、鞋带系得紧紧的。

每天孩子们上学出发前，妈妈都会帮他们整理衣冠，特别是把孩子们的书包带与上衣肩部的交叉衔接部位理顺一番后，才让他们出门。

过年用的新衣衫做好后，妈妈会让孩子们在裁缝店试穿，在确认没问题后再取回家。为了不让衣服变皱变旧，妈妈是舍不得把它们拿去洗的。当年电熨斗可是个稀罕物，家里没有。妈妈会找个导热好的搪瓷大口杯，里头倒进刚烧开的水，很仔细地把孩子们的新衣衫逐件进行熨平。妈妈说，高温多烫几遍就等于给新衣衫消毒干洗了。

孩子们的新衣衫熨烫好后，妈妈会马上把它们折叠妥当后放在自己衣柜的里角，要求孩子们不到过年不可以先偷穿。妈妈说，新年穿的新衣衫就必须新年第一天穿，这样才有意义。做好的新衣衫不能马上穿，这对期盼穿新衣衫的孩子们来说可谓煎熬。

直到年三十晚上一家人吃过年夜饭，孩子们上床后，妈妈才会把新衣衫取出来，一一将平整后，搁在孩子们的床头柜或床边的书桌上，并在每套新衣衫上放一张自己亲自撕剪的小窗花，约莫火柴盒大小，小窗花上的字一般是单字，自然都是"福""寿""吉""顺""好"等吉祥字。

新衣衫的"首秀"，一定是在年初一的早上。一旦孩子们起床洗漱好后，妈妈便会神奇地准时出现在他们面前。为免孩子们把早已熨烫好的新衣衫弄皱，妈妈会手把手地协助孩子们穿。尤其是穿裤子时，妈妈总是会弓着腰，让孩子们把一只手搭在自己肩膀上，以防孩子们身体失去平衡跌跤，并防止一大早就把新衣衫弄脏。

穿新衣衫时，妈妈会要求孩子们自上而下穿，先穿上衣，后穿裤子。为此，妈妈还有个很生动的诠释，告诉孩子们：当年你们出生时都是头先钻出来的，医生说这样才叫顺产。要是你们脚先出，那俚就要受折腾遭罪了。所以，穿衣服时，也要从头到脚，新的一年你们就会一切顺顺利利的。

对妈妈这样的话，正在学校接受现代教育的孩子们自然是半信半疑。很多年后，孩子们也有了自己的孩子，妈妈协助初为人母的儿媳们给尚在襁褓中的孙子（孙女）洗澡要穿衣服时，妈妈也总是会一如既往地在一旁提醒儿媳们，先把上衣给他（她）裹上，这样才不容易着凉。孩子们终于明白，原来是过年时天气寒冷，妈妈要求穿新衣自上而下，是为了防止着凉生病。

正因有了妈妈事无巨细的悉心打理，小时候孩子们过年时穿的新衣衫，无论是裁缝店师傅做的，还是妈妈自己做的，件件（套）都是那么合体漂亮，正月里穿出去，总能引来左邻右舍孩子们阵阵艳羡的眼光。

在经济拮据的那些年代，孩子们过年穿的那套新衣衫，通常也是全年唯一的一套，却因其好看得体，常常引得小伙伴们羡慕不已。过年的新衣衫，孩子们往往一穿就是十天八天，脏了也舍不得脱。只是在妈妈的三令五申下，才依依不舍地脱下心爱的新衣衫，让妈妈去洗。

老大兆斌家一直珍藏着妈妈传给他的一件"女干部"服。那是兆斌刚上小学那一年，临过年时，爸爸又生病住院了，妈妈实在没空带兆斌去做新衣衫，便把结婚时爸爸送给她、平时不太舍得穿的一件新中国成立初期流行的"女干部"短款棉衣，掏出下方的一些棉絮，将棉衣较新的内面翻过来作外面，裁短缝线后，当作老大兆斌这年过年穿的新衣衫。妈妈走后的这十年里，兆斌时常抚摸这件有着妈妈体温的"新衣衫"……

# 送年篇

妈妈向来很看重礼尚往来,很忌讳欠别人家的人情。"做人礼数要到"是妈妈的一句口头禅,在平时人来客往中,妈妈生怕有失礼之处。正月里来家里拜年的亲友要出门离开时,妈妈更是不会忘记用平时就备好的各种小竹篮、布兜装上一份回礼,让他们带走。

每年年底的送年,妈妈都相当重视,精心安排。过年期间,在连城本地客家人的礼数中,同为登门拜访,也都要拎点年货伴手礼,却又有送年与拜年之分。送年含有拜年之意,但又不完全等同于拜年。送年只能年底前去送,而拜年,则是正月里的事。

除了自己的两个女儿,相关老亲家、老先生、老保姆、老领导、老亲戚、老邻居,也是妈妈安排送年的重点对象,甚至更为在意。妈妈常说,自家人都好说,外头的人勿能随随便便。凡是对偅家有恩、帮过我们的人,都勿能忘记。什么都可以欠,就是勿能欠别人家的恩情。过年前给有恩之人送送年,还还人情,表达下心意,是完全应该的事。

# 老女儿

妈妈习惯把出嫁了的两个女儿叫作"老女儿"。连城客家人有个很有意思的习俗:嫁出去的女儿,快过年时,要由娘家人拎着大包小包的年货去给她们送年,而不是女儿带着礼物回家来孝敬父母。妈妈从十一岁起就在连城生活，在这里几十年，自然也入乡随俗。当地还有个不成文的规矩，给女儿送年，通常都是由比她们小的弟弟妹妹去送，只有她们下面实在没有弟弟妹妹的，才由哥哥姐姐出面。

大的"老女儿"兆玉，有着一段特殊的经历，五岁那年夏天被别人领养。妈妈说，那一年是她最忙的一年，当时你们爸爸老是生病住院，老二兆雄又刚刚出世不久，常常是背着还在吃奶的兆雄去医院照顾爸爸。白天，七岁的老大兆斌都是自己一个人去上学，两岁出头的妹妹兆芳则由才满五岁的姐姐兆玉领着到外头玩，那时没有幼儿园。

妈妈说的到外头去玩，其实就是到离家不远的爸爸单位（连城县印刷厂）去玩。而兆玉后来养母"地主婆"的家，恰巧就在家里去印刷厂的必经之处。姐妹俩途径她家门口时，她会时不时地塞些小零食给她们食，有时还会拉进她家，给她们单独煮点好吃的。结果，姐妹俩里白白胖胖、浑身冒着机灵气的兆玉，应该是被一直有意领养一个女儿的"地主婆"相中了，最后成为她的养女。

大女儿兆玉的养母其实并非真正地主的老婆，她老公是连城城里的一名工商业者，家境还算殷实。妈妈称她为"地主婆"，并无贬义，而是因她长得矮矮胖胖的，颇显富态，所以妈妈叫她"地主婆"。其膝下无女，一直想领养个女孩。

对于兆玉被领养一事，在很长一段时间里，妈妈并不愿在孩子们面前谈及。有次，已上中学的兆玉为解开那个一直憋在心里的"疑团"，回家硬着头皮问妈妈：家里上有哥哥，下有妹妹弟弟，为什么偏偏让侄被人领养？妈妈当时沉默了良久，并没有直接回答兆玉，最后只是颇显无奈地回答了三个字：那是命。话虽这么说，但孩子们都看得出来，当时妈妈的内心是相当难受的。妈妈随后便以给兆玉煮点心吃为借口，转身闪入厨房里，在里头伤心掉泪许久。妈妈出来时，孩子们发现妈妈的眼眶还湿湿的。此后，懂事的兆玉再也没在妈妈面前触及妈妈心中这个永远的

"痛点"。

直至后来孩子们纷纷工作、上大学了,老大兆斌结婚那年的年夜饭后,不知出于什么考虑,妈妈才把详情告诉孩子们:兆玉五岁被领养那年,你们爸爸身体特别不好,胃老是出问题,很长一段时间都是住在县中医院。很巧的是,就在你们爸爸好不容易出院的第二天,就有个"算命客"登门,直截了当对侴说,你家当家的是不是今年老是住院?你们家是不是有两个女儿?你家当家的身体勿好,是因为你们的大女儿与他命数相冲,只有把她先放到别人家去养,这样,你家当家的身体就会好起来,女儿的将来也会更好。

数十年后,大女儿兆玉也当上奶奶了,但只要触及兆玉小时候被领养的话题,妈妈便会心疼不已,并常常轻声嘀咕:哪有那么巧的事,老头子刚出院回家第二天,路过的"算命客"就找上门,还算得那么准,连侴有两个女儿都知道,会勿会他们互相讲好了来蒙侴的啊……虽然兆玉到"地主婆"家后,也确实很受到疼爱,冇让她吃什么苦,还培养她上了县一中,学到初中毕业,比侴识字识墨多了,在当时也是好勿容易的事,侴也从内心很感谢"地主婆"。不过,每个子女都是父母的心头肉,割走一块肉,痛了一世人。为这事,爸爸没少受妈妈数落:老头子啊,都是当年你太会生病,我们才丢了一个女儿。

妈妈告诉孩子们,当年家里人口多开销大,只有你们爸爸一个人领工资,还老是生病住院要侴去陪床照顾,侴经常连临时工都做勿成,确实日子过得很艰难。不过,讲实在话,当时日子也冇到无法过、需要让别人领养走一个细人仔的地步。主要是那个嚼舌头的"算命客"说只有让大的女儿先让别人领养出去,父女两人都会好,侴当时才糊里糊涂地听进去,动员你们爸爸同意兆玉让人领养的。

妈妈还告诉孩子们,打从兆玉被领养后,其实爸爸妈妈也时常心生悔意,也曾多次托中间人就兆玉"回归"问题与"地主婆"沟通商量过,无

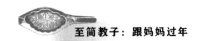

奈人家就是"一毛子"都勿肯松口。

缘于兆玉被领养这个"痛点"，对这个女儿，妈妈跟爸爸一样，平时一直想着法子多给她一些补偿。

尤其是给两个女儿送年时，体现得更为明显。每年送年时，拎往大女儿兆玉家的东西，无一例外，总是会比给小女儿兆芳的东西多出那么一两件。妈妈把买好的年货一分为二装入两个竹篮后，还会从橱柜里找出早已囤好的时尚围巾、发卡或厚冬袜等，放进其中一个篮子，专门交代去送年的孩子们说这份是给你大姐兆玉的，勿要弄错。

有回，刚上小学一年级的老尾兆民问妈妈：为何我的两个姐姐，同样都是妈妈你亲生的女儿，送年的待遇不一样啊，妈妈你不怕另外一个知道后有意见吗？妈妈一语道破天机：你的大姐姐从五岁起就勿在偎身边生活，疼得少，现在多疼她一点，是完全应该的，疼再多也勿算多。偎相信你的小姐姐即使知道了，也会理解的。

小的"老女儿"兆芳，在全家孩子里，文化程度虽然最低，只读到小学，但她却常常被妈妈夸奖：对家里的贡献，除了你爸爸，就数你了。

1969年年底，按照国家上山下乡政策要求，妈妈带着除大女儿兆玉以外的五个孩子由连城城里迁回爸爸老家农村务农。当时，初中毕业的老大兆斌，被视为"文化人"，加之做事细心认真，很快被安排到大队部兼职做会计工作，小女儿兆芳及老二兆雄、老三兆星上村办小学，老尾兆民才三岁，尚需照料。加上一家人因初涉农活，经验欠缺，生产队的集体农活又多，还分配给家里一头牛饲养，家里家外，可把妈妈忙得焦头烂额。

次年，暑假刚过，新学期才开学不久，时年仅十三岁、还在上小学五年级的小女儿兆芳，看着妈妈实在忙不过来，便假称"自己书实在读不进去"，向爸爸妈妈提出自己休学，还说可以"一举三得"：能帮妈妈多做点事，能让哥哥安心在大队部工作，还能让弟弟们专心读书。

兆芳似乎铁了心，任凭爸爸妈妈及哥哥兆斌怎么劝说都无济于事，

正值豆蔻年华的兆芳终究还是休了学，成了妈妈里里外外的一个"全职"全能帮手。兆芳除了帮妈妈照料弟弟兆民、进厨煮饭外，还常常跟着一帮宗亲大姐、大婶下田种地、上山砍柴……对在老家这段经历，兆芳回忆说，农活再脏再累都不怕，唯独怕下水田干活时吸血水蛭咬脚，有时怎么揪都揪不出来。不过，再苦也是值得的，为妈妈减轻了负担，让哥哥弟弟更安心工作学习。

有一次，兆芳进山砍柴时，右脚踝被柴刀砍伤，至今还留有一大块伤疤。一大家人聚在一起时，妈妈常常心疼地指着兆芳的那处伤疤，一脸正色地提醒其他孩子：你们几个后来要么被招工进工厂，要么考上大学，可别忘了兆芳"勿读书"的功劳。

每次兆芳回娘家，妈妈都会很后怕地提起在莆田老家生活的后期，兆芳也到了谈婚论嫁的年龄，要是晚一两年落实政策迁回连城城里，兆芳就可能就嫁人当村姑了。妈妈说，要迁回城的那年，兆芳已经十九岁，兆斌也二十四岁了，都还有找对象，这在当时农村，已属大龄青年了，实际上已有好几个媒婆登门了，有的甚至还出了用兆芳跟别人家换亲的馊主意。还好那时候俚已经听到了有回迁城里政策的风声了，坚决把媒婆们都打发走，避免了兆芳一辈子待在农村。

对于这个从少女时代就知道为家分忧的小女儿，年底的送年，妈妈又岂会忘记。记得是1986年孙子文森出生那一年年底要送年时，往年送年的"主力"——老二兆雄、老三兆星、老尾兆民，都碰巧无法成行，老三兆星因所在部队进入"等级战备"不能回家，老尾兆民商务出差仍在欧洲，而在家的老二兆雄又因单位工作需要，一直忙到大年三十下午三点来钟才匆匆回家，二儿媳妇罗兰珍又处哺乳期，无法外出代劳，而在三明上班的老大兆斌及其媳妇江紫华一如既往得坐四五个小时的班车傍晚时分才能到家。

两个女儿家住在县城一东一西，妈妈本想让老二兆雄先去给大女

儿兆玉送完年后,再回家拿年货去小女儿兆芳家的。兆雄刚一出门,妈妈转念一想,担心兆雄回来太迟,误了给兆芳送年事,便不顾"过年亲家不上亲家门"的客家习俗,拎上年货亲自给小女儿兆芳家送去。返程时因急着赶回家准备年夜饭,路上不慎绊了一跤,扭伤了脚踝。伤筋动骨一百天,这年的年夜饭以及整个正月的迎来客往,妈妈几乎都是一瘸一拐在张罗着。至今一提起这事,小女儿兆芳仍感动不已。

# 老亲家

不管是老媳妇(或女婿)家的爸爸妈妈,还是新媳妇(女婿)家的爸爸妈妈,妈妈一律叫他们"老亲家",或许是妈妈觉得他们年纪也都不小了,也或许妈妈觉得叫老点,更显尊重吧。

孩子们的记忆中,每年正月初二儿子陪儿媳"回娘家",妈妈显得比"回娘家"的主角还着急。初一一早的团圆面刚吃完,妈妈便不厌其烦地提醒次日要"回娘家"的儿子儿媳赶紧准备好要带去的东西,并一再叮嘱他俩千万别忘了转达妈妈及爸爸的问候。初二早上一看到儿子儿媳起床出来洗漱,妈妈便开始督促他俩要早点出门。

同住在连城的老亲家,有老大兆斌、老二兆雄的岳父岳母及两个女儿的公公婆婆四家。给同城的老亲家送年,是最令妈妈费心思的,唯恐怠慢了他们。送年的任务,当年通常由在连城上班的老二兆雄完成,因老大兆斌成家后在三明生活,老三兆星、老尾兆民在厦门读书、工作。要给亲家送去的猪肉、土鸡蛋、香菇、冬笋等,则是妈妈亲自把关。赶年圩时,妈妈总是瞄了又瞄,挑了又挑,那些色泽光鲜肥肉含量少的猪肉、个头较大的鸡蛋、开朵较小的香菇以及才冒尖尖角的嫩笋,无一能逃出妈妈的"法眼"。老三兆星、老尾兆民从厦门带回一些海鲜及鼓浪屿馅饼等,往往也会被妈妈优先派送给亲家。

装年货的盛具，妈妈也相当讲究。妈妈会把家里最好看的布袋或竹篮找出来，把年货装进去，并特地交代老二兆雄说，那些装年货的布袋竹篮也一块留给亲家用，勿要再拿回家。有感于此，年后，亲家母们与妈妈相见时，常常会不无感慨地对妈妈说：你请偓食鱼食肉，偓连你煮食锅头都一块吃下去了。

连城本地客家人办婚宴的习俗，向来都是先在男方家办，小两口"三朝回门"（客家方言里三朝为第三天之意）时再在女方家办。1989年年底，老三兆星与陈宏瑶结婚时，深知这一习俗的妈妈得知亲家希望兆星、宏瑶先到齐齐哈尔陈家办喜宴，然后再到连城柯家办喜宴的愿望时，没有任何纠结，满口答应。每当有儿媳妇提出想回家陪自己的父母过年，喜欢并习惯了过年时与儿子媳妇孙子们大团聚的妈妈，虽然心中有诸多不舍，也总是二话不说，表示理解，并鼓励儿子陪着妻子一起去。

面对接二连三出生的孙子，妈妈自是喜不胜收，对他们个个疼爱有加。但为了避免孙子们过分依恋自己，从而疏远了外公外婆，细心的妈妈一旦发现儿子儿媳妇有一段时间没带孙子去见外公外婆了，便会及时提醒督促他们：你们要抓紧带细人仔去看看外公外婆了，别让外公外婆他们太惦记了。妈妈带孙子上街玩时，有时也会绕些道一起去看看亲家，与亲家共同享受含饴弄孙之乐。

有次，跟孩子们聊天时，向来讲究入乡随俗的妈妈突然语出惊人：大家都说"天上雷公，地下舅公"，好像人世间是舅公最大似的。其实，按偓理解，应该是"天上雷公，地下亲家"，亲家才是最大。人世间有公冇母，有母冇公，都是勿行的。要是冇亲家公亲家母他们，哪有我们的儿媳女婿啊，更勿可能有我们的子孙后代！常言父母夫妻儿女都是前世修来的。其实，亲家公亲家母以及儿媳女婿照样也是前世修来的。

在妈妈眼里，原先互不相识的两家人，因为儿子讨了老婆、女儿嫁人的原因，成为最亲的两家人。老亲家们，毫无疑问是最重要、最值敬重

的亲戚。妈妈特别感恩媳妇这头的亲家，认为是他们让自己家添了人口。妈妈常常感慨地说：亲家母十月怀胎，与亲家公一起一把屎一把尿养大了女儿，还要培养她读书，养到翅膀长硬会飞出去读书工作了，再把她送到我们家做媳妇，这是比天还大的恩情，我们得修几辈子的福才修得来啊！这点必须时时刻刻记得牢牢的，勿然就实在勿像话了。

有了亲家以后，妈妈与爸爸一样，无比珍惜与亲家们的感情。每次与亲家见面，妈妈总是滔滔不绝地夸奖亲家的女儿，即自己的儿媳是如何如何的识事会做事，是如何的乖巧讨人喜欢，亲家们常常听得心花怒放……

妈妈与六个亲家母的关系都处得很好，尤其是同住连城的四个亲家母，加上都讲连城客家方言，交谈起来没有语言障碍，每次相见时，她们都像亲姐妹老闺蜜似的，家长里短的总有聊不完的话题。

随着老亲家们纷纷步入晚年生活，大多牙齿出现这样那样的问题，妈妈得知后，总会不等他们主动开口，就悄悄不厌其烦地嘱咐在厦门174医院当牙科医生的大孙女文丹一定要尽力帮他们弄好牙齿，或者让文丹打电话给住在外地的老亲家，交代好护牙的相关注意事项。

# 老先生

妈妈习惯把教书的老师都叫作"老先生"，不论他们是男是女、是老是少。"老先生"是最受妈妈敬重的一类人。妈妈常常告诫孩子们说，你们能有今天的出息，成了家立了业，主要是靠"老先生"教得好，千万勿能忘了他们！

妈妈安排的送年对象中，前往队伍最庞大的，显得最隆重的，当属"老先生"。通常是全家出动，妈妈爸爸带着孩子们一起去。

哪怕做过再多值得自夸的事，妈妈也从不炫耀。但每当说起自己在

学校给有文化的"老先生"们煮过饭的那段历史,妈妈总是抑制不住欣喜之情。

1969年10月,带着五个孩子刚从连城城里迁回莆田农村老家生活时,妈妈还不会干农活,家里上学的孩子又多,生活比较拮据。为增加点收入,在时任碧溪生产大队党支部书记王文树的照应下,妈妈到碧溪小学给住校的几个老师煮饭,一天煮三顿。早餐那顿比较辛苦,妈妈得每天凌晨四点来钟天还没亮时,就从家里出发,步行近半小时,摸黑翻过一座叫"垅边山"的矮山,去学校给老师们煮早饭。备妥老师们的早餐后,妈妈再匆匆赶回家给孩子们准备早餐。午饭、晚饭,也是这样。在学校与家里之间,妈妈来回奔波、轮番操作。

虽然这份活儿并不轻松,妈妈却是异常珍惜。因为一个月下来也能赚到六元钱,这在当时可算个"肥缺",当年一斤猪肉只七八角钱,一个孩子一学期的学费也才两元。

妈妈给学校的老师们煮饭,大概持续了将近半年时间。时间虽然不长,妈妈却给学校的老师们留下了很深的印象,他们都很喜欢妈妈的饭菜和为人处事。后来,每每提起这段历史,妈妈都充满了自豪与惬意。

妈妈告诉孩子们,她当时真的好喜欢去学校给"老先生"们煮饭,除了能贴补家用外,还能跟那么多有文化的人打交道。妈妈说,自己小时候一天也冇进过学校的门,冇见过"老先生"的脸。现在有机会天天到学校,看到那么多"老先生",特别是这些有文化的"老先生"除了好喜欢食僵煮的饭,还好看得起僵,对僵一直客客气气的,着实让僵很开心,感觉再累也值得。

有个教语文的苏姓女老师还与妈妈成了好闺蜜,她与妈妈年龄相仿,平时两个人很聊得来。妈妈还请她到家里做过一次客。一家人迁离莆田后,妈妈还时不时念想起她,说她人很好,无论是对学生、同事,还是对像僵这样做粗事的,都好客气,讲起话来总是软声和语,天天头发都梳

得有形有款。在很多年后，妈妈还常常提起苏老师，有时还甚是感伤地说苏老师原本在莆田城里教书，"文革"时，因为家庭成分问题，被下放到农村小学来教书，后来落实了政策回了城，可惜当时偲勿识字，冇办法让她留下地址，她回城不久，我们一家也迁回连城了，再也冇见到她，也勿知现在过得怎么样。

有了这段与"老先生"结缘的历史，加上除了小女儿兆芳早年小学辍学外，家里另外五个孩子全都上过县里最好的中学——连城一中。尤其是老三兆星、老尾兆民高中毕业时，恰逢国家恢复高考制度不久，兄弟俩相继于1979年、1983年考上了妈妈心目中全世界最好的大学——厦门大学，妈妈更是对培养孩子们的"老先生"们敬重有加。

连城一中的"老先生"里，老大兆斌的物理老师李求昌、老二兆雄的

政治老师李大谌、老三兆星的历史老师黄盛鑫、老尾兆民的英语老师罗学征，以及来自莆田老家的数学老师孔维金等，这些教孩子们读书做人、让孩子们考上大学的"老先生"们，妈妈始终铭记其名，感怀在心。尤其是当过孩子班主任的"老先生"，其中有来家访过的黄盛鑫、张如松、罗学征等老师，妈妈更是把他们记得牢牢的。

1979年8月，老三兆星收到厦门大学录取通知书的次日，妈妈与爸爸在城里唯一国营饭店——连城县饮服公司"南门头饭店"做东请了一桌客，来宾主要是兆星的班主任及所有课任老师。这一桌虽然花去将近三十元钱，相当于爸爸大半个月的工资，但一向精打细算的妈妈却一点也不心疼，还说一辈子就这顿饭最值得请，这种客今后请得越多越好，哪怕家里这个月伙食钱先花光了，整个月都吃酸菜萝卜干也都开心。事后，妈妈告诉孩子们，这是她与爸爸成家以来，第一次在外头饭店请客。

老尾兆民大学毕业后自创外贸企业，与外商打交道较多。有时老尾兆民宴请外商时，会叫上爸爸妈妈参加。听着兆民用流利的英语与"老外"侃侃而谈，并给自己当翻译，欣慰之余，回家路上妈妈总会不忘在一旁提醒兆民：千万勿要忘了你的罗学征老先生，是他"耐心耐意"教你英语，并让你高考时只差一分就满分的，才让你今天能这样自如与"老外"做生意，还把老外请到中国来做客。

妈妈的眼里，"老先生"们无疑都是对孩子们有大恩大德之人，自然也是每年妈妈安排送年时不可遗漏的重点对象。

兴许是妈妈最信奉的菩萨也被她的尊师诚心打动了吧，一口气赐给了妈妈三个当"老先生"的儿媳妇，分别是当年在连城李屋瓷厂小学任教的大儿媳妇江紫华、在厦门外国语学校任教的三儿媳妇陈宏瑶、在厦门大学任教的老尾媳妇林梅，可谓囊括了小学、中学、大学三级学校的"老先生"，"大中小"都有，为亲朋好友津津乐道。为此，妈妈常叮嘱孩子们：今后你们谁要是有条件了，要好好回报老先生和培养你们的学校。

# 老保姆

家里六个孩子,平均两年半左右降生一个,按妈妈的话说是上一个路才走稳不久,下一个又出世了。当时没有幼儿园,除了老大兆斌及两个女儿(兆玉、兆芳)小时候是妈妈全程自己带以外,其余孩子因妈妈被照顾进县印刷厂做刷红纸的"临时工"后,内外忙得不可开交,无法完全靠自己带。所以,老二兆雄、老三兆星、老尾兆民学龄前,妈妈实在忙不过来的时候,也会请保姆帮忙带带他们。

那个时代小县城里的保姆,与现在大都市里保姆的含义,是有很大差别的。当年的保姆,通常是指不上门服务、只在自己家帮别人带小孩的老阿姨,且不过夜,都是大人上班前把小孩送到保姆家,下班时再去领回。保姆工资一般按天计算,价格非常透明,大致一天三角到四角不等,其中一角钱的区别主要在于小孩在保姆家是吃一顿饭还是两顿饭,类似现在的"午托"。当时,一个家庭基本上很少有双职工的,即使有,也因其基本上都是本地人,会有爷爷奶奶或外公外婆帮忙带学龄前小孩,很少有人雇请保姆,虽然工资相当低廉。

爸爸妈妈都是外地人,爷爷奶奶外公外婆分别远在莆田、潮州,自然在带小孩问题上,远水解不了近渴,帮不上忙。

印象中,整个连城城关的保姆也不过十来个。虽然保姆的数量不多,但一点也不影响要请保姆的人家对保姆的"苛求"。那些身体好、长得面慈目善、家庭完整有福气、自己生过小孩有带小孩经验的保姆,是当时公认的好保姆标准,如果加上有读过点书有些文化,那更是常常被人"抢"。妈妈常说,很庆幸家里细人仔都遇上了这样的好保姆。

"福州婆",老三兆星的保姆。她当年五十岁出头,大脸,皮肤白皙,还会抽烟。因夫妻俩都来自福州,所以本地人都叫她"福州婆"。妈妈说,"福州婆"读到初中毕业,是连城县城里大家公认保姆中文化程度最高、

帮别人带小孩带得最好的一个。她不仅会教小孩一些文化知识,还对小孩管教很严,听说那些在家里再调皮的小孩到她那里不出三天往往就会"改邪归正"大变样。不过,她有个怪脾气,对要来请她帮忙带小孩家庭的要求很高,勿是有钱就能请得动她的。

妈妈告诉孩子们:一般都是请保姆的人挑保姆,"福州婆"却是反过来挑请保姆的人。工资方面,她倒也不讲究,与正常的行情价差不多就行。妈妈说,"福州婆"在决定"接单"之前,会不辞辛苦,颠着那双从小被缠过足的小脚,四处去打探小孩的家庭背景,主要是了解小孩的父母人品,尤其是当母亲的人品如何。最后,她还会约见"面试"一下小孩的父母,看看他们会不会多事头难相处,然后才决定"接不接单"。

每当讲起"福州婆",妈妈都会感慨地说:全城就这个保姆最难请,她要是对请保姆的人家冇看上眼,勿认可你的话,你就是给她再多的钱,她也不答应你。并且她同时最多只带两个小孩,多一个也不行。不过,"福州婆"越是难请,偏偏找她人的也最多。

妈妈告诉老三兆星说,因为当年带他的"福州婆"是保姆里难得的文化人,当时好几家都在找她。为了让她答应带你,倀可是跟你爸爸去她家里求她好几次,她看我们这么诚恳,加上她实际上也悄悄了解过我们的为人了,最后终于答应下来。她答应时,倀当时心情就像后来你考上大学时一样高兴。现在想想当年倀和你爸爸跑她家那么多趟是值得的,因为后来你这么会读书,与你小时候受识字识墨的"福州婆"影响,肯定是有好大关系的。

"元伯嫂",老尾兆民的保姆,老二兆雄、老三兆星也沾了不少光。她当时年届五十,个子很小,却满头白发,长着一双青筋暴突的大手,一看就知是年轻时干过重体力活吃过苦的。老尾兆民回忆说,小时候在"元伯嫂"家时,有次看见她家水井旁边几块不规则的护栏大石头倾倒后,"元伯嫂"没叫任何人帮忙,一个人轻轻松松把它们抱起,重新摆好。

　　"元伯嫂"的家在城关西街，离当年我们家住的县印刷厂单位宿舍仅百米之遥。大概是因为"元伯嫂"帮忙带老尾兆民时，往往"买一送二"，老二兆雄、老三兆星经常一出门拐个弯就可到她家玩，分了妈妈不少忧，所以妈妈对"元伯嫂"叨念最多。与颇显严厉的"福州婆"相比，"元伯嫂"讲话总是柔声细语的，更有亲和力，似乎更受孩子们欢迎，老二兆雄、老三兆星还在她家蹭吃蹭喝不少，她成为孩子们印象最深的保姆。

　　"元伯嫂"家住的是那种典型的连城客家平层小院落，里头住了好几户人家。院子正上空有个采光的天井，中间有口水井，周边约有块十来平方米的空闲地，种了不少花花草草，常常引来小孩子喜欢的蜻蜓、蝴蝶、螳螂、蚯蚓等，水井里还常常有青蛙、小鱼出现，加上"元伯嫂"对人热情，左邻右舍的小孩子都很爱到这个小院玩，与"元伯嫂"帮忙带的几个小孩"打"成一片，她家经常热闹得像当今的幼儿园。

　　上班前，妈妈把刚刚蹒跚学步的老尾兆民给"元伯嫂"家送去时，常会捎上尚未上小学的老二兆雄、老三兆星，一块寄放在她家。这无疑是令老二兆雄、老三兆星翘首以盼的一件事，久而久之，熟门熟路后，他俩常常自个儿溜过去玩。有时爸爸妈妈单位有事需加班加点，迟了去接孩子们，到了饭点时，"元伯嫂"还会拿出地瓜干、米糕片等零食先让孩子们充充饥。

　　尤值一提的是，"元伯嫂"家可谓为当年整个连城县最出名的"光荣之家"。她共有五个儿子，其中四个先后参军。在孩子们隐隐约约的记忆中，"元伯嫂"在部队的儿子穿着军装回家探亲的那几天，是"元伯嫂"最开心的日子，逢人便说，俺家的老几老几从部队回来了。当然，这也是那几天在她家玩耍的孩子们无比开心的日子，尤其是老二兆雄、老三兆星，成天跟在身穿帅气绿军装、头戴缀着红五角星军帽的兵哥哥身边，摸上摸下，问七问八。那几天，老二兆雄、老三兆星时刻想着念着兵哥哥，天天跑到"元伯嫂"家去玩，围着兵哥哥转，几乎到了乐不思蜀不想回家

的地步。

据老二兆雄回忆，初上小学的那年，有一天，"元伯嫂"家探亲回家的一个兵哥哥送了个红五角星帽徽给他，让他兴奋了许久许久。那个红五角星帽徽，自然也成了很长一段时间里兄弟们竞相把玩的一件稀罕大宝贝。

孩子们的从军梦种子，应该就是那时候播下的。

被保姆带过的孩子们，每当学习工作上取得好成绩，乃至后来娶媳生子时，妈妈会时不时冒出一句：千万勿要忘记小时候帮忙带大你们的"福州婆""元伯嫂"她们，要是当时冇她们那么小心帮忙把你们带大，就冇你们今天。

# 老领导

爸爸的"老领导"，也为"送年季"里妈妈所惦记。这里所说的"老领导"，真正属于爸爸单位的领导，实际上只有一个。其他多为爸爸的至交老友，因其职务更高，妈妈习惯称之为"老领导"。孩子们印象较深的"老领导"主要有三个。

一个是陈其雄，个子不高，相当注重仪容整洁，衣服没有丝毫褶皱，军装、中山装上的衣扣总是系到最上面一个，不苟言笑，给人一种不怒而威的感觉。他是福建省福清人，1947年，比爸爸还早两年参加革命，多次荣立一等功、二等功、三等功。二十世纪七十年代起，陈其雄担任连城县委第一副书记兼县人武部部长长达十年。不过，爸爸妈妈更喜欢叫他"陈部长"。

在县里，爸爸一直很敬佩陈其雄的赫赫战功及清正廉洁的品质，常常在家提及他的为人口碑。陈其雄也特别欣赏爸爸这个县里公认的老秀才，常常把职能部门给他准备好的汇报材料束之高阁，另让爸爸帮他

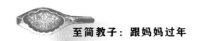

捉刀,有时甚至把他自己草拟好的、准备向组织递交的个人简历及思想汇报等,也拿到家里来请爸爸润笔。

自连城解放不久,爸爸从连城县民政股股长位置上改任为连城书局经理后,在二十几年的时间里,个人仕途上便一直"原地踏步"。妈妈告诉孩子们,好几次单位人事调整,妈妈让爸爸给陈部长这个县里的大领导说下自己的事,爸爸总是不肯,还说这样会让人家为难,就不是真正的好朋友了。

不过,爸爸也开口让陈其雄帮忙办过一件事。二十世纪七十年代末,新面世不久的国产品牌"中山"牌机械手表,因其时尚、精准,又仅售三十元,一般人一个月工资就足以买一个,备受寻常人家青睐,受到追捧,市场上一度非常紧俏,需凭票购买。1979年五一节放假那天,苦于有时忘记上发条闹钟停摆导致看错时间误了事的妈妈,也难得一见地想赶趟时髦买块价廉物美的"中山"表,但又弄不到表票,就让爸爸向陈部长开口求援,没想到她当天就遂了心愿,拥有了人生的第一块表。那段时间,妈妈整天都把美滋滋的惬意笑容挂在脸上,还特地找出一件袖口较短的上衣穿,以免衣袖挡住了手表。不过,这块手表妈妈仅仅戴了四个月,当年九月,老三兆星去厦门大学报到那天,妈妈断然解下了它,让兆星戴上。这块带着妈妈手腕余温的"中山"表,自此陪伴了兆星将近二十个春秋。

事隔多年,妈妈才知道当年那张"中山"表表票,其实是陈部长在龙岩市里工作、曾经的部队战友送给他,他原本准备买块"中山"表给自己夫人的。妈妈说,怪不得有天她戴着新表上街遇到陈部长夫人魏爱珍,当时魏爱珍似乎话里有话地恭喜妈妈比她还早戴上"中山"表。

爸爸与陈其雄的挚友关系,保持了近三十年,一直到2001年陈其雄逝世。

很多年后,妈妈还告诉孩子们一个深藏心中的秘密。当年妈妈曾悄

悄看上了陈其雄的一个女儿，想娶之为媳，又唯恐别人说她高攀，所以一直没敢开口。

正因爸爸有跟穿军装的陈部长的特殊情缘，妈妈与爸爸一样，一向特别敬佩军人出身的领导，敬佩军人，并在后来坚定支持孩子们走从军之路，与部队结缘。

再一个是邱宏新，时任连城县财政局局长，长得儒雅白皙，写得一手好毛笔字，过年时单位及许多左邻右舍的春联都是他写的。邱宏新是新中国成立后国家培养的第一代知识分子，1954年从福建省粮食学校财税专业毕业，分配至连城县，一直在财税系统工作，属于学者型专家型领导，工作起来像"拼命三郎"似的，经常"白加黑"，终致英年早逝，在五十一岁那年便倒在工作岗位上，令人唏嘘不已。

邱宏新还健在时，非常乐于助人。虽然不属于分内事，却经常出面鼎力协调解决过不少回城知青的工作安置问题等，小女儿兆芳也是受益者之一，后来成为国有企业"李屋瓷厂"一员。

颇有书法功底的爸爸也喜欢写春联，也一度分管单位财务工作，在工作、爱好上与邱宏新多有交集，渐成知己。加上邱宏新及其夫人钟龙华，与妈妈都是来自广东的老乡，新中国成立之初就与爸爸妈妈相识，可谓是几十年的世交。

"送年送出个女儿"，这是在送年一事上，最为妈妈津津乐道的。邱柯两家交往甚密，后来，邱宏新的大女儿邱绿羽成了爸爸妈妈唯一的义女。爸爸妈妈尚在连城生活时，邱绿羽及其丈夫李晖经常去看望他们，嘘寒问暖，很是贴心。2012年爸爸在厦门去世时，邱绿羽与李晖一块从连城赶来厦门送爸爸最后一程。看着他俩与其他孩子们一样痛哭流涕、悲伤不已，妈妈感慨地说，只有自己亲生的子女，才会这样做。

还有一个是陈运丰，连城北团人，个头略显精瘦，身板却很挺拔。在单位总是一副严肃相，讲话时，两道又粗又黑呈倒八字形的剑眉习惯性

地往上一翘一翘。他是爸爸名副其实的领导。孩子们常听爸爸说他是个老党员，才满二十岁那年就加入了连城土改工作队，后来长期从事共青团工作，1968年国庆前被任命为连城县印刷厂厂长兼书记。因其"文革"期间还兼任厂"革委会"主任，所以妈妈跟着爸爸的叫法，一直习惯叫他陈主任。

陈运丰不单年轻有为，工作开拓性强，还非常尊重爸爸这样的老同志。他来县印刷厂担任一把手后，工作上会时不时主动征询爸爸的意见，颇感知遇之恩的爸爸知无不言，很支持他的工作。

陈运丰的年龄小爸爸整整一轮，虽是爸爸的顶头上司，却与爸爸彼此欣赏，惺惺相惜，志趣相投，业余时间也喜欢下象棋，两人常常下班后一块切磋棋艺，探讨人生，成了忘年交。巧的是，爸爸与陈运丰的生肖都属羊，他俩私下常常以"老羊""嫩羊"相戏称，"老羊"是爸爸，"嫩羊"是陈运丰。他们约好：以后有机会的话，要让"小羊"们（儿子们）保家卫国当兵去。

结果一语言中，"老羊""嫩羊"双双梦想成真！"老羊"的老三柯兆星、"嫩羊"的老五陈际安，先后于1983年、1984年入伍到南京部队，都在部队服役二十三年，一样职至正团级、上校军衔。而今，这两只"羊"的后代，都无比缅怀敬佩父辈真挚淳朴的情谊，并相互立志传承，一直保持着战友加兄弟的往来。

1975年年初，陈运丰得知当年举家由城里迁往农村的家庭回迁政策有所松动的消息后，马上四处奔波，不厌其烦地协调有关部门，于当年3月使厂里包括我们家在内的几户"迁农户"全部由农村回迁城里。重新变回居民户，回到城里过年，这在当年可是件天大的事，可把妈妈乐坏了。这种事关孩子们未来前途的恩人，在送年时，妈妈自然不会忘记。

很多年后，妈妈还一直念念不忘这些"老领导"，常常提起他们的好。每当说起"老领导"的那些事，妈妈还总会感慨万千地谈到"老领导

反过来给手下送年"一事。老三兆星部队的老领导——厦门警备区原政治部主任林勇鹏,转业后任厦门市委文明办副主任。无论在部队工作还是地方工作,在长达十余年的时间里,林勇鹏坚持每年过年时,或自己或让驾驶员到家,给爸爸妈妈送上一篮鲜花,并在花篮显眼处,附上一张亲笔写的祝福语卡片,爸爸会一字一顿念给妈妈听。每次妈妈都被感动不已,久久难以忘怀,常常提起来说。

# 老邻居

"远亲不如近邻"这句话,也常常挂在妈妈嘴边。妈妈说,客家人规矩多,亲戚大都只在年头年尾或有喜事时才互相上门走动。而左右邻居就勿同,只要关系好,平时你想登门拜访,一出门只要三五步你就可以走动了。

平日,妈妈特别看重邻里关系。一家人在连城生活的大部分时间,是住在爸爸单位安排的厂区宿舍。这种宿舍用木板分隔,隔音效果很差,也没有单独厨卫,中间一个共用走廊,房间一间间紧挨着分置两侧。这样的居住区,邻里如何互谦互让、体恤对方,对于和睦相处,尤显重要。

午休时间或晚上八九点以后,妈妈是绝对不允许孩子们在门外走廊奔跑玩耍的。谁要是在屋子里稍微发出大一点的声音,妈妈也会第一时间予以制止,生怕影响邻居休息。

孩子们扫地时,妈妈要求他们不可以往门外扫,要从自家门槛处轻轻地往里扫,这样灰尘才不会扬到别人家门口去,还美其言这样会聚财;遇有邻居行动不便的老人进出比较狭窄的楼道时,应主动上前搀扶,或早早止步,侧身相让。尤其是邻居家有尚在襁褓的婴儿时,妈妈更是对孩子们耳提面命:还在食奶的婴儿最容易被惊醒,千万勿要吵到他们,要是受惊吓了,就会生病长勿大的。

对家里垃圾的处理，妈妈显得很小心翼翼。过年大扫除清理出的废弃大件东西较多，妈妈会让孩子们走远点，把它们丢到垃圾场去，而不能搁在楼道的共用垃圾桶，说堆得满满的，邻居就勿方便放了。早些年住单位集体宿舍时，家里有馊掉酸臭的食物，妈妈会用袋子把它们包扎得密不透风后，再扔进门外的共用垃圾桶，说这样别人就勿会闻到怪味了。

特别是遇有碎玻璃破碗片，妈妈对孩子们拿出去丢弃不放心，总是自己动手，一定会用厚厚的牛皮纸里三层外三层地把它们包得严严实实的，再让孩子们用粗笔在上面写上"有玻璃（碗片），注意割手"一行字。妈妈说，这些东西有包好，勿要说人被割伤勿好，就是野猫野狗被割到，它们又有地方治，也是好可怜的。

过年时，妈妈会把自己做的拿手好料，特别是芋饺、卤料、米酒、炒糖豆、炸薯片、油炸鱼等，或亲友送来的连城红心地瓜、莆田枇杷荔枝、福鼎芋头等土特产，以及自己种的芥菜等时蔬，匀出部分，用个红袋子装好给邻居家送去，与邻居们分享尝鲜。爸爸妈妈随孩子们从连城到厦门居住后，年底时，妈妈要是知道有谁要从厦门返连城，总是会让他们帮忙捎上一点年货回去交给在连城的女儿，由她们代转给相关老邻居，聊补想念之情。

爸爸妈妈来厦门居住后，也爱上了当地的"博饼"活动。除了一家人的中秋"博饼"外，妈妈最喜欢的就是参加老三兆星住的金瑞园同楼层及下一层三户邻居每年轮流坐庄的中秋博饼了。每次博饼完，都要持续开心好几天。

老三兆星三岁那年，趁妈妈不留神，独自一人端着饭碗跑到家门口吃，有个女邻居挑水经过时水桶不慎撞倒了兆星，他手里的一根筷子插进喉咙，与耳道形成贯穿伤，住院治疗时，那个邻居到医院来看望兆星，显得异常惊慌，妈妈反过来宽慰她，说自己勿该让细人仔一个人在门口吃饭……幸亏当年抢救及时，倒也没给兆星留下什么后遗症。二十多

年后,有次探亲回连城的兆星陪妈妈上街,遇见那个女邻居,聊起当年的意外时,她仍然心有余悸。妈妈却颇有风趣地对她说:"幸亏"你当年那一撞,佢的老三不单冇聋有哑,还全家人就数他听力最好,嗓门最大,听说他在部队给几百号人作报告时,都勿要用话筒,大家还照样听得清清楚楚的。

邻里关系中,因为妈妈的通情达理与"讲究",一家人不管住在哪里,都跟邻居相处得相当融洽。后来,孩子们每次陪妈妈从厦门回连城,路上经常会有曾经的邻居迎上来打招呼,亲热地互相挽胳搊腕,畅聊起当年和睦相处的那些日子那些事。

## 老亲戚

妈妈嘴里的老亲戚,实际只有一家,专指连城县城童屋巷童家。1939年6月,日寇攻陷广东潮汕,导致妈妈全家流离失所,往福建方向逃难途中还与三个弟弟妹妹失散,妈妈被连城童家收养。童屋巷对于孩子们而言,曾经是个充满神秘感的地方,妈妈的少女时代是在童家度过的。

妈妈告诉孩子们:早些年时,童家是城里的大户人家,院子很大,人口众多,吃饭时都要摆好几桌,家里还雇有佣人,后来还有个儿子随国民党军队去了台湾,听说还当到了将军。妈妈说,很多年后,她听童家邻居说,因为妈妈长得既好看又乖巧灵光,童家明里对外说妈妈是养女,实际上是准备作童养媳的。只是因为童家的几个儿子后来都到外头读书去了,接受了新式教育,都是自己找的老婆,妈妈才没变成他家的媳妇。

妈妈还说,童家其实是个书香门第,家里人几乎都是读过书的文化人。刚到童家时,印象特别深的是他家有"两多"。

一个是对细人仔的规矩多。比如:每天都要先在食早饭前围在一起集体发声读阵书;家里一大桌人坐在一起食饭时,勿准他们讲话,食东西

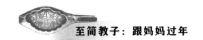

时勿可以乱出声；长辈上桌了，才可以开始动筷子；饭粒掉在桌上，勿允许往地下拨，必须捡起来食；家里来客要离去时，必须穿戴整齐与长辈一起送客到大门口；路上见到在学校当"老先生"的，要主动迎前低头弯腰问好；勿允许讲脏话粗话……谁要是有做好被发现了，就会挨大人的严厉责骂，会受到禁食一顿饭、甚至被用一把竹制小戒尺抽打掌心惩罚。

再一个是书多。妈妈说，童家有大书房，除了书架上塞满了各种各样的书外，书房的小阁楼上还搁着几只不知从哪一代传下来、表面的牛皮都已经皲裂开的老式大皮箱，有一次偃好奇地打开一看，里头全是那种边上缝着粗线的大开本古书，封面基本上都发黄了，边角以及缝线的地方，有好多被书虫咬得像大头针针头一般大小的窟窿。可惜这些书里的字它们认得偃，偃连一个都认勿出它们。偃在童家搞卫生时，书房是最难弄的，为防止灰尘飘起来，扫地只允许用拧得很干的布拖把拖，勿允许用竹扫把扫。书架是绝对勿允许用湿抹布去擦的，只允许用鸡毛掸轻轻地往下弹灰尘。

妈妈说，自己刚到童家时，因为早已过了上学年龄，加上妈妈自己也没有进学堂的愿望，所以，妈妈在童家平时主要是当当佣人的帮手，干干家务活，同时帮忙带小孩。妈妈说因她做什么事都很用心，又比较注意观察别人的"人头目尾"（客家方言，察言观色之意），在童家的那些年，童家人上上下下对她还是蛮好的，自己不单一次都冇挨打过，连真正谈得上重骂的也只有一次，并且这次挨骂也是自己偷食牛肉惹出了祸。

妈妈解释说，那是到童家的第二年年底打扫卫生，在清理一间堆放各种坛坛罐罐的小房间时，发现一个小瓷坛里装有腌制牛肉干。用油纸封盖的坛口上面已蒙上一层厚厚的灰尘，估计是放了很长时间给忘了拿出来吃。妈妈揭开坛口，尝了一块，很香很好吃，觉得反正也是遗忘的东西，便忍不住一口气吃掉了大半坛。也不知是吃过量了不消化，还是吃到了某块霉变的牛肉，当晚妈妈就又拉又吐病倒了，一躺就是好几天，挨

了一顿大骂。虽然挨了骂，但那几天，童家上上下下也都替偃着急，叫来医生上门帮偃看好了病。妈妈还告诉孩子们说，从此以后偃一闻到牛肉就会恶心想吐，一辈子也勿敢再碰牛肉。

谈起童家，妈妈心情虽然有点复杂，但总体上还是心怀感激的，把童家视为老亲戚。妈妈对孩子们说，偃现在教你们的一些规矩、道理，除了小时候偃父母也就是你们外公外婆教的以外，其实好多都是在他家学到的。每年年底安排给童家送年时，妈妈都会说：做人要有良心，虽然偃小时候在他家冇少做过累活脏活，但在当年逃难时能遇上个好人家落脚，总比在外头流浪当乞丐好多了。特别是他家自己的孩子都经常会被大人教训打过，偃却一次也冇受过那把戒尺的皮肉之苦。所以，我们勿能忘了童家这个老亲戚。给童家送年时，妈妈会领着孩子们一块儿去。

正是妈妈这种感恩、平和、朝前看的心态，对孩子们的人生成长起着至关重要的作用，并且一直在赓续传承。


送年对象，除了上述相对固定的群体外，还有一些临时对象。如：介绍妈妈上工地干些挑沙递砖类等临时工活的工友，签批些信封让孩子们利用课余时间在家代加工挣点外快的印刷厂业务主管，从莆田老家迁回连城时允许搭个便车的师傅，热心牵线搭桥帮孩子们找对象的红娘……总之，凡是有恩于家里、帮过忙的人，都是妈妈惦记的送年对象。

送年的东西，只有给从小让别人领养的大女儿兆玉的那份会加大些"分量"外，其他人的，无关亲疏远近、位高位卑，不外乎都是土鸡蛋、鲜冬笋、豆腐皮、菜心、香菇这些过年用得着且易保存的年货。妈妈有时还会夹带上一些自己做的，自感特别能拿得出手的"桃子"（芋饺）、"煠料"、"米冻"等熟食。妈妈说：送年，只要能让人家能感受到你的用心，冇忘记他们就行了，不一定非得大鱼大肉，自己亲手做的东西往往比外面买的东西更有诚意。

　　送年的东西固然大同小异，但安排谁去送，妈妈却是相当讲究。通常，两个老女儿家，由她俩的弟弟去；老亲戚、老保姆、老邻居家，妈妈带着孩子们去；老亲家家，由已成年或成了家、妈妈认为"更识事"的孩子去；老领导家，妈妈陪爸爸去：给老先生们送年，则是最隆重的，往往是妈妈与爸爸领着孩子们一块儿去，而不论去的孩子是不是这个老先生的学生，可谓是全家出动，从而让孩子们从小就接受"书香门第"的熏陶，养成尊重老先生的习惯。

# 团圆篇

在妈妈的内心中,过年,一定是意味着团圆。妈妈常说:过年过年,就是放假了勿要上班做事,一大家人团团圆圆,围在一桌食年夜饭,有闲时间天天待在一起玩一起讲话。妈妈还会生动地比喻说,白天飞得再高的燕子,跑得再远的鸡,到了晚上,都会回窝。同样一个道理,子女跑得再远,过年都要回家跟一大家人一起食年夜饭。以后你们长大了,肯定是要出去读书工作的,到时候千万记得尽量都要回家过年,要是忘了回家的路,就连鸡鸟都不如了。

在妈妈独自带着孩子们在老家莆田生活的那几年,爸爸一人在连城县工作,每年过年,爸爸都会回老家团聚。1975年过完年不久,全家由莆田迁回连城后,孩子们也纷纷长大了,工作的工作,参军的参军,上大学的上大学。年底时,看着孩子们纷纷从外头像燕子般归巢,妈妈自是无比开心。

光阴荏苒,岁月如梭。从连城到莆田,再由莆田到连城,最后除了嫁人定居在连城的两姐妹,四兄弟全都把家安到了厦门。孩子们纷纷长大成人,妈妈从步履轻盈变成老态龙钟,家境也随着党的富民政策不断推进而变得日益宽裕。不变的是,为了一家人过好年,妈妈事无巨细的奔波身影。接送站和年夜饭,是历年团圆季中妈妈最为殚精竭虑的。

# 接送站

过年时，孩子们回家或出门远行，无论是乘坐那种车顶有个篷布行李架、时速通常只有三四十千米的"老爷"长途汽车，还是时速仅比"老爷"车快一倍多的绿皮火车，还是后来时速高达数百千米的高铁、飞机，无论是去早些年拥挤不堪的站台，还是后来去"高端大气上档次"的动车站、航站楼、港口，妈妈一概称之为接车送车，或接站送站，而没有接机送机、接船送船之说。

孩子们永远忘不了妈妈安排的接送站，每次都是那么周到隆重、温馨细腻。

接站，显然是最为妈妈乐见的事。妈妈常说：家里出去工作读书的人，一年到头在外头冇人照顾，是很孤单辛苦的，一般一年才回来一两趟，所以一定要多点家里人去接，穿得喜气点，好让他们一到站就有到家的感觉。

妈妈通常自己是不去接站的。妈妈要待在家里煮好吃的，让爸爸或"游子"们一到家，就能吃上热乎乎的可口饭菜。哪怕在没有手机的二十世纪七八十年代，妈妈总是能很神奇地掐准爸爸或孩子们回到家的时间，在他们距家三五十步远处就迎出门来，或许是对至亲至爱的人，妈妈有心灵感应吧！

进门落坐片刻，妈妈转身便给爸爸或孩子们打上一盆热水，递上新毛巾，催着他们抹把脸。然后，妈妈给他们端上一碗热气腾腾的鸡汤或瘦肉羹汤，说赶紧喝下去可去寒，水土才服。寒冬腊月里，妈妈做的那碗汤那个暖身劲，孩子们至今思之念之，犹感余温尚存。

对于接站，妈妈会反复向孩子们强调一点：过年时车站里人山人海的，给家里人接站时，去的人一定要多，穿的衣服一定要鲜艳显眼些。这样，被接的人在车上老远就可以看到你们，一下车才能马上接上。按妈

妈的要求,孩子们会穿着同一款式又更显亮眼的衣服,浩浩荡荡地去接车。时间一长,一看孩子们结队出门的架势,连左邻右舍都明白是怎么回事,往往会关切地询问妈妈,你们家是老头子还是老几今天要回家过年啊?

　　享受妈妈一手策划的接站待遇较多的,自然是常年在外头上大学、工作、生活的孩子们:在三明钢铁厂工作的老大兆斌及在列西信用社工作的媳妇江紫华、在厦门警备区工作的老三兆星及在厦门外国语学校任教的媳妇陈宏瑶、在厦门经商办企业的老尾兆民及在厦门大学任教的媳妇林梅、在厦门医学院读书的大孙女文丹、在厦门大学读书的孙子文森与孙女文君,以及用妈妈的话说是"读书读得最远"的、先后在澳门大学与澳大利亚悉尼蓝带学院留学的孙女文佳。

后来,有的孩子不忍心让步履蹒跚且坐车易晕车的妈妈去接站,会故意不透露准确的回家时间,到家后再给妈妈惊喜。不过,妈妈并不喜欢这种惊喜,会责怪孩子们"做事冇准头",要他们保证不再犯。

当然,享受队伍最庞大、最富仪式感的接站待遇的,毫无悬念是爸爸。1969年至1975年,妈妈带着五个孩子在莆田老家生活,爸爸只身一人留在连城工作。那几年,爸爸每年都会回老家过年。

接爸爸那天一大早,妈妈便会一再叮嘱孩子们:你们今天要通通穿上去年过年时穿的那套衣衫,这套衣衫你们爸爸熟悉,车进站时,他在车上就能一下子看到你们。妈妈还特地提醒孩子们,长途班车提早到站的情况也是有出现过的,一定要比班车到站时间至少早个半小时去接。不然万一班车早到了,你们爸爸要是到站了发现冷冷清清冇一个人接,心里会很难过的。

妈妈说,无论哪个做父母的,从外头回家探亲,都会非常喜欢在回家过年下班车的那一刻,看到自己的孩子成群结队守在车门口的。特别是你们爸爸一年就回家一趟,他一下车就马上看到你们都长高长大了,肯定是非常高兴的。

虽然在孩子们印象中,爸爸坐的长途班车一次也没提前到站过,几乎都是晚点。但每逢接站的那一天,妈妈仍然一如既往地要求孩子们一定得早早去接。兴许妈妈也明明知道春运时班车只会晚点不会早到,但为了培养孩子们的亲情意识,而刻意让孩子们早早去车站等候,在等待亲人的翘首以盼中去培植亲情。

家里的接站史上,发生过一段有趣插曲:来莆田探亲的舅舅曾被当作"特务"押到家里来。

那是1973年的正月十八,爸爸已经返回连城上班了。妈妈最小的亲弟弟蔡松溪(小时被蔡姓人家收养后改姓蔡),要从妈妈的老家——广东潮州来莆田探望姐姐一家人。按约定抵达时间,舅舅坐的班车是下

午"四点"左右到。妈妈计划午饭后,亲自带着孩子们去村口车站接舅舅。

岂料,才午饭时分,一家人正在吃饭,突然门外传来了一阵喧哗声,妈妈抢先一步出门一看,大吃一惊,怔住了:自己的弟弟居然被两个持枪的大队民兵押着过来。

原来,妈妈在接听舅舅打长途电话告知班车到达时间时,把上午十点听成下午四点了。当时,一身西装革履、上兜还插着支时髦钢笔的舅舅到站下车后,"举目无亲",且带着浓厚潮汕口音,在问路时,对上了满口莆田"地瓜腔"的村民,越问越糊涂。舅舅的介绍信上明明写着姓蔡,还是大队书记,他却说要找姓洪的亲姐姐,连要找的人住哪里也说不清楚。

时年,正值全国上下都在响应毛主席提出的"深挖洞,广积粮,不称霸"的号召,又适逢前一天晚上大队在村口小广场组织公映反特故事片《羊城暗哨》。舅舅到站问路时,有个昨晚才看过电影、警觉性特别高的村民怀疑粤港腔很重的舅舅是香港过来的特务,悄悄跑去大队部报告了民兵连。

因语言不通,随村民赶来的两个民兵,对舅舅的现场盘问持续了将近一个小时,直至听明白了舅舅说他的姐夫姓柯时,才带他到柯姓人聚居的柯都村核实真假,终于消除了一场天大的误会。这场误会,虽说是在小小的山村掀起一阵波澜,让宾客双方都颇感尴尬,却终以喜剧收场。

不过,在孩子们眼里,这却是个相当有趣的故事。舅舅在家住的那几天,孩子们一提起此事,便个个笑个不停。在舅舅离开后,孩子们甚至还以此为题材,合伙自编自导自演过一部长达十几分钟的家庭小剧"特务舅",在文化相当匮乏的那个年代,自娱自乐了很长一段时间。

过了很多年后,妈妈仍对自己亲弟弟这次不可谓不奇葩的探亲"乌龙"事件,还一直心存内疚,常常自责没有确认好舅舅的准确行程,以致

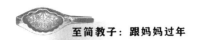

兴致勃勃远道而来探亲的弟弟受了那么大的惊吓。

为此，妈妈一再提醒孩子们：以后凡是办事，尤其是类似接站送站、自己出门坐车坐飞机这样的事，千万要仔细弄清楚时间地点，才勿会出洋相耽误事。还有，一定要学好普通话，不然就可能像舅舅那样向村民问路，土话对土话，像鸡同鸭讲话一样。要是你们普通话讲勿好，以后去相亲，也被人家押着去见未来的丈母娘，那就会闹出天大的笑话，被别人笑一辈子，耽误了自己的终身大事。

送站，相比接站，貌似更简单，其实不然，它往往令妈妈更费心思。与接站不同，每次送站，妈妈是自己一定要去的。

爸爸爱整洁，爱抽烟，胃不太好，妈妈通常会给爸爸备上胃得安、上等的烟丝，以及涂脸用的雪花膏、珍珠霜，还有好几条小手帕等。

米糕、苹果、红糖水，则是妈妈给孩子们出门远行准备的"老三样"。

一直以来，在妈妈眼里，米糕代表高分高升，苹果代表平安。而红糖水则具有实实在在的作用，有益于在异乡水土更服，不易生病。每次，孩子们要出远门时，妈妈都会用红糖调制好一瓶红糖水，让孩子们带上，并一再郑重其事地嘱咐他们：一到目的地，就要马上喝下它，水土才会服。孩子们出门在外，身体安然无恙，这无疑是妈妈最大的心愿！

孩子们临出门的那一刻，车票带上没，则是妈妈要不厌其烦过问的。哪怕孩子们把票拿出展示给妈妈看，妈妈也仍会让孩子们仔细再确认一遍，看看有没有与回家时的票弄混淆了。

确认无误后，妈妈还会反复交代孩子们，一定要把票保管好，千万别弄丢了，不然到了车站不让上车麻烦就大了。在妈妈的心里，车票代表着孩子们的美好未来，所以绝对不可出丝毫的差错！

除了车票，对离家出门返回学校与单位上学、工作的孩子们，在临行前两三天起，尤其是前一天晚上，妈妈再忙，也会抽空与孩子们聊上好一阵子：出门在外安全第一，路上食饭勿要将就，遇事勿要与人争吵，能

忍就忍，能让就让……

在银行卡手机微信转账尚未出现的年代，对出远门孩子们随身带的生活费的保管，妈妈有她管用的妙招。除留出一些小面值的钞票供途中零花外，妈妈会在孩子们裤子靠近右前腰的内侧，缝制一个开口仅两个指头宽的小袋子，妈妈管它叫"保险袋"，然后小心翼翼把几张五元十元的钞票卷成细长条，塞进"保险袋"，再用粗线把袋口密密缝牢。

有妈妈的细心呵护与叮咛，孩子带的钱，途中从来没丢失过。但"险情"倒是在老三兆星身上出现过一次。据老三兆星事后回忆，还是在他厦门大学上大二时，暑假结束后坐"绿皮火车"返校。因要赶早上六点连城到永安的首班班车，四点来钟就起床，没休息好，到永安火车站挤上火车后不久，车厢里人满为患，照例又是没有座位，只好倚靠在别人座位边站着，不久便犯困处于半醒半睡状态，一只手却下意识地护着"保险袋"。兴许正是这个保护动作，引起了"梁上君子"的注意。

迷迷糊糊中，老三被腰部的拽扯动作给弄醒了，发现一个长得尖嘴猴腮的人正快速从自己身边闪开。感觉异常的老三掀开衣角，发现缝制好的"保险袋"袋口已被弄开小半边，袋里的那一小卷五元十元钞票露出了一小截。幸亏妈妈精心缝制的"保险袋"够结实，让窃贼无功而返，老三兆星才保住了那一学期近百元的生活费。

1999年，还在部队的老三兆星给年迈的爸爸妈妈办了随军手续，一块儿住到厦门部队营区宿舍。再后来，老大兆斌、老二兆雄相继退休，先后随他们在厦门工作、成家的孩子，从三明、连城迁来厦门定居，与两个弟弟一样，都住在市中心文灶片区，离湖滨南路长途汽车站、厦门火车站不足千米，在大都市里可谓咫尺之遥。妈妈给孩子们接送站，乘车往返通常只需十几分钟，用妈妈的话说是：还有煮顿饭的工夫话就到家、到站了。这一度让妈妈怅然若失，有一回妈妈还突然冒出一句：俺还是更喜欢到机场去接送老尾兆民。

九十年代中期起,在厦门开公司经商的老尾兆民因工作、商务活动坐飞机出差较多,频繁进出厦门机场。妈妈也跟着老尾媳妇林梅去厦门机场接了几趟老尾兆民。

接送站,妈妈说更喜欢去机场,孩子们也一时弄不清楚妈妈葫芦里究竟卖什么药。有天,老大兆斌按捺不住好奇心,故意与妈妈开玩笑:原先妈妈你那么喜欢去车站给我们接站送站,现在变成更喜欢去机场,是不是偏爱坐飞机的老尾兆民呀?

结果,妈妈一句话道破天机:你们都成家立业了,平日都很忙。现在火车站、汽车站离家这么近,偓去接你们,难得跟你们车上坐在一起,却屁股都冇坐热话也勿讲上几句就到家了,多冇意思啊。还是去机场好,路上偓至少可以跟老尾兆民聊上大半个小时。再说,家里坐飞机的,都是从很远地方回来或者要到很远地方去的,更要去接送。

孩子们终于明白,原来,在所有接送站点中,厦门机场离孩子们居住的地方家最远,妈妈偏爱去机场接送孩子们,图的是在路上时间长,在车里可以好好跟长大了的孩子们多聊上几句话。妈妈解释偏爱去机场的一席话,也让各自忙于工作、家庭事情而日渐疏于与妈妈促膝谈心的孩子们羞愧不已!

1996年年底,厦门经济特区成立十六周年之际,妈妈跟随老三兆星,与爸爸一道去新落成的厦门机场T3航站楼接从美国回来的老尾兆民。司空见惯了以前那些简陋车站、第一次进航站楼的妈妈,顿时被恢宏壮观的建筑物震撼到了,赞叹不已。妈妈说:经常从这么高大好看楼里进出的人,一定是很有出息的人。

机缘巧合的是,十年后,老三兆星从部队转业安置在厦门机场公安局工作,妈妈得知老三是要到她当年甚是惊讶的航站楼里上班后,甚感欣慰,还一本正经地告诫兆星说:今后你是去大楼管那些坐飞机做大事的人,肯定是很重要的岗位。偓听说地方上的人和事都比部队复杂多了,

你一定要认真做事谨慎做人,官位有冇升上去勿要太看重,最重要的是千万勿能犯错误,"跌下来",让人家笑话,将偲柯家的名声弄坏!

因妈妈跟着孩子们去厦门空港候机楼接送老尾兆民的次数越来越多,加上老三兆星转业后又在机场工作,因此妈妈"爱屋及乌",对候机楼也有着很深的感情。有一天,妈妈听说老三兆星组织创作的展现厦门机场公安民警时代风采的小品——《候机楼的一天》在厦门市公安局文艺汇演中获得好名次,硬是逼着兆星连夜去单位取回视频光盘,播放给她看。那段时间,妈妈看了一遍又一遍,对小品里头热心为民解忧的主角"李阳"印象殊深,常常边看边竖起大拇指夸奖。事隔多年,有次兆星陪妈妈去候机楼接老尾兆民,正在楼里执勤的"主角"饰演者——厦门十佳民警李阳,一下子就被妈妈认出来,对他竖大拇指,令其感佩不已。

在张罗给爸爸及孩子们接站的前一两天,妈妈脸上挂满了欢欣和期盼,把他们的床铺、被褥打理得清清爽爽、一尘不染,并早早备妥他们爱吃的"口味";爸爸及孩子们将返回单位、学校前的那几天,妈妈会压下思绪,强作欢颜,不露声色地对他们千叮咛万嘱咐,为他们细细准备行装,唯恐挂万漏一,更不愿意让自己的思念表露而影响即将出门远行的爸爸或孩子们的心情。

相比把爸爸及孩子们接到家时的欢天喜地,送站时,纵使妈妈尽力掩饰,表面若无其事,眼神却透出百般不舍。孩子们印象中,几十年里,临行告别时,对爸爸,妈妈总是那句话:你尽管放心去上班,家里有偲。你自己照顾好身体,过年时早点回来。对孩子们,妈妈交代得最多的是:在外头勿要省,要食饱来,才有好身体学习工作。再一个,肚量要大,勿要跟别人争争吵吵。

在妈妈貌似淡定的告别语中,蕴藏着妈妈对爸爸与孩子们的一片深情眷恋、无限厚望。在妈妈的精心操办下,每次接送站,都充满了温馨,充满了亲情,充满了期盼。至今,同城的孩子们,仍保留相互接站的习惯。

# 年夜饭

与家家户户一样，年三十晚上这顿年夜饭，无疑也是一年中妈妈最为重视的一顿饭。孩子们成家后，几十年来，一成不变的规矩是：爸爸妈妈在哪个孩子家居住，一大家人的年夜饭就在他家吃。妈妈有时还会把年夜饭叫作"团圆饭"。年夜饭里，蒸全鸡、裹"桃子"、酿豆腐这三道佳肴，是妈妈的拿手好菜，最令孩子们垂涎三尺，久久难以忘怀。

**蒸全鸡**。这是每年妈妈精心准备的年夜饭里，最令孩子们青睐的佳肴。这只鸡，通常是还没生过蛋的小母鸡。

下锅蒸鸡时，妈妈相当讲究火候，只用不大不小的中火。妈妈说：火太大了，容易太快熟，味道出不来；火太小了，蒸的时间过长，会让鸡肉变老。其间，妈妈会多次掀开锅盖，翻拨调整它们在蒸具中的位置，以确保鸡肉均匀熟透。

妈妈对蒸全鸡出锅时间节点的把握，让孩子们特别佩服。妈妈根本无须看钟表，只凭从蒸具里飘出的熟鸡香味，用根筷子捅一下鸡的背部，就能决定蒸鸡的出锅时间。妈妈告诉孩子们说，鸡的背部比较厚，不易熟，如果它熟了，整只鸡也就熟透了。

蒸全鸡出锅时，妈妈会迅速把它切开，然后按全鸡模样摆好盘，并在上面撒上一些姜丝、老酒，顿时，整个屋子里满是扑鼻而来的鸡肉香味，还没端上桌，孩子们便纷纷啧声舔唇，蠢蠢欲动了。

妈妈做的其他佳肴端上桌前，围在灶边的孩子们是可以"近水楼台"先吃为快的。而蒸全鸡，即使闻香而来的孩子们再怎么控制不住"胃冲动"，再怎么馋相十足，妈妈也是不允许孩子开席前"伸手"的。妈妈说，过年了，一大家人坐在桌前吃团圆饭，当然是要吃全鸡的。不过，看着垂涎欲滴的孩子们，有时，妈妈常常也会于心不忍，用汤匙舀上些许鸡汤，

或从盘中挑拣些边角碎肉给孩子们解解馋。

妈妈的蒸全鸡，不仅又香又有嚼劲，还形态完整透黄，摆盘靓丽，是名副其实的色香味俱全。吃年夜饭时，这道大菜每次一端上桌，都是最快被孩子们"秒光"的。

裹"**桃子**"。"桃子"，并非水果类，而是一种带馅的芋子包，类似芋饺，这是连城人过年"标配"的手工美食，也是年夜饭里妈妈的另一道拿手好菜。"桃子"的好吃，除了皮薄，更主要在于它的"瓤"，即馅料，要比普通的芋饺来得优质多样。一般外地人只要吃过一次，便会念想许久。

好吃的东西都难做。"桃子"的制作工艺异乎寻常的繁杂。妈妈却驾轻就熟。妈妈会用那种质地松软的芋子煮熟后去皮，拌上上等的芋子淀粉，像揉面那样，一遍又一遍地将芋子与淀粉用力搓揉均匀成条块状，再用湿纱布把它蒙上好几层，以防包馅时干皮。然后，妈妈会把备好的瘦肉、香菇、冬笋、菜心、小葱等十余种馅料，剁碎掺在一起炒熟，再拌进原先炒好的鸡蛋，作为"桃子"瓤。

当妈妈把香喷喷的"桃子"瓤端出来时，孩子们便会忍不住想先吃为快。妈妈把孩子们伸过来的脏手挡住后说：现在你们就先将瓤都吃光了，裹"桃子"就变成空"桃子"了。话虽这么说，妈妈还是会乐呵呵地用汤匙给身旁每个孩子舀上一小口瓤，让他们先尝下鲜解解馋。

稍微满足孩子们的食欲后，妈妈便带着孩子们围在桌边，一起裹"桃子"。"桃子"裹得诱不诱人，很大程度在于它的边花好不好看。妈妈会边展示她折的"桃子"边花，边告诉孩子们折边花的要领。在跟着妈妈裹"桃子"时，孩子们常常经不住"桃子"瓤的香味诱惑，会趁妈妈转身忙其他活时偷偷勺点瓤吃，妈妈则装作没看见。其实妈妈知道孩子们的爱好，每次备瓤，总是留有余地。

妈妈做的"桃子"，皮薄瓤多。蒸好的"桃子"出笼时，妈妈会给每个"桃子"迅速涂抹上一些熟香油，以防互相粘连，并在"桃子"上面撒些炒

好的芝麻籽，瓢香油香芝麻香，香香叠加，大有飘香万里之势，煞是诱人。

每年年夜饭里，除了蒸全鸡，就属妈妈做的"桃子"最受孩子们欢迎了。通常要加蒸好几笼，孩子们仍是一如既往地狼吞虎咽。往往吃完"桃子"后，后面很多菜就不太吃得动了。

**酿豆腐**。这是过年时，除了蒸全鸡、裹"桃子"之外，另一道孩子们非常期盼的妈妈的拿手菜。酿豆腐，看似简单，家家户户都会做，都是豆腐里包着馅。但要真正做得好吃，那可是相当有讲究的。

一般人要是图方便，酿豆腐做起来确实也很容易，买来巴掌见方的白豆腐，一分为四，然后在小豆腐块中间挖个洞，塞些猪肉碎丁进去，放进锅里蒸熟出笼，整道工序前后大约也就只需十几二十分钟。

而妈妈做的酿豆腐，在孩子们的记忆中，前前后后得花上个把小时。当年没有冰箱，妈妈并不急着买豆腐，担心买早了容易变馊。妈妈会一直等到大年三十的一大早，才去市场上公认做得最好的豆腐店，精心挑选那种像火柴盒大小、表皮金黄金黄的油炸豆腐块。

妈妈会先在豆腐中间，用剪刀剪开一个一指见宽的小洞，掏出里头未炸透的残存豆腐，然后把类似于"桃子"瓢的馅料小心翼翼地塞进洞里压实，并在封口处浇上一层稠稠的淀粉水，滴上香油，逐块口子朝上放进锅里蒸个十分钟左右，馅料熟了便大功告成。妈妈强调说，豆腐中间的洞，一定得等馅料都备好了再剪开，太早剪了，容易干皮勿好食。

妈妈做的酿豆腐，用材讲究，馅料丰富，个体饱满，色泽养眼。正月里，既可应急当下酒菜，又可作主食充饥。孩子们整个过年期间，在厨房里顺手吃得最多的，便是妈妈做的酿豆腐。

在孩子们的印象中，年夜饭里，妈妈偏爱做带馅的"裹桃子"、酿豆腐及"珍珠丸"等，也做得特别好吃。兴许是在妈妈眼里，过年时有皮有馅、包裹起来的食物，象征着团团圆圆，寓意阖家欢聚吧。

# 打通关

连城当地有句俗话：无酒不成席，无"拳"不成酒。本地人认为，过年时行酒令划拳的声音越大，预示新的一年越兴旺发达。十一岁起便在连城生活的妈妈深谙此俗。妈妈自己不会划拳，但每年吃年夜饭时家里的划拳，尤其是自上而下逐个做关主的打通关，却一定是妈妈亲自策划催阵的。

待年夜饭吃的菜差不多上齐，看着爸爸与孩子们快吃饱时，妈妈就会不失时机地提醒大家：你们该开始"老传统"了。爸爸和孩子们自然明白，这个"老传统"就是打通关。

妈妈把三个早就备好的精致小碗摆上桌，然后在每个碗里倒上约三分之一碗量的米酒做示范，要求后面倒酒时就倒这么多。妈妈还会一本正经提醒大家说：大过年的，你们的脸是要喝红来，但勿要喝醉，年初一才起得来。大年初一，妈妈是不允许孩子们睡懒觉的，因为一早要互相拜年，并且早餐一家人要一起吃长寿面。

平日，每逢孩子们有应酬，妈妈都会在他们临出门时反复叮嘱别喝多，告诫他们酒过量容易伤到身体。妈妈还会很风趣地说：醉酒的人不单讲话不靠谱，讨人嫌，连自己走路都不靠谱，容易跌倒。

打通关，这可是每年年夜饭中不可或缺的重要环节，使妈妈张罗的年夜饭由此达到了最高潮。打通关时，爸爸妈妈和孩子们逾越辈分，在阵阵"哥俩好"声中称兄道弟，喧哗满堂，豪气冲天，其乐融融，这无疑也是妈妈最喜欢的场面。

爸爸领衔做关主、打通关划拳时，是最热闹的。爸爸带着浓厚莆田腔的普通话，掺杂上夹生的连城客家行酒令，颇令妈妈和孩子们忍俊不禁。爸爸还出拳偏慢，缺乏隐蔽性，容易被孩子们一逮一个准，往往十划九输，让孩子们个个春风得意、开心不已。

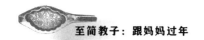

当然，爸爸胃不太好，妈妈是不允许爸爸多喝酒的，基本上输赢都是孩子们喝，爸爸只是象征性地用嘴唇沾下酒。妈妈会调侃爸爸说：你这关主只是当个名声凑个热闹，就像古代皇帝，勿管事情做得好勿好，皇帝还是照当。

轮到妈妈自己当关主上场时，妈妈会以她独特的方式——猜剪刀石头布取代划拳，兴致勃勃地与爸爸及孩子们一决高低。在连城生活几十年，心灵手巧的妈妈唯独没有学会划拳，抑或妈妈年轻时认为这有失仪态，压根就没想去学这大呼小叫的东西。孩子们在妈妈当关主时，胜率大降，妈妈赢多输少。妈妈会得意扬扬地对爸爸说：老头子啊，你刚才输的，偃都帮你赢回来了。

接下来，便是妈妈最爱看的阵势了——孩子们轮番上阵一较高低。老大兆斌、老二兆雄长时间生活在连城，不仅动作规范，声音洪亮，富有节奏，而且相互知根知底，常常一个回合，要令人眼花缭乱地大战好几分钟才能分出胜负，精彩纷呈，深得妈妈夸奖。而老三兆星与老尾兆民，成年后大部分时间在厦门学习工作，平时也少有"操练"的机会，划拳时，时有不按"拳理"出拳现象发生，令人哭笑不得。

后来，孩子们都成家了，妈妈最爱看的划拳阵势变了，有了儿媳妇加入"战场"。平日很注意仪容的儿媳妇们纷纷撕下温文尔雅的面纱，虽不谙划拳要领，却借着酒兴，不顾仪态，扯开嗓门，撸袖挥臂，花样百出。尤其是看着四个儿媳妇亲密无间的开怀"叫阵"，亲姐妹般的窃窃私语，妈妈更是显得无比欣慰。孙子辈，如还太幼小尚无法比划，则由其父母"代拳"，如已上学了的，妈妈则会鼓励他们自己上场比划，贴耳轻声地告诉孙子们说，小时学会当关主，长大了才会当皇帝。

孩子们打通关时，妈妈会一步不离桌边，时刻密切注意孩子们的酒态，不断提醒孩子们喝酒要适可而止，不可过量。孩子们再怎么闹酒，只要妈妈在一旁，总能恰逢其时地鸣金收兵，从来没有出现酩酊大醉的情

况。次日早餐,亦即妈妈非常看重的大年初一首顿饭的长寿面,孩子们也总是"齐装满员",从未有人误过。

每次年夜饭,看着自己与老头子一道辛辛苦苦拉扯大的孩子们齐聚膝下,围炉而席,其乐融融,尤其是儿女们和睦相处,儿媳们亲如姐妹,孙子辈苗壮成长,虽然忙忙碌碌,妈妈却总是显得无比惬意,整天满脸堆笑,陶醉在一家人团圆的喜悦中……

2008年北京奥运会那年,孩子们考虑到妈妈每年过年都忙得够呛,决定也赶趟时髦,在外头酒店订了年夜饭。虽然也是热热闹闹的,但孩子们明显感觉妈妈虽然少了往年忙碌,却多了些许落寞,显然是因为缺少了自己在家里张罗过年的"成就感"而致。此后,孩子们也都心照不宣,再也绝口不提在外面订桌吃年夜饭的事。

## 小春晚

进入二十世纪九十年代后,电视机逐渐步入寻常家庭。每年除夕夜中央电视台的春节晚会,备受百姓喜爱,爸爸妈妈及孩子们也非常爱看央视春晚节目。然而,随着时间的推移,碍于电视上"老面孔"偏多,题材创新不足,家里看央视春晚的热度有所下降,渐生审美疲劳。于是,在妈妈的大力倡导下,家庭小春晚应运而生,其热闹劲一点也不逊色于央视的大春晚。渐渐的,央视春晚在家里失去了市场,被家庭小春晚取代。

年夜饭佳肴行将上齐、大家酒酣耳热之际,正是家庭小春晚拉开大幕之时。家庭小春晚,固然有历年保留下来的如《智斗》《胡椒面》等经典模仿节目,但更多的还是孩子们自己即兴发挥的节目,内容题材不限,时间长短不一。能唱歌的唱歌,会跳舞的跳舞,不会唱不会跳的,就变个魔术,讲个笑话,扮个丑脸,甚至男扮女装亮相一下也行。总之,只要能逗出乐子引出笑声让人开心就行。

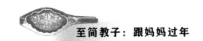

妈妈与爸爸一样，偏爱小品相声戏曲，对歌舞节目兴趣不大。在春晚舞台上活跃了十余年的陈佩斯，其饰演的小品特别通俗易懂接地气，加上陈佩斯的名字，用客家话念起来一点也不拗口，甚是顺溜。所以妈妈对陈佩斯印象特别深，名字也记得特别牢，说他最会猴形猴相讨人笑，常常夸他每个节目都演得好有意思。

机缘巧合的是，有次，老尾兆民陪爸爸妈妈上鼓浪屿游玩，在岛上餐馆用餐时，妈妈居然一眼辨认出坐在隔壁半开放式包厢里的陈佩斯。心中偶像真容就在眼前，妈妈虽然有点小激动，却只是悄悄地交代兆民点了一道海鲜，让餐馆老板以"一个一直很喜欢看你演出的老阿姨"名义送给陈佩斯，据说当时还颇令这个见过许多大场面的大明星感动了一番。妈妈事后还说，当时她其实也很想走近去仔细看下陈佩斯真人的，但人家正在与朋友吃饭，随便过去会打扰到人家，那样勿好。

对电视电影里的明星，除了能说得全姓名的陈佩斯外，妈妈还对叫不出演员名字的"白毛女""阿庆嫂"也情有独钟。妈妈对这两个形象的点评也相当到位。妈妈说"白毛女"太苦了，"阿庆嫂"好聪明。这仨人在妈妈心目中，又当属"阿庆嫂"的地位最高。

"阿庆嫂"的地位之所以高，主要是因为在家庭小春晚上大儿媳妇江紫华擅长扮演京剧《沙家浜》的"阿庆嫂"，拿手好戏是与老大兆斌联袂出演剧中"智斗"那一段。夫妻俩借着酒兴，一个扮演"阿庆嫂"，一个扮演"刁德一"，配合默契，惟妙惟肖，常常赢得满场喝彩。尤其是从小就有艺术细胞的江紫华扮演阿庆嫂时，字正腔圆，形神兼备，备受妈妈夸奖。受他俩表演的激情感染，有时，老二兆雄及老三兆星、老尾兆民也会自告奋勇登台，乱客客串一把"胡司令"及匪兵甲、匪兵乙，也是笑点频出。

大儿媳妇江紫华扮演的"阿庆嫂"，在长达十余年的时间里，一直在家庭小春晚上独占鳌头。直至孙女文佳刚上幼儿园的那一年，看电视学会了模仿陈佩斯主演的小品《胡椒面》，并在当年家庭小春晚上独自一人

串演小品中的三个角色,在家里一举成名,在此后几年的家庭小春晚中,"陈佩斯"是与"阿庆嫂"不相上下的。

2010年的家庭小春晚上又增加了一名"雷锋"。已从厦门大学毕业、去部队两年多的孙子文森探亲回家,与大家一块儿吃年夜饭,平时在家里一向羞于表达、不好张扬的他,或许是受了部队环境的熏陶,居然也难得一见地挺身而出,自编自演了一回做好事不留名的"雷锋",憨态十足,也着实让一大家人大饱眼福,妈妈对他赞赏有加,说部队就是锻炼人。但孙子也挨了奶奶一番为何这么多年不露一手的嗔怪。

孩子们模仿影视剧里的许多节目,妈妈甚至搞不明白他们唱的是什么词,讲的是哪一茬事,说的是哪个时代的人,却始终乐呵呵地参与其中。实际上,妈妈只是喜欢孩子们跟自己、跟爸爸在一起,乐于见到一大家人团团圆圆、开开心心的热闹劲头而已,至于具体什么内容就无关紧要了。

除夕夜的家庭春晚,毫无疑问,孩子们是最卖力的演员,爸爸妈妈是最忠实的观众。不过,在家庭小春晚史上,爸爸妈妈也曾闪亮登台,各自有过一次极其出彩的亮相。

家庭小春晚上妈妈的出彩,是在1986年的年夜饭。

妈妈跟爸爸一样,都没有任何文艺细胞。但在十年"文革"中,耳濡目染多了,妈妈也会唱几首"红歌",会跳几段"忠字舞"。不过,《东方红》是妈妈"库存"的为数不多的几首"红歌"里,歌词及韵律记得最清楚的。即使在家里生活比较拮据的早先年代,孩子们也常常听妈妈说道:你们今天有饭吃,特别是有书读,就是因为有毛主席、共产党。

这年的元月,老二兆雄的儿子文森出生。文森满月时,恰逢大年三十。过年添孙,与爸爸一样,妈妈自是高兴无比。妈妈看着这个虎头虎脑又充满灵气的孙子,越看越开心,在欣赏完孩子们的节目后,悄悄地戴上一顶老三兆星带回家里的迷彩军帽,破天荒地登场,只见妈妈径直

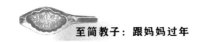

走向客厅中央,跳了一小段忠字舞,边跳还边唱起了《东方红》。

妈妈唱的《东方红》虽然与"忠字舞"不太合拍,没啥节奏感,舞姿也略显滑稽,但因这是妈妈第一次表演节目给孩子们看,让孩子们大饱眼福,大呼过瘾。最后快"收场"时,在孩子们的欢呼声中,妈妈又径直走向爸爸,拽起爸爸一块跳,看着爸爸跟不上节拍而手忙脚乱的窘样,孩子们更是一片捧腹,家里像乐翻了天似的热闹。

家庭小春晚上爸爸的出彩,则是在1993年。这年的5月,老尾兆民与儿媳林梅喜结连理。为孩子们操劳大半辈子的妈妈与爸爸一样,认为自己"生儿育女娶媳妇"的人生大目标都已圆满完成,备感欣慰。在老尾兆民结婚后的很长一段时间里,爸爸妈妈的嘴角一天到晚都挂满了发自内心的幸福微笑。

连家里老尾兆民也娶媳妇回家过年了,而且儿媳妇还是鼎鼎大名的厦门大学博士生,爸爸可谓人逢喜事精神爽。往年的家庭小春晚,有时实在架不住孩子们的鼓动劝说,爸爸顶多也就是在餐桌上讲个笑话应付应付。这年不一样,家里最小的儿子也娶回了媳妇,家里围炉吃年夜饭的人口达到了前所未有的规模。这年的家庭小春晚,更是热闹非凡,爸爸妈妈也显得特别的开心。看着满心欢喜的爸爸,孩子们纷纷趁机鼓动从未登台亮相过的爸爸也来一个节目。

见况,妈妈顺势给爸爸加了把"火":老头子啊,偓刚嫁给你不久跟你第一次回莆田老家时,曾听好几个长辈说你年轻时会功夫,但从来都冇见你亮过一招一式,今年家里又加了人,你的儿媳妇都娶齐了,你就好好给全家表演热闹一下吧。

孩子们小时候在莆田老家生活时,也曾隐隐约约听村里老人说过爸爸会功夫,不过孩子们从未见爸爸露过一手,加上平日爸爸一副文质彬彬、轻声细语的样子,所以一直不把它当回事。这次,孩子们又以为是妈妈在调侃爸爸,没想到正在兴头上的爸爸居然爽声应允了。

于是,向来沉稳内敛的爸爸,不仅在这一年的家庭小春晚上登场当了回主角,而且不鸣则已一鸣惊人,给孩子们来了个"石破天惊"的杰作。

爸爸表演的竟然是孩子们只在电影里、电视上见过的少林棍!

没有合适的棍子,爸爸就地取材,在家里找了根家里装修房子时剩余的一截一米来长的不锈钢管。移开餐厅中间的桌椅后,在孩子们一片惊呼声中,年届八旬的爸爸虽因年岁已高,操"棍"力道略显不足,但整套南派少林棍术的动作却是一气呵成,招招生风,大有"棍扫一大片"之势。

爸爸表演的棍术,让多次看过武打电影《少林寺》并非常崇拜主演李连杰的孩子们,个个瞠目结舌,没想到家里就有个"少林武僧"老师傅,并且还是向来温文尔雅,看起来蛮羸弱的爸爸。

在孩子们"再来一个"的一致恳求和妈妈的"推波助澜"下,兴致勃勃的爸爸又放下棍子,加打了一套爸爸称之为"柯都南拳"的拳术,拳脚配合,短促有力,流畅到位。尤其是在做准备活动时,上了年纪的爸爸居然还能把指关节捏得噼啪直响。

看着孩子们一副不可思议的样子,妈妈干脆一不做二不休把爸爸会功夫的老底全兜出来。

妈妈介绍说,她跟爸爸结婚后不久,第一次跟爸爸回莆田老家看望爷爷奶奶及宗亲时,有个与爷爷年龄相仿的叔公告诉她:你的蓝荣(爸爸名字)现在看起来文质彬彬,一副斯文先生样,其实他年轻时会功夫,当年在老家可是使棍的一把好手。

妈妈告诉孩子们,当时她也是感到难以相信,因为爸爸平时杀个鸡都不会,就算偶尔与人争辩,也都没怎么大声过,怎么可能会功夫?于是,妈妈向爷爷询问求证,才知道确有其事。原来,老家柯都村,虽然带个都字,却是方圆几十里村庄中人口最少的一个村庄,几百年来,户数一

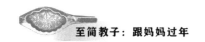

直未过三十户。而周边大都是大几十户乃至上百户的大姓村庄。

在旧社会，在偏远农村属于小姓的柯氏家族，为了自保，往往会利用农闲时间，尤其是正月里，男丁会在最有威望往往也是功夫最好的长辈带领下，集中在祠堂里习练功夫。爸爸是当年年轻人里最肯吃苦练功的一个，自然也深得几个功夫好的长辈叔公真传，耍得一手好少林棍，还曾经在十七八岁时跟着两个功夫最好的叔公，仅三人三根棍，冲入一个大姓村庄，经过一番"战斗"，顺利把进山砍柴回来时因为琐事纠纷被拦截在当地的几个柯家媳妇解救"回营"。有道是不打不相识，功夫好的柯都村人自此名声大振，与周边大姓村庄几十年中一直相安无事。

孩子们缠着爸爸确认真假，爸爸却不无谦逊地说，其实当时他只是去助助威而已，主要还是靠那两个叔公功夫好。爸爸说他记得很清楚，当时棍子是那种百年老藤做的，柔韧性强，人被扫到，一般只会非常疼，而不会断胳膊断腿，被打一方一般更不会上门寻仇。

孩子们惊讶之余，埋怨妈妈为何这么多年不让他们知道爸爸会功夫，失去了从小学功夫的好机会。妈妈回答道：不让你们知道你们爸爸有功夫，是怕你们缠住他学了功夫到外头跟别人家打架。你们爸爸年轻的时候学拳舞棍，那是在旧社会，政府保护不了他们柯氏小姓村落，所以只好练功夫。现在是共产党领导的新社会了，政府会把老百姓保护得好好的，你们没必要去练什么功夫，免得自以为有功夫，到处去惹是生非。

孩子们这才彻底明白了爸爸妈妈为什么要在几十年间，一同保密爸爸会功夫的真正缘由。在孩子们面前，爸爸从不流露功底，并要求知道底细的妈妈严守秘密。结果，这秘密一守就是数十年，直到孩子们已不再是喜欢舞枪弄棒的年纪。

无关男女老少，无关辈分大小，无关是否有"艺术细胞"，只要你肯登场亮相，就一定有掌声。家庭小春晚上各种即兴表演的节目，既是一顿美妙的视觉大餐，更是大家庭亲情尽显的温馨时刻。

# 压岁钱

年三十晚上给孩子们的压岁红包,妈妈看得非常重。妈妈曾一本正经地告诉孩子们说,你们小孩子过年,勿管是多是少,是一定要有压岁钱的。因为小孩子岁数小,命还有那么硬,容易受邪气缠身。听说邪气怕红的东西,过年时放个红包在身旁,一整年它就都勿敢近身了。

六十年代时,妈妈给孩子们的压岁红包里是角票,两角至八角不等,但肯定是双数。进入七十年代后,压岁红包钱略微上涨,突破了一元"大关"。按客家"出头"习俗,妈妈把孩子们的红包钱涨至一元二角、两元二角。那些年代,普通工薪族辛辛苦苦一个月干下来,也才只能拿个三四十元工资。

过年时,孩子们能得到妈妈的两个压岁红包。年三十晚上,待孩子们睡深后,妈妈会悄悄地走到床边,轻轻掰起孩子们的枕头一角,把一个红包放到枕头下,并露出红包部分,以让孩子们明早一起床就能看见。另一个红包,妈妈会把它放进孩子们的铅笔盒里。搁放红包时,自然又是免不了一番平安健康、考高分当状元的祈祷话。

可别小瞧这一点点红包里的压岁钱,对于孩子们而言,这可是一笔相当好用的零花钱。当年一块好吃的寿桃饼也不过才两三分钱,买一个市面上让同学们竞相攀比的最时尚铁皮铅笔盒,只需两元。收到妈妈的压岁红包,成了一年中孩子们最为翘首以盼的一件美事。

那时的红包袋,商店里也有卖,不过,不像现在这样花样繁多,通常只有两三个大同小异的款式,普通点的,五角钱可以买上一打(十个)。尽管很便宜,妈妈也从不去买这种现成的红包袋。为了省点钱,给孩子们包压岁钱的红包袋,都是妈妈自己花上三四角钱买张全开的大红纸,把它裁剪成一张张大约书本那样大小的纸片,要用时,先把纸钞对折后搁在纸片的正中间,再把纸片折叠成像小孩巴掌般大的红包袋。一张大

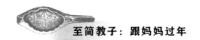

红纸,可以做成三十个红包袋,足够供家里所有孩子及亲友间礼尚往来用。

年初一早上醒来,同睡在一张大床上的孩子们都会第一时间看到自己枕头一侧的红包,顿时就在床上雀跃欢呼。在孩子们兴高采烈之际,妈妈总会不忘一本正经地提醒孩子们:今天是年初一,你们勿要把钱"给"别人,勿准偷用红包里的钱,明天开始才可以。看着妈妈一副郑重其事的严肃样子,孩子们自然也不敢随意逾越"天条",恪守这条"家规",大年初一这一天上街玩时,即使看到再心仪再心痒的玩具、美食,也只好忍住,待次日再去圆梦。

大年三十晚上往家里小孩枕头下、书包里放压岁红包的做法及年初一不准拆花红包钱的家规,相传至今。

# 开春面

大年初一早餐吃线面,这是孩子们记事起,家里就雷打不动的传统。因其是新春的第一顿饭,线面又寓意长寿,所以,妈妈对这顿饭的重视程度,一点也不亚于年夜饭。妈妈把这餐面叫作"开春面"。大年初一,妈妈不让孩子们睡懒觉,通常早上八点一到,就开始催孩子们起床。或许,妈妈认为新年第一天就睡懒觉不好,或许妈妈认为"开春面"就得早点开吃,更有好兆头。

为了做好这顿"开春面",妈妈可没少费功夫,会使出"十八般武艺"。

"开春面"所用的面,都是那种很细很长的线面,并不是市面上常见的阳春面、挂面。一家人在连城生活时,买到那种韧性好、煮熟后不易断的线面,是妈妈在年前赶年圩采购年货时的重头戏。为了买到好线面,妈妈几乎跑遍了那几家卖线面的摊位,频频手摸嘴尝,反复比较,常常弄

得整个嘴角沾满白面粉末。

后来妈妈发现莆田老家的线面都是纯手工制作,不仅韧性比原先在连城买的更强,而且还更长,每根线面长可达一米左右。从1975年一家人从莆田回迁连城后,以及后来爸爸妈妈随孩子们来到厦门生活的几十年中,大年初一吃的线面,都是妈妈早早就托人从莆田老家买回的。

妈妈说,"开春面"要做得好吃,除了线面要买得好外,主要是配料要好。妈妈做"开春面"时,配料并非拌进面中,而是铺在煮好的面上。妈妈通常会把配料凑足十样,美其言十全十美。配料以炒为主,其中炒鸡丁、炒鸡蛋、炒猪肝、炒黄花菜、炒紫菜、炒花生米这六样是必不可少的标配,除了香喷可口外,关键还在于有"吉""官""发""升""生"等吉祥字的谐音寓意其中。

大年初一"开春面"的配料,都是妈妈当天早上新做的,哪怕年三十年夜饭时剩的菜还很多,妈妈也从来不图省事用它们,宁愿留着后面再吃。妈妈说,新年第一顿勿能食旧的、食剩的,以后顿顿才有新鲜的东西吃。孩子们印象中,大年三十这个晚上,妈妈睡觉最多不会超过三个小时。等把厨房收拾清楚,给每个孩子准备好红包,在屋子里各处搁好橘子后,往往都已是凌晨一两点了,天刚蒙蒙亮时,妈妈会急急起床,又开始准备初一"开春面"的各种配料。

早上八点来钟,看着孩子们都起床洗漱好了,妈妈开始下锅捞线面。捞线面这一环节,看似简单,其实一点也不简单。既不能没熟,又不能熟过头。线面很细易煮烂,稍不留神,便出现熟过头情况,筷子一夹就断,还容易糊在一起,像吃面疙瘩似的。孩子们的印象中,妈妈捞的线面,时间、火候总是拿捏得那么恰如其分,既不会夹生,又嚼劲十足。线面一碗碗盛好后,妈妈便往里浇入热乎乎的鸡汤或瘦肉汤,再把炒好的各种五颜六色的配料均匀地铺撒上去,可谓色香味俱全,甚是诱人味蕾。

尽管前一天的年夜饭,有妈妈的张罗,已足够丰盛,吃得足够多,仍

丝毫也没影响到孩子们吃"开春面"的胃口。尤其是,孩子们边吃线面还可以边玩"做鸡腿"的游戏,即:互相比赛看谁把线面盘绕在筷子顶端的圈圈更大团、更漂亮,因其成型后貌似鸡腿,故称之为"做鸡腿"。

# 乒乓乐

家里的餐桌,往往还兼具作球桌功能。当年,孩子们上小学时,基本上是没有课外作业的。但家里孩子们在课余时间,没有像其他孩子一样到处去"野",而是以家里的"多功能桌"——餐桌兼书桌及乒乓球桌为中心,要么伏案看课外书,要么乒乓上桌。对此,妈妈打心眼里是乐见其成的。

受容国团1959年首获乒乓球世锦赛冠军影响,全国掀起了打乒乓球的热潮,当年七岁的老大兆斌刚刚上小学一年级,也迷上了乒乓球,且天赋异禀,读初中时就入选了连城县队,书包里常年藏本爸爸买的毛主席批示过的小册子《关于如何打乒乓球》(徐寅生著)。全家迁回莆田老家时,兆斌带回两块红双喜牌直板球拍,常常在家里那张一米见方的小餐桌中间架根捅火棍当作球网,领着三个弟弟开打。兄弟几人常常捉对"厮杀",乐在其中,在小小方桌上练就了很好的球感,更增进了兄弟感情。

后来,长大了的孩子们不再满足于局促房子里的餐桌、长条凳,时而会卸下门板,拣来些砖块摞起,当作桌脚,将门板架在门口,桌子中间架根扁担或长扫帚当作球网,兄弟几人放开手脚,轮番上阵,"大砍大杀",常常引得众多乡亲及路人引颈观看。对孩子们卸门板当球桌的举动,妈妈总是宽容允许,不过也不忘叮嘱孩子们,卸装门板时要小心谨慎,勿要把脚砸伤了。

在莆田老家生活的前两年,住房紧张,六口人住在一间房子里,这个房间既是厨房、餐厅,又是卧室、书房,同时还是乒乓球室,那张吃饭的小方桌成了球桌,可谓名副其实的"多功能室"。自然,四兄弟是睡在同一张大床上的。孩子们在打乒乓球时,把球击进在妈妈炒菜的锅里,是常有的事。

有年正月十五"元宵节",妈妈正在忙着下锅做汤圆,突然,"银球"飞进了汤圆锅,妈妈乐呵呵地回头一句:你们谁又瞄得这么准啊?让锅里多了个大汤圆!谁打进来的等下就由谁捞去吃。妈妈的这句话,顿时让孩子们乐成一团,至今记忆犹新。

在缺少电视、手机的那个年代,春节时的娱乐活动是屈指可数的。家庭乒乓球赛,便成了正月里柯家的一项传统赛事,没有奖金,更没有奖杯奖状。一本小人书、一把炒糖豆、一个鸡蛋、一个地瓜……甚至负者为胜者在其后背挠多少下痒,都可以成为孩子们为之拼搏的诱人奖品。

很多年后,随着国家全民健身活动的大力推广,在厦门各级政府倡导及厦门市乒乓球协会的推动下,在厦门的孩子们所居住的小区,都设有档次颇高的乒乓球室。见此,妈妈总会触景生情,常常深有感触地对孩子们说,现在打球的条件跟你们当年比,真是一个天上一个地下啊。

过年时,已是年迈的妈妈看到孩子们有闲暇时间都凑在一起时,还时不时会让孩子们下楼去小区乒乓球室打一把球给她看。孩子们打球时,妈妈全程端坐一旁安静地看球。妈妈虽然不太懂球,却非常陶醉其

中,无关规则,更无关胜负。与其说是妈妈喜欢看孩子们打球,不如说是妈妈喜欢看已经各自成家立业的孩子们还能一如既往,因球而聚,玩在一起!

1993年正月初三,老三兆星的女儿文佳出生的前一天,兆星参加厦门警备区机关"迎新春"乒乓球比赛,获奖捧回一座台灯,可把妈妈高兴坏了,用连城客家话直呼添"灯"(灯,在客家方言中,谐音丁)添人。

后来,老尾兆民无论在哪里开公司、办工厂,都会挤腾出一个房间,作为员工及自己的乒乓球活动室。老三兆星牵头在其居住小区建起了由厦门市乒乓球协会授牌的第一个"乒乓之家"。老二兆雄考取了乒乓球国家二级裁判证书,执裁过厦门市运会等重要比赛。退休后的老大兆斌也考取了乒乓球教练员证书,受聘于厦门市青少年宫及多所公办小学,担任少儿乒乓球教练。

2018年年底,四兄弟齐出动,组成两对,联袂参加第四届"谁是球王"厦门乒乓球民间争霸赛家庭组双打比赛,成为赛事创办以来罕见而有趣的一幕。其中,老大兆斌与老二兆雄搭档,加起来已超一百二十岁,在高手如林的厦门乒坛,获得了第六名的佳绩,受到了厦门市乒协常务副会长兼秘书长温哲先生的高度称赞,并在比赛场馆里热情地拉着四兄弟一块合影。

二十世纪七八十年代曾获得八次世界冠军、连续四届全国"十佳运动员"的郭跃华先生,1999年3月,受时任某海防团政治处主任的老三兆星邀请,前往他所在部队传经送宝,与官兵同乐。郭跃华还前后间隔二十年,两次在老三兆星的同一把球拍上签名,一时成为球友们的美谈。2004年初春,老三兆星代表驻军陪同中国女子乒乓球队登上厦门某部制高点观察所眺望金门。事后妈妈从老三兆星与她们的合影照里看到有她自己很喜欢的张怡宁、李菊等著名国手也在里头,赞许之余,还半真半假地责怪老三兆星为什么不带上她一块儿去陪同。

老三兆星从部队退役后,兵心不改,于2021年年底发起组建了厦门市也是福建省首支以退役军人为主体的厦门老兵乒乓球队,由卢振福、郑耿峰等退役军人企业家出资赞助,并依托厦门金海乒乓球俱乐部、赛文乒乓球俱乐部为训练基地。队中有战绩彪炳的原八一乒乓球队队员马笛(女)、王培任、张子墨、福建省第三届"军民融合罗普特杯"嘉宾组季军的刘平、厦门市乒协副会长吴惠华、山西省"竹叶青"杯老年乒乓球大赛男单季军程跃明、福建省第十七届省运会男子(A组)单打冠军的叶晓隆、中央企业第四届乒乓球比赛男子(A组)单打季军的陈竹仁、厦门市退役军人乒乓球比赛冠军陈隐步和亚军杨国龙等退役军人名将,以及铁杆"兵粉"王春生、罗道俊、杜峰、王丽民、张仕泽、刘成亮等厦门乒坛悍将,大家一起积极带动广大退役老兵参与全民健身活动,并深入基层连队、社区、农村,为广大乒乓球爱好者、少年儿童传授球技,大力弘扬国球精神和革命军人优良作风。

因其独树一帜,颇具影响,厦门老兵乒乓球队得到了厦门市退役军人事务局、厦门市乒乓球协会、厦门市爱国拥军促进会的充分肯定。"中国网"(中国四大政府门户网站之一)及《厦门双拥》杂志等媒体,均以较大篇幅予以报道。

这些,相信曾经那么"纵容"孩子们打球、那么喜欢看孩子们打球的妈妈,虽然已去了遥远的地方,也一定会第一时间一一感应到的……

## 大床情

1976年爸爸离休时,国家尚未进入改革开放时代,孩子们也都还没成家。无论是在莆田农村老家,还是在连城城里生活,爸爸妈妈与孩子们住在一起,均住在没有配备单独厨房卫浴间的祖宅老屋或单位的简易公寓房里,人均面积也就五六平方米,而且漏风渗水也是司空见惯的。

孩子们记忆犹新的是，1969年爸爸独自一人留在连城，妈妈带着五个孩子刚迁回莆田老家时，六口人挤在面积不足二十平方米的一间祖宅里，厨灶占据一个屋角，另外两个屋角则各搁一张床，屋子中间，勉强摆下一张既当饭桌又当孩子们书桌的四方桌。妈妈带着小女儿兆芳睡在靠里角的一张床，床头外侧，用一张约一人高的旧橱柜，作为换衣遮挡。四兄弟睡在另外一张床，随着他们逐渐长大体重增加，床板里相对较薄的那一两块被压裂，是那些年里兄弟们同睡一张床时有发生的事。

当年，要是爸爸年底回老家探亲时，平日跟妈妈一起睡的小女儿兆芳就要借住到亲戚家。兆芳借住到辈分高一辈、年纪却相当的堂叔柯中强家的时间是最多的，因为平时两家关系就甚为融洽，加上柯中强有一个姐姐、一个妹妹与兆芳年龄相差不大，经常带着兆芳上山砍柴、下田种地，一向很玩得来。

住在连城时，虽说爸爸上班的县印刷厂有安排宿舍，但居住条件也好不到哪里去，只能说比在莆田时稍微好些。厂区宿舍，中间一个通道，排房分立两侧。房内无卫生间，只有公共厕所。厨房都设在公共楼道上，每间大约十平方米。一般家庭只能分到两间。家里人口多，单位照顾给了三小间。爸爸妈妈一间，一间给未出嫁的小女儿兆芳作闺房。剩下一间归家里其余四个男丁，自然又是四兄弟共同挤睡一张床。这张床，毫无疑问是家里最大的一张床。

许多年过后，都业已为人父母、为人祖父母的孩子们，每次聚在一块时，都会念念不忘提起当年在莆田老家时一起弄破床的那件趣事。

有一天午饭前，业已成年、体重已逾百斤的老大兆斌突发奇想，让三个尚在上小学、初中的弟弟合力把他从床上抬起来，承诺成功后每人奖励五粒圆彩糖。

二十世纪六七十年代时，这种只有小指头般大小、色彩斑斓的圆彩糖，一分钱就能买好几粒，它可是农村供销社里非常受孩子们青睐的零

食。在三个未成年的弟弟用力上抬时,老大兆斌故意使暗劲让身子往下沉,使弟弟们徒用无用之功。但为了那诱人的奖品,老二老三老尾仨人虽齐心协力,无奈力所不逮,屡战屡败,却依然不肯放弃。

兴许是老大兆斌一直在使暗劲导致消耗体能过大,也可能是他不再想为难弟弟们,最后一次,弟弟们终于把哥哥抬了起来,岂料他们还来不及欢呼庆祝,在把哥哥往下放的瞬间,只听咔嚓一声爆响,床铺中间最大的那块床板断了,哥哥大半个身子坠入床底。

正在忙午饭的妈妈闻声赶来,看着一旁一个个面露惧色的孩子,妈妈并没有责怪,而是迅速仔细察看孩子们尤其是老大兆斌有没有被断板扎伤。在确认孩子们都安然无恙后,妈妈才和颜悦色地对惊魂未定的孩子们说:人冇事就好,以后玩耍时,要注意安全,勿要玩过头。再一个,以后你们兄弟几人,勿管到哪工作生活,勿管出息是大是小,都勿要忘了今天一起把床板玩断这件事。

平日,每当孩子们因意见分歧"磕磕碰碰"时,妈妈一般是不介入的,总是让孩子们自行解决问题。不过,当妈妈发现"战火"蔓延,有可能伤及彼此间感情时,妈妈又会不失时机地出现在孩子们跟前,提醒孩子们说,兄弟姐妹之间要团结和睦,勿要忘了都是在一个锅里食饭,特别是勿要忘记当年一块挤睡一张床、玩断床板的事。妈妈的话虽不多,却振聋发聩,往往会顿时让孩子们冷静下来,很快就偃旗息鼓。

看着孩子们,尤其是四兄弟从小到大再到成家立业后都一直保持亲近和睦,感情笃厚,从不为钱米而闹别扭,有左邻右舍亲朋好友羡慕之余会向妈妈取经,妈妈便会既自豪又不失幽默地告诉他们说,偃屋下细人仔的感情是挤大床挤出来的。

除了向对方解释挤大床的缘由外,妈妈还会顺势将困难时期家里孩子们如何互谦互让你一口我一口分着吃一个鸡蛋,长大了的孩子们又是如何互帮互助,比如当年老大兆斌每个月都要从自己不足四十元的

月工资中挤出十元给在厦大读书的老三兆星，老三兆星"有样有样看世上"，学着老大，每个月从自己六十余元的工资里拿出三十元接济后来也考上厦大的老尾兆民，老二兆雄如何耐心细致地为出门求学的两个弟弟打包行李，以及经商办企业小有成就后的老尾兆民在哥哥们装修房子或买"大家当"急需"大钱"时倾囊相助等等体现手足情深的事例，颇显自豪地一一道出……

后来，兄弟们纷纷成家了，各自有了自己的"窝"。但他们每年过年回家时，都会约定一个时间，再一起挤挤大床，重温一番挤床乐，共忆当年趣事，加深兄弟情谊。

# 全家福

妈妈平时自己不怎么爱照相，但每年一张的"全家福"，却是妈妈相当相当热衷的，并且早早就开始张罗。妈妈的相册中，摆在最前面几页的相片，一定是妈妈珍藏的各个年份的"全家福"。

连城客家有句俚语："初一子初二郎，初三初四野细郎。"（细郎，客家方言里是女婿之意）意思是初一这天，是儿子与父母亲待在一起的日子，初二，是女儿带着女婿回家的日子。而初三、初四及以后正月的日子，登门拜访的则是一般的亲友。

因为初二这一天，女儿女婿及外孙要回家，人最齐，因此，妈妈安排照"全家福"的时间，无一例外都是安排在年初二的早上。为了这一天，年前妈妈就会要求女儿女婿年初二来拜年时尽量早点到。同时妈妈也会早早把这一天要出去拜年的儿子儿媳叫起床，待来拜年的女儿女婿及外孙们到齐了，一块照好"全家福"后再出门。有时，早上实在来不及，妈妈则会一再叮嘱儿子儿媳带着孙子们下午稍微早点回来，让女儿女婿及外孙们迟点回去，以便于照"全家福"。

照"全家福"的地点，主要有两处：家门口或小区中庭最显眼处。早些年，一家人住在连城城里时，基本上都是在家门口照相。妈妈会一大早就把家门口扫得干干净净的，然后张罗孩子们摆上照相时坐的椅子。后来，爸爸妈妈随孩子们到厦门居住后，妈妈也会事去先踩点，早早物色好小区中庭最适合照"全家福"的地方，通常都是在正对小区大门、花卉绿植景观较好的区域。

照"全家福"的着装，妈妈特别看重。妈妈会逐个交代孩子们要早睡早起，穿上当年做的新衣衫。同时，妈妈还一反常态地把重点放在爸爸及自己身上，精心准备衣服，颜色都以大红大紫为主。照相的前一天晚上，妈妈会把衣柜里的衣服几乎翻了个遍，找出最适合自己及爸爸穿的衣服。

妈妈还会难得一见地向儿媳们要点化妆品，拽上爸爸，一块儿略施粉黛，反复对着镜子梳妆，把自己与爸爸打扮得光彩照人。或许妈妈认为，照"全家福"时，自己与老头子是坐在最正中的两个人，必须要有坐正中的样。

所以，每次照"全家福"时，最耀眼的"影星"必是爸爸妈妈。无论孩子们用多么悦耳中听的美妙词句夸奖精神焕发的爸爸妈妈，妈妈与爸爸一样，总是笑而不语，怡然自得，享受着自己精心策划的一大家人照"全家福"的美好时光。

有妈妈的悉心张罗，家里的"全家福"，向来都是"齐装满员"，团圆感、幸福感满满的。遗憾的是，1969年至1975年在莆田老家农村生活的那几年，因正月里没有"照相师"愿意到大山里头去挣那份辛苦钱，家里没有留下一张"全家福"。

# 生日篇

爸爸及家里六个孩子的生日,妈妈记得既牢又准,一次误差也没有出现过,且每次都会提早好几天在家里出"安民告示",广而告之。对此,孩子们无不感到非常惊讶,有时会向妈妈取经,怎么我们每个人的生日,你都记得这么清楚?妈妈会淡淡地告诉孩子们说:只要你有心、生细人仔时肚子痛过,就肯定能够记得住。

妈妈告诉孩子们,每个当妈妈的最终能把孩子生下来,都是经历了千辛万苦的,所以她绝对是勿会忘记自己的孩子生下来的那一天。在十月怀胎那些日子里,佢也数不清被肚子里的你们拳打脚踢了多少次。特别是你们要出世的那一天,你们用手锤佢用脚踢佢特别凶,被你们收拾得实在难受!所以,你们的生日,佢当然记得特别牢,永远勿会忘记。

## 数家珍

孩子们小时候,就对妈妈记家里人生日的本事特别佩服。尤其令孩子们感动和难忘的是,后来大家庭里人口不断增加,一家四代,上至爸爸,中至儿子儿媳女儿女婿,下至孙子孙媳妇孙女孙女婿及曾孙辈,总共三十余口人,已上了八十岁、忆力明显衰退而变得容易忘事的年迈妈妈,却依然对家里每个人的生日,如同运动员的"肌肉记忆"一样,随时都能如数家珍地一一准确道出。

其实，妈妈对家里每个人的生日都了如指掌，烂熟于心，也并非妈妈记忆力有多超强，只是妈妈更加用心罢了。

孩子们的生日，妈妈只记农历。妈妈说农历有初一十五，还有二十四节气，好记。每年元旦前，识字寥若晨星的妈妈一定会亲自上一趟新华书店，去选购一本那种大约半本书大小、一天一撕页的台历。妈妈的这个习惯，一直到二十世纪八十年代后期一个月一大张的挂历出现，孩子们会带回各式各样的挂历供妈妈选择，才告一段落。

无论是选购旧式台历，还是挑选新款挂历，妈妈就一个标准：农历的日期，字必须大。妈妈虽然不识几个字，唯独农历上大写的那些数字以及每个孩子的名字，不仅能辨识得到，而且还会写，虽然写得歪歪扭扭像天书。妈妈会用很粗的颜色笔，将家里所有孩子的生日日期一一画圈予以标记在台历或挂历上。为保险起见，除了在爸爸妈妈的卧室及厨房显眼处摆放的台历或挂历标注外，妈妈还会把每个人的生日记在天天买菜的记账小本本首页上，一目了然。

聊及孩子们出生的事情，老二兆雄出生时的惊险情节，是妈妈一个永远不老的话题。

妈妈告诉孩子们，老二兆雄要出生那年的清明节过后不久，偓肚子已经很大了，你们爸爸胃又出问题住在县中医院，家里就偓跟老大兆斌及兆玉兆芳姐妹俩，他们分别才八岁、五岁、三岁，两边都要照顾。

妈妈说，那天晚上，偓从你们爸爸病房回到家时都快半夜了，公鸡叫第一遍的那个时辰，突然偓肚子一阵阵痛起来，感觉要生的样子，只好叫醒老大兆斌，让他快去叫接生婆。刚开始，老大兆斌睡得迷迷糊糊的，还跟偓讨价还价说，能勿能让他再睡会儿再去。在偓的一再催促下，他才跑去叫接生婆。接生婆住在离家两里多远的吴家巷，平时，偓有带老大兆斌去她家认过门。

妈妈接着说，可能跟那天偓来来回回去过医院好几趟，肚子走松了

128

有关系,大概接生婆还在半路的时候,老二兆雄的头就自己钻出一半来了,偓只好按照老一代生子多有经验的女人讲过的办法,赶紧把家里一个四方小木凳倒靠在床铺边,坐在上头,将头后仰,大腿张开,自己给自己接生。

每次说到这,妈妈都会既沾沾自喜又心有余悸地告诉孩子们:接生婆到家时,老二兆雄整个人实际上已经从偓肚子里出来了,接生婆只是帮忙剪脐带,处理"胞衣"。记得接生婆当时还跟偓还开玩笑说她三更半夜白来了,说偓自己就可以当接生婆。其实现在想起来还是很后怕的,要是老二兆雄的身子还赖在偓肚子里不肯出来卡在那里,要是接生婆一时到勿了,那就麻烦大了。你们说,这样惊险生出来的细人仔,他的生日,偓哪里会忘记呢。

相比儿女们的生日,四个儿媳妇生日,妈妈更是显得倍加留神,唯恐遗漏。妈妈对孩子们说:你们的生日要是忘记次把,关系勿大,大勿了偓自己骂下自己。但你们媳妇的生日要是给忘记了,偓就会挨亲家骂的。人家父母亲把心头肉女儿养这么大,送到我们家,结婚放大帖时也是跟偓对过生辰八字的,如果连人家女儿的生日都记不住,过生日时连红蛋寿面都没吃上,那就实在对不住人家父母亲了。

孙子辈中的生日,最为妈妈津津乐道的是小女儿兆芳儿子李锋的生日。小女儿兆芳与李元健是在1983年正月十一日举办的婚礼。神奇的是,次年同月同日,即妈妈说的"对年对月对日"那天,可爱的外孙李锋出世了。

正月里出生的二儿媳妇罗兰珍、孙女文佳、外孙李峰、外孙女杨建华,以及腊月出生的外孙女杨萍芳、曾外孙女吴双,他们的生日日期,妈妈更是记忆殊深。孩子们出生前后的各种趣闻异象,妈妈记得特别牢,对于他们的生日,妈妈也显得格外重视。

妈妈会戏称上述几个孩子:你们好有福气,选好要过年了这么喜庆

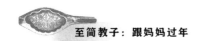

的日子来到人世间。你们也最贪吃，都奔着过年好食的东西来。特别是正月初四出生的孙女文佳，妈妈常常会风趣夸她最有财气，每年正月都有"双份"红包拿，过年一个，生日一个，以后要是开店做生意一定会收钱收到手软。

即使是卧榻在床备受病魔折磨的最后一年，心力交瘁的妈妈仍能清楚记得家里每个孩子的生日。妈妈总会在孩子们生日来临的前一天，用日渐微弱的声音提醒他们：侬现在起勿来，也有办法给你们弄了，明天你们自己勿要忘了煮红蛋、做寿面。老大兆斌的生日是农历八月二十八日，距妈妈离开我们只有十天了，当时妈妈的情况很不好，医生已发出了病危通知书。兆斌生日的前一天，已多日无力发出声音的妈妈，轻抚着守候在床边老大兆斌的手背，突然断断续续地说出了人生最后两个字：生，日。闻此，陪护在妈妈身边的孩子们无不唏嘘，转身潸然泪下……

妈妈有这么多的孩子，每个孩子的生日都记得，哪怕气若游丝时，也仍然记得如此清楚。我们作为儿女的，只有一个妈妈，倘若忘了妈妈的生日，那真是情何以堪？

## 寿桃饼

孩子们还小的时候，西式的生日蛋糕尚未流行，对于多数寻常人家而言，生日蛋糕还只是个传说。寿桃饼，是妈妈给爸爸及孩子们张罗过生日时的必备品。寿桃饼实际上是一种心形小糕点，顶部染有小红点。它是连城人家家户户做生日办寿宴时必不可少的。它既具备喜庆纳吉的功能，又可作为到席宾客的回礼。

早些年，这种专门做寿桃饼的饼铺，通常是不零售的，只接受大单预订，一个卖一角钱左右。所谓的大单，实际上也就是三五十个起订。

妈妈要去饼铺预订或提取寿桃饼时，孩子们常常会争先恐后跟着

一块去，因为可以趁机蹭蹭饼尝尝鲜。饼铺的老板，看到是"老主顾"带孩子来，常常会挑出个把有缺损的寿桃饼，让孩子们先"过把瘾"。刚刚出炉的寿桃饼，特别香酥可口。加上不断有新饼出炉，整个饼铺满屋飘香，不吃也诱人，光闻闻也是种莫大的享受。孩子们离开饼铺时，还浑身带着香味。正因如此，跟妈妈去饼铺，成了孩子们翘首以盼的一件美差。

预订寿桃饼时，一般的饼铺，是入不了妈妈的"法眼"的。妈妈会找到县城里做寿桃饼历史最悠久、口碑最好的店铺。说是店铺，其实就是位于北门外的一处平房老宅，与大儿媳妇江紫华娘家"江屋井"挨得很近。每次去饼店时，妈妈都会告诉大儿媳妇说，偓又要到你家去啰。

那时，民间罕有电话，更没手机。要订做寿桃饼，可不是一通语音就可以搞定的。饼店，妈妈通常要去两趟，即在确定数量交定金与取货交尾款时各一趟。孩子们至今还清楚记得，跟妈妈去饼店，从家里过去，大约要走一刻钟。去饼铺途中，要经过十几条七拐八弯的小巷，孩子们跟着妈妈去了好多趟，看着长得都差不多的巷子，仍然云里雾里地辨不清往返的路。

有次，跟妈妈去取饼的老尾兆民好奇地问妈妈：这些小巷子，长得都这么像，没走几步就有岔路口，我跟哥哥们跟你去时，每次都绕晕了，妈妈你怎么从来没有迷过路呀？妈妈轻描淡写地答了一句：有心去记就

不会迷路。

不知是妈妈认为在饼铺见师傅做得多了，自己有把握能做好寿桃饼，还是为了节省些钱，1992年正月，提早大半年给老大兆斌做四十岁"大生日"时，妈妈买来了一个雕刻相当精致的饼模，自己当了一回饼铺师傅。孩子们看着妈妈将揉好的像拇指头般大小的面团，放进那个饼模，快速平抹成型后，再倒着轻叩出来，放到烤盘里去烤。

虽然妈妈亲手做出来的那些寿桃饼，在孩子们眼里，已经足够完美，形状匀称，香酥可口，但妈妈还是不无遗憾地说，跟那家百年老店比，自己做的寿桃饼颜色勿够金黄，送人有那么好看。以后家里什么钱都可以省，就是过生日要用的寿桃饼的钱不能省，该给别人家店里赚的钱就得给他赚。寿桃饼是要做回礼的，必须做得好看才行，不然别人会讲闲话的。

2011年夏，当妈妈得知孙女文佳考上澳门大学酒店餐饮管理专业时，非常高兴，还鼓励文佳说：有机会的话，多多学习如何做饼，争取将来开一家能做寿桃饼的大饼店。妈妈当年的话灵验了，2023年3月，通过不懈努力已获得悉尼蓝带学院高级甜点师证书的文佳，如妈妈所愿在广东珠海开了一家名为"来福饼家"的饼铺，专门制售各式月饼、桃酥等传统中式饼品及各种流行欧式面包，因其用材考究、制作精细、造型萌酷，颇受"吃货"们欢迎，成为珠海当地一个颇有名气的网红打卡饼铺。对此，珠海市新闻中心公众号"知珠侠"于2023年10月17日以"老师辞职在珠海开面包店，藏在巷子里"为题作了专门报道。相信对饼情有独钟的妈妈的在天之灵一定会知道的！

## 土鸡蛋

平日，妈妈使用鸡蛋的频率就很高。过年期间以及孩子们过生日时

用的鸡蛋,妈妈更是特别用心挑选。妈妈用的鸡蛋,一定是那种看起来很新鲜的土鸡蛋。小时候,不谙世事的孩子们会问妈妈:鸭蛋更大,为什么不用它?妈妈说,鸡飞更高,自然更好。再说你们是读书人,吃鸭蛋考个鸭蛋,那可勿好。

物色供正月里孩子们过生日的鸡蛋,妈妈可谓煞费心机。妈妈说,生日用的鸡蛋一定要挑最新鲜最好看的,寿星才会更加健康吉祥。在"圩日"还流行的二十世纪六七十年代,妈妈会早早联系原先认识的乡下卖蛋人,交代他们在年前的最后一个"圩日"来城里赶圩时,按约定好的数目带上他们自家养的母鸡新近下的蛋。

年前的活再忙,妈妈也一定会亲自去约好的圩市区域取蛋。为了确保不耽误生日用蛋大事,妈妈往往会把买蛋的大部分款项先预付给卖蛋农民。

妈妈强调,先给卖蛋的人部分"定头"钱,这很重要。妈妈给孩子们解释说,乡下人都是很不容易的,过得比城里人艰辛多了,勿像我们城里人大部分都有工资有固定收入,每月有粮油供应,他们主要靠天吃饭,种的粮食大部分要交公粮,平时用钱全靠赶圩日时卖些自己养的几只鸡鸭兔、鸡蛋鸭蛋及少量土特产等。他们也需要钱准备买年货过年,如果我们先多给他一些"定头",他们当然会很开心,自然愿意把好东西留给你。

孩子们记忆中,妈妈买到的生日鸡蛋,总是既新鲜个头又大。早些年,卖蛋可都是论个不论斤卖的。

要是受托的卖蛋农民带出来的蛋实在不够,妈妈就会在圩市上再购买补充一些。妈妈往往不用动手,就能一眼把卖蛋人筐中那些更显新鲜且个头略微大点的蛋迅速"锁定"。

在逐个把这些"猎物"放进自己的竹篮过程中,妈妈又会随手淘汰出一些。一块跟妈妈去买蛋的孩子们感到很纳闷,事后会问妈妈:妈妈你淘汰的那些蛋,明明跟你带回来的蛋一样大,有的看起来甚至还更大

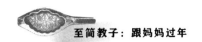

些,你为什么不要又放回去呀?

妈妈一语道破天机:被倔淘汰的那些蛋,勿够新鲜。拿到手里时,倔暗中悄悄用力一摇,感觉出里头会晃的,这种蛋属于已经放了较久时间的蛋。母鸡刚生下来冇几天的新鲜鸡蛋,蛋黄跟蛋白黏挂得比较紧,里面是不太摇得动的。我们平常吃蛋要是碰上个把不太新鲜的蛋,也是无关紧要的。但是家里人过生日用的鸡蛋,一定个个都要去认认真真挑选,不然要是吃生日红蛋时候,来了个臭蛋,那就勿吉利了。

平日,妈妈买鸡蛋时,数量通常只是十个八个,一般用个小布兜就兜回家了。而正月里孩子们过生日要用的鸡蛋,至少三四十个,妈妈必定会用那种把手很粗壮牢固的大提篮,装蛋时会垫上一层自己早早备好的纸屑或米糠,小心翼翼地把这些宝贝疙瘩拎回家。

自然,这些"眉清目秀"的土鸡蛋,无论是上桌用,还是赠送亲友,全都是妈妈平日最喜欢的喜庆色,个个被妈妈细细染得艳红艳红。

打小就受妈妈选蛋"宝典"的熏陶,孩子们长大后个个都是市场上买蛋的高手,还把妈妈教的选蛋秘诀传授给自己的媳妇、孩子。买到臭鸡蛋的事,在大家庭里,罕有听闻。

# 大公鸡

妈妈的心目中大公鸡,是健康吉祥的象征。在孩子们印象中,纵使在家庭收入较少的那些年,每逢孩子们过生日,妈妈都要挤出点钱来买只大公鸡,这可是生日宴的头号标配。

妈妈告诉孩子们,过生日要用的大公鸡,一定要长得靓靓的,以后你们也会长得靓靓的,身体也会像大公鸡一样雄壮。

为了这个"靓",妈妈可没少费功夫。妈妈会先在大公鸡的背部中央及鸡冠上染上"洋红"。妈妈还告诉孩子们说,大公鸡与人一样,最最讲

究品貌了。我们买到了靓靓的大公鸡,这样,你们在新的一年中,无论做什么事,也就都会靓靓的。

这只公鸡,自然是越大越好,成色越纯越好。为买这只公鸡,赶年圩时,妈妈可没少花功夫。要是没看上原先交代好的农民带出来的公鸡,妈妈就会到卖鸡的摆摊区域,逐个摊位去反复比较挑选,所花费的时间往往要占去赶年圩时间的一半。

结果,妈妈买到的大公鸡,无疑都是那种头昂得高高的,鸡冠红红的,鸡爪黄黄的,毛色黄里透红的"霸王鸡"。那种鸡毛掺杂有白色或黑色的,即使它个头再大,也会第一眼就会被妈妈淘汰。妈妈拎着大公鸡回家时,沿途会时不时迎来路人的羡慕眼光和问询。

孩子们的生日宴全都是在家里办的。鸡蒸好端盘上桌时,妈妈会把大公鸡的鸡头正对着"寿星",让"寿星"先用筷子碰下鸡冠,然后大家再跟着下筷也碰下鸡冠。妈妈说这样会全年健健康康的,并且大家都会沾"寿星"健康的光。

# 大生日

连城有个古老的客家生日习俗,"男做齐头女做一",通常是从男的四十岁、女的四十一岁开始,每隔十年,在正月里大为操办一次。而妈妈把这个习俗改良了一下,只要是成年后孩子们的逢十生日,妈妈都会把它提早到正月来办,妈妈把这个生日及正月里出生的孩子的生日称统为"大生日"。

无论做什么事,妈妈都比较讲究师出有名,使之有合乎常情的合理解读。妈妈告诉孩子们,生日提早过,就能早享福。家里人正月以外的"大生日",全都被妈妈提前安排到正月上旬举办。显然,除了遵从习俗外,妈妈一定还认为,正月上旬那几天,爸爸不用上班,上学、工作的孩子

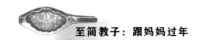

们也都放假回家了，家里人最齐。妈妈说，生日宴时人气越旺，寿星就越有福气。

在莆田农村出生长大的爸爸，虽受老家当地"岁大不做寿"习俗的影响较深，不爱过生日，但又碍于妈妈的一片良苦居心，所以对妈妈给自己张罗过"大生日"一事一向持"受之有愧，却之不恭"的态度。妈妈也心知肚明，既坚持要了却心愿，给爸爸做"大生日"，又尊重爸爸，尽量从简，不事张扬，除了家里孩子们，其他亲戚一概不予告知。

相对爸爸，遇有孩子们的"大生日"时，妈妈就一门心思要办得热热闹闹些。

往往是一进腊月，妈妈就开始张罗孩子们的"大生日"，忙于预订寿桃饼、鸡蛋等，给寿星物色生日正装——"红唐装"，并亲自挨家挨户到主要的亲戚家，尤其是到四个同住在连城的亲家家先打招呼，恳请他们届时安排出时间来家参加。

给过"大生日"的孩子们摆生日宴，自然也都是在家里。妈妈会早早地找妥一个擅长做菜的亲友过来帮忙掌勺。妈妈办"大生日"时，通常都是摆三桌，在客厅摆两桌，另在一间大一点的卧室里摆一桌。

生日宴的主角——身着大红唐装的"当值"寿星两口子，儿媳妇或女婿的父母，以及在连城的其他亲家等主要亲戚，按照当地男宾女宾分桌吃席的习俗，分坐在餐厅里的两张主桌，由爸爸妈妈各陪一桌。里屋的一桌，则主要由未成家的孩子及几个孙子"占据"。

在爸爸按常规套路有板有眼说完祝酒词后，平时不太爱在大场合讲话的妈妈，通常也会接上寒暄几句，致谢到场的亲友，尤其是亲家公亲家母。

宴终送客时，妈妈总会不失时机地候在家门口一侧，逐一给每位亲友递上一份伴手礼。这份伴手礼，是妈妈提早几天仔细备妥的。贴着红寿字的土鸡蛋、寿桃饼，装进妈妈精心选购的缀着寿字的红布袋里，既显

喜庆,又防碰破。

在妈妈的心目中,亲家与其他亲戚不同,他们属于大客。在亲家们的红布袋里,妈妈会再塞进一个鸡腿。客家人宴席时,谁享用鸡腿,那可是客家的最高礼遇。但通常客人都不会当场食用,往往会七推八辞后搁在桌上自己位置前,宴散人走时,一般也不会主动带走。"兵荒马乱"送客时,能否让最尊贵的宾客捎回这最显情意的鸡腿,很考验女主人眼观四路的眼力。在这事上,细心的妈妈自然从未误过。

## 红唐装

这是妈妈专门为过"大生日"的孩子准备的生日礼物。为了把孩子们的"大生日"办得更有仪式感,孩子们过"大生日"那天要穿的生日新衫,妈妈相当在意。

这套新衫,必定是传统的红色唐装。早些年时,都是妈妈去布店买好布让裁缝师傅做的。买布前,对生日衣服的质地、款式,妈妈也会先征求下孩子们的意见。不过,在颜色方面,留给孩子们的选择余地为零。因为妈妈给出的颜色只有一种,大红。妈妈一直认为,红色最喜庆,过"大生日",大红则是最合适的颜色。

这个过"大生日"的孩子,哪怕他(她)已是个有儿有孙的老孩子了,妈妈也要亲自领着他(她)去早已物色好的裁缝店,把他(她)拽到店里那个公认手艺最好的师傅跟前,郑重其事地拜托给师傅,千叮咛万嘱咐:这个是偓家的老儿,今年他要做"大生日",麻烦你帮偓仔细量好做好来。这套衣服做合身好看了,以后偓家里人过年穿的新衫,偓都叫他们来你这里做。

看着步履蹒跚的母亲带着长大成人甚至鬓角业已开始泛白的孩子来店做衣服,裁缝师傅无一不被妈妈的诚心所打动,给孩子们量体裁衣

时，往往特别认真，花费的时间要比别人多些，生怕做不好对不起这个老人家。自然，每件红唐装都没辜负妈妈的期望，穿在做"大生日"的孩子们身上，件件都显得那么得体耀眼。

每次孩子们的"大生日"宴上，都会有不少亲友询问寿星穿的衣服是哪家店哪个师傅做的。殊不知，衣服好不好看，不在于在哪家店哪个师傅做，而在于裁缝师傅有没有被带孩子送布料过来的人感动。

随着时间的推移，妈妈的孩子也有了孩子。大家庭里的人口与年俱增，正月里过生日、"大生日"的孩子也越来越多，妈妈却从未有过任何一次遗漏。

生日如歌，母爱悠悠。孩子们的生日如影随形地印在妈妈的心田，而妈妈几乎每次都对自己生日无一例外地忘到九霄云外！不知有过多少次，都是在爸爸或孩子们给妈妈准备好了寿面、红蛋，妈妈才恍然大悟。甚至有好几次，爸爸及孩子们准备生日的举动还把妈妈吓了一大跳，以为自己把家里"老头子"或哪个孩子的生日给忘记了。

有次在为妈妈过生日时，老尾兆民问妈妈说，妈妈你记性那么好，记得住家里大大小小几十号人的生日，为什么偏偏就记不住自己的生日啊？妈妈意味深长地看着孩子们说：因为这用不着偓去记嘛。孩子们这才终于明白，妈妈相信她的孩子们不会忘记生他养他的人的生日。

# 晒宝篇

　　与爸爸喜欢珍藏孩子们从小到大的各种往来信件、书刊不同,妈妈的珍藏物主要是相片册、绸缎布、红包壳、锦囊袋及百宝箱里的孩子们的各类奖状证书。这些宝贝,过年时妈妈必定要把它们通通拿出来,铺得满床满桌都是,逐件看个遍,摸个遍,独自陶醉其中。妈妈的这个爱好,孩子们都称之为晒宝。

# 相片册

　　妈妈把影集叫作相片册,它是妈妈最爱晒的宝贝。在1978年年底国家步入改革开放时代前,家里留下的相片屈指可数,妈妈只是把它们压在家里爸爸书桌的玻璃板下,或夹进孩子们各自读过的旧课本中,以便查看。

　　后来,孩子们都纷纷外出工作、上大学,寄回家的相片渐渐多了起来。妈妈不识字,更不会写信看信。平日,妈妈与在外头工作、读书的孩子们情感联络的主要方式,除了让爸爸按照她的意思给孩子们写信以及念孩子们的来信给她听,就属看相片了。

　　随着照相机、手机的兴起,在孩子们随信附在信封中的相片以及放假带回来的相片日益增多。开始时,爸爸妈妈的卧室里床头柜、抽屉、书桌玻璃板下、墙面及妈妈外出的随身小包里,尽是孩子们的相片。每次

孩子们把相片寄回家,妈妈都如获至宝,左看右看好几天都不肯停歇,可谓爱不释手、百看不厌。后来,孩子们的相片越来越多,妈妈便用专门的相片册,把琳琅满目的相片,通常按小家庭为单位分门别类地装在一起。

　　不在身边的孩子,自然更受妈妈牵挂。妈妈常对孩子们说,你们在外头的人,要多寄相片回家,俺看到了相片,就等于看到了你们。二十世纪八十年代起,老大兆斌与媳妇江紫华在三明工作的相片,老三兆星、老尾兆民在厦门大学读书的相片,还有大学毕业后从军的老三兆星的戎装照及从事外贸的老尾兆民与外商打交道的相片,妈妈收藏得最多,足足有三大本相片册。

　　而质量最好、装帧最漂亮的那本相片册,一定会被妈妈拿来保存一大家人的团圆"全家福"。除了"全家福"合影照外,爸爸妈妈的寿宴、孩

子们的结婚喜宴及生日宴、兄弟姐妹的欢聚、登台领奖、老尾兆民新办公司的开业庆典以及孙辈们一块玩耍的合影照，即凡是能体现喜庆、团圆、兴旺、荣誉等热闹场景的相片，都深为妈妈青睐，把它们与"全家福"放在同一本相片册里。

最为妈妈喜欢的是四个儿媳妇的单人靓丽少女照，妈妈会把它们放在相片册的册首显耀位置，并要求儿媳妇们多加洗翻印几张，除了将之压在爸爸妈妈卧室书桌玻璃板下、床头柜玻璃板下，方便自己天天举目可见，此外还一定会把一张放在自己随身带的小钱夹里，以便随时与亲友街坊分享。

妈妈自己一张单人照也没有留下，因为妈妈从来都是与爸爸、孩子们一块照相。妈妈曾郑重其事地对孩子们说，俚是有子女有孙的人，一个人站那照相，别人会说俚是"孤老婆"的。

有的相片及相片册自身，因存放时间较久，会有些霉迹斑点，一经发现，妈妈会马上用柔软的绒布仔细地擦拭干净。有时孩子们提醒妈妈说，可以用电吹风吹，妈妈总是不肯，说万一吹过头弄黄弄卷就糟糕了。

正月里，妈妈再忙，也会忙里偷闲，腾出时间开始自己的最爱——搬出那厚厚一摞相片册，怀着无比欣慰的心情，怡然自得地逐本逐页翻看着那些早已沾满妈妈指痕的相片，那种自豪感，一点也不亚于国家领导人检阅自己凯旋而归的军队。

妈妈的相片册，记录着孩子们成长的点点滴滴，全景展示着妈妈与爸爸一块辛勤打造起来的家，寄托着妈妈对孩子们无限的牵挂与思念。


## 绸缎布

一大摞大红大紫的绸缎布被面，是妈妈名副其实的压箱底宝贝。每块绸缎布都被妈妈叠得整整齐齐的，用透明塑料袋装着，放在箱子里或

143

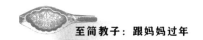

衣柜里。正月里，妈妈会把它们拿出来，妈妈明明知道它们其实一尘不染，还是会下意识地边用手背轻轻对其弹拂，边欣赏边逐一指点"江山"自言自语道：这一块是老几结婚时谁送的、那一块又是老几结婚时谁送的。虽然一块绸缎布也不过十元钱，它们可都是孩子们结婚时收到的顶级礼物。

这摞绸缎被面，总共有二十来幅。它们都是四个儿子结婚时，亲友们的厚礼。女儿出嫁，按当地习俗，是没人上门送绸缎布的。绸缎布，或来自亲戚独买，或来自好友合买。二十世纪八九十年代，一般人工资也不过几十元，很少有逾百元的。婚庆随礼的丝绸被面，价值十元左右，算是非常厚的礼了。

亲友送的绸缎布，算是大礼，按连城当地的习俗，是要在上头写上赠送人"衔头"与名字，挂在宴席主厅堂的墙上公之于众的。在家里摆宴席前一天晚上，妈妈会亲自带着孩子们把它们纵向折叠成大约三十厘米宽，用大别针别得清清爽爽的，然后逐块悬挂在家里主桌正后方的墙壁上，不失为宴席现场的一道亮丽风景线。妈妈自然对它们情有独钟。

当年喜宴随礼红包，通常是两元。也有的不包红包，而是由几个人合买一件人均两元左右的礼物，上面附有一张全体随礼人姓名的红纸条。老大兆斌结婚时，老二兆雄高中毕业后上山下乡所在地——连城县北团乡柯坊村的十几个柯氏宗亲，就捧着一床绸缎布和一台茶花牌台式收音机，集体坐着自己开的拖拉机，一路放着鞭炮、敲锣打鼓送到家里。那个张扬热闹劲，引得左邻右舍纷纷引颈围观，令爸爸妈妈激动不已，久久难以忘怀。很多年后，妈妈还常常提起这件事，说礼勿在多，而在有心。

妈妈平时待人大方，也常常把家里拿得出手的一些东西拿出来送人。但除了家里的锅外，孩子们结婚时收到的绸缎布，妈妈也是舍不得送出去的。妈妈视绸缎布为传家宝，除了自己家用外，孩子们从没见过

妈妈将绸缎布转赠他人。

　　或许在妈妈心目中，每块绸缎布，都象征着一个小家庭的诞生，是孩子们长大成人的见证，自然是不可以轻易许人的。或许妈妈还认为，这一块块绸缎布，都代表着至亲挚友的深厚情意，有着特殊的纪念意义，如果把它们转送掉，是对他们的不尊重。

# 红包壳

　　拆过的空红包袋，妈妈习惯称之为红包壳。它们全是过年或妈妈过生日时，爸爸及长大了的孩子们给妈妈的拜年拜寿红包袋。妈妈视之比金元宝还珍贵，从来舍不得丢弃，而是依红包壳大小，把它们整理得整整齐齐，或用夹子夹，或用橡皮筋捆扎，保存起来。几十年日积月累下来，妈妈的红包壳越囤越多，蔚为壮观。

　　孩子们小时候，过年时领到的红包，里头的钱怎么花，妈妈从来不过问。但何时开拆红包，妈妈却是要求甚严。

　　年初一，是不能拆红包的。而当着别人的面拆红包，这更是妈妈绝对不允许孩子们干的事，不管是家里长辈给的，还是其他亲友给的。老尾兆民至今清晰记得妈妈对他的一次终生难忘的眼色：那是他在上小学的第一年春节，有个登门拜年的客人给了他一个红包，客人还没走，一时没忍住好奇的心理，他就悄悄背过身去只是偷偷掰开红包的一角瞄了一眼，被妈妈发现了，碍于有客人在场，妈妈并没有呵斥他，而是以一种兆民从未见过的严厉眼神猛盯了他一下，就像警察盯小偷那般，吓得他胆战心惊，赶紧中止"犯罪"。

　　当然，事情并未到此为止。客人一走，妈妈马上把家里孩子们都叫到一块，再次向孩子们重申了家规：严禁当着客人面打开客人送的红包或其他礼物。

孩子们长大了，慢慢明白了为啥不能当着客人面拆礼包的道理，既显示有教养，又可避免让客人难堪。后来，孩子们也都是这样教育他们自己的孩子的。

妈妈的每个红包壳上，都标注着一些孩子们看不懂的数字符号。过年时，妈妈收到的红包，属于爸爸给的，妈妈会在红包壳上面写上爸爸的名字中最容易写的一个字：兰（"蓝荣"中"蓝"的"二简字"），并清清楚楚用数字写明多少元。而孩子们给的，妈妈则从来都是用只有她自己才看得懂的像天书一样的数字、符号标注，以免不小心让孩子们看到具体金额不同而引起尴尬。

这些红包壳，在妈妈的心中，无疑凝聚着浓浓的夫妻情、母子（女）情。随着年代的久远，岁月的侵蚀，有的红包壳褪色旧损，妈妈仍视之如珍宝，如同出土文物一样悉心保存。逢年过节时，自然少不了拿出来细细品味一番，沉浸在把孩子们抚养长大后的喜悦之中。

# 锦囊袋

妈妈有个很漂亮的女式老款锦囊袋，纯棉布质，暗红色。过年时，这个锦囊袋也是妈妈的必"晒"宝物。妈妈说这是她与爸爸结婚时，爸爸送她的礼物。因其质地柔软，上头绣着几朵好看的红梅图案，袋口还缀有金丝带，袋里还有个小小的袋中袋，颇显精致。

原先，妈妈的这个袋子主要当针线包用。后来，随着孩子们纷纷参加工作，家里经济开支渐渐好转，针线活也越来越少，妈妈手头更宽裕了，妈妈便把锦囊布袋改作他用，会将自己手上的闲钱存放里头。妈妈放在这个锦囊布袋里的一些闲钱，后来时不时还真帮孩子们起到了应急、救急的作用，所以妈妈又把它叫作"救济袋"。

随着改革开放后党的富民政策不断推进，妈妈也渐渐开启了有闲

钱的年代。1990年7月,老尾兆民也从厦门大学研究生毕业参加工作,意味着家里孩子们全部都有了工资收入,加上爸爸的离休金也一直逐年增长,家境不再像早些年那样拮据。妈妈不像爸爸那样,有点闲钱就爱往银行跑,妈妈喜欢把闲钱放在家里。妈妈说,她当然知道存银行有利息,但自己不识字,不会填那些存款单和操作柜员机,让别人代填又很麻烦,特别是家里要急用现钱,又偏偏"屋漏撞上下雨天",如碰到节假日银行放假,那就更是让人着急了。

妈妈锦囊袋里的闲钱,有的是从平日爸爸或孩子们给的日常生活费中节省积攒下来的,有的是过年时爸爸及孩子们给的红包,有的则是年底孩子们各种奖金的分享,特别是经商做生意的老尾兆民,每每有大单收入时都会拿出几张百元大钞给妈妈花。无一例外,妈妈都是把它们完整无缺地放进那个锦囊袋,自己一分钱也舍不得花。

成家后与妈妈住在一块的孩子们有急用时,比如参加亲友婚宴,下班后来不及取现金作随礼,或者在手机扫码付款尚未出现的早些年头,休息日临时要出门买个菜凑巧"身无片文"时,都会想起妈妈的那个锦囊袋,并且从未落空过。

妈妈在晒宝时,一般是不忌讳孩子们在身旁围观的,有时甚至还会有意在孩子们都在家时把"宝贝"们拿出来,一边将它们亮相,一边给孩子们说说它们的"来世今生"。唯独在盘点锦囊袋里头存钱时,妈妈会有意回避下孩子们。应该是妈妈担心孩子们掌握袋中底细,平时随意开口掏空自己的"家底",要急用时没得用。

除了供孩子们平日的临时救急外,妈妈锦囊袋里的钱,还给爸爸派上了一次大用场。2006年6月的一天,爸爸接到莆田老家宗亲打来希望捐修村道的电话,爸爸当即答应捐资一万两千元。却忘了他自己每月的离休金存银行都是定期,未到期取不出来,活期账户上不足一万元,爸爸又不想打扰孩子们。正当爸爸急得如热锅上的蚂蚁时,妈妈得知后,马

上主动将锦囊袋里的三千余元倾囊而出，给爸爸凑足了一万两千元寄回老家，解了爸爸的燃眉之急，一度让爸爸感动不已，村道开通剪彩那天，爸爸说妈妈贡献大，带妈妈回去参加。事后，妈妈还调侃爸爸说：老头子啊，虽然你比偓更会赚钱，不过偓比你更会管钱，要用时随时可以用。

# 百宝箱

家里有个精致的小皮箱，比现在的手提电脑包略大些，有一个立掌那么深，里面放着孩子们各种各样的奖状、奖章、证书。妈妈常常对孩子们说，你们这些东西才是真正的"大财宝"，金子银子也比勿上它们。孩子们也不知从什么时候开始，妈妈把这只小皮箱称之为百宝箱。

这个百宝箱，妈妈说它是连城解放的第二年，爸爸在县政府工作被评为先进时的奖品。原先里面都是放着爸爸的各种个人资料，随着读书的孩子们奖状越来越多，妈妈又舍不得像一般人那样把奖状贴在墙上，说那样时间长了容易坏旧，便动员爸爸把个人东西挪走，腾出空来专门存放孩子们的各种"大财宝"。

因百宝箱里的东西都是孩子们的荣耀象征，记录了孩子们的成长，也倾注了自己与"老头子"的无数心血，妈妈视之为无价之宝。平日，妈妈一有空就会把箱子里东西拿出来看了又看，摸了又摸。虽然不识字的妈妈并不清楚上面写的具体内容是什么，但哪件"大财宝"是哪个孩子得的，为什么得的，妈妈却是一清二楚，甚至事隔几十年，妈妈也能一一娓娓道来。其中，2003年12月还在部队工作的老三兆星，给家里捧回一块"模范家庭"精致小牌匾，妈妈听说全军几百万个官兵家庭才有一百户获此荣誉，显得无比高兴，将它放在"百宝箱"的最上层，时不时还用块细绒布将它擦了又擦。2010年12月底，年近九旬的妈妈得知，孙女文丹通过不懈努力，取得国家颁发的"执业医师资格证书"，成为大家庭里的第

一个有资格开处方的医生，高兴得直哆嗦着嘴说：以前都是其他医生帮我们家的老老少少看病治病，现在我们家终于也有了可以帮别人看病治病的医生了。妈妈告诉文丹"你爷爷能够活到快一百岁，与他住院时医生们对他好是分不开的"，勉励文丹一定要好好对待每一个病人。妈妈还硬是让文丹把证书拿来归自己保管，"扣押"在自己的"百宝箱"中近百天，三天两头取出翻看。直到次年开春的一天，文丹说她单位要求统一保管，多次"索要"后，妈妈才依依不舍地把证书归还。还有一本证书，也是妈妈相当看重的。2002年5月，在厦门上百万名民营企业员工里脱颖而出的老二兆雄获评为"厦门市首届私营企业'三十佳'员工"，且在厦门人民会堂代表所有获奖者登台发言。听说兆雄是被所在单位工友一致举荐参评的，妈妈显得无比欣慰，连连夸奖兆雄：你工作认真肯干，倕是了解的。原先一直担心你讲话太直会得罪人，有想到你现在人缘也变得这么好了，工友们都替你讲好话。看来倕以前跟你讲的要注意"讲话勿是劈柴火"，你还是听进去了的。

妈妈不识字，更不用说港版报刊的繁体字了。但妈妈的百宝箱里却珍藏着一张香港《大公报》，还常自豪无比地说：这可是英语讲得最好的老尾兆民在国外斗赢"小日本鬼子"的证明。2001年1月，马上就要过年了，兆民乘坐日航由美国洛杉矶飞回上海的航班，在日本大坂机场经停时，飞机需要检修，得滞留几个小时。按相关规定，此间，乘客可以在其它飞往上海的航班有空位的情况下，按登记先后顺序予以安排换乘。兆民等中国旅客登记在前，但是却一直没有接到换乘的通知，而身边同机的不少"洋面孔"却纷纷换乘离去。于是，深谙国际民航组织相关规定且英文娴熟的兆民挺身而出，牵头领着数十名中方旅客团结一心，据理与日航方面交涉，要求道歉赔偿，否则便集体拒绝登机……最终硬是让日航在大坂机场的负责人写下承认有种族歧视的书面道歉，并予相应赔偿，中方旅客才悉数登机返沪。当时恰好有个《大公报》记者在同一航班

上，他返港后，将这一事件在《大公报》上予以报道，对日航的种族歧视行为予以揭露与抨击，并对兆民等中国旅客的爱国义举赞赏有加，在境内外引起不小轰动。妈妈听说兆民在日本国内斗败了"小日本鬼子"，高兴地说：当年"小日本鬼子"到中国来欺负我们，让僮一家人到处逃难失散，至今还没有正儿八经的赔礼道歉，现在老尾兆民在"小日本鬼子"的地盘上，敢跟他们斗，还让他们低头认错，真是太好了，过几天食年夜饭时全家人都要好好多喝几杯庆祝一番。这张象征着孩子有出息斗赢"小日本鬼子"的报纸，自然又成了妈妈"百宝箱"中的藏品。

每次搬家，妈妈总是把"百宝箱"紧紧揣在怀中，唯恐出现丢失差错。妈妈说她知道，其他东西勿小心弄丢了可以补回来，这些宝贝可是补不回来的。

外出上大学、工作、成家了的孩子们，深知妈妈有收藏保管奖状证书的爱好，只要有谁取得新的荣誉，都会自觉地在第一时间把妈妈称之为"大财宝"的各种象征荣誉的奖品带回家或邮回家，放在妈妈的百宝箱里。每当"百宝箱"又有新的"进账"时，便是妈妈无比高兴的美好时光，往往好几天里，妈妈还会时不时轻声哼着只有她自己才听得懂的快乐小调，一副美滋滋的样子，沉醉于幸福之中。

过年期间晒百宝箱时，妈妈特别喜欢把孩子们拽到跟前，和她共同欣赏品味。尽管妈妈明明知道每一个"大宝贝"的来龙去脉，却常常佯装不清楚，让孩子们再逐件解读给自己听。

# 出行篇

妈妈常说,正月当头,出门游春,将春带回家,会保大家一整年好运头。孩子们还小的时候,正月里,妈妈通常会安排上大半天,与爸爸一块带着孩子们出门游春。孩子们长大后,出行可去的地方增多,通常需要好几个大半天,才能了却妈妈的心愿。

## 上冠豸

福建的名山素有"北夷南豸"之说,意即福建北部最有名的山是武夷山,南部最有名的山是冠豸山。冠豸山距连城县城不足两千米,在连城城区生活的人,抬头举目,即可观之。冠豸山以其山顶形似古代判官头戴的獬豸冠而得名。冠豸山属于丹霞地貌,海拔虽然不高,却异常险峻幽秀,不连岗而自高,不托势而自远,享有"客家神山"美誉,是国家4A级风景名胜区。

连城客家人一向有正月登高纳吉的习俗,加上有冠豸山这么一座名山就在眼皮底下,它自然成为人们登高望远的首选。正月里很多家庭都倾巢而出,携老挈幼举家爬冠豸山。山为风景,人亦为风景,沿途个个穿着新衣衫的游人,行走在蜿蜒曲折的山路上,似过江之鲫,俨然一道亮丽的风景线。登高观景,可谓看山又看人。

上冠豸山,总共要爬三百六十五个台阶,当地人认为这象征着一年

三百六十五个昼夜，开春时顺顺利利爬上山，一家人全年日日月月都会平安如意。

在冠豸山山麓生活了近六十年的妈妈，对当地正月初登高纳吉的习俗了然于胸。每年正月，通常是初一那天早上吃完"开春面"后，妈妈会与爸爸一块带孩子们爬一趟冠豸山。妈妈会边爬山边告诉孩子们：年初一一定要来登高，爬得高高的，你们爸爸也会像山一样高寿，你们书也会读得高高的；爬得高就看得远，以后你们都能远走高飞有出息；无论做什么事，都要像爬山一样，只要坚持去爬，一步一个台阶，再多的台阶也爬得完，总会爬到山顶。

沿途遇有可供游人敬香点烛之处，妈妈必快步趋前，边行礼边嘴里念念有词，且都离不开一个"高"字：老的高寿健健康康，小的高分学习

进步,当干部的高升工作顺利,做生意的财运亨通节节高⋯⋯

显然,对于妈妈来讲,风景是次要的,讨吉才是主要的。后来爸爸妈妈年纪大了,爬不上去了,妈妈就会与爸爸跟孩子们走到山脚下,找个地方歇着,等孩子们下山后,再一块回家。

爸爸走的次年,也就是妈妈离开孩子们的前一年正月十五,在厦门居住的妈妈,不知出于什么考虑,向孩子们提出要求,想再去一趟冠豸山,并放生一条鲤鱼。于是,在孩子们搀扶下,妈妈拖着病体,颤颤悠悠去了一趟也是最后一趟冠豸山。自然,妈妈是无法再上山一步了,只能由两个女儿陪着,在冠豸山山脚下的一座庙里歇停。其他孩子则遵循妈妈的嘱咐,拎着一条大红鲤鱼到山顶的天池放生。

现今,已纷纷步入中老年的孩子们,不管在哪里生活,仍都保留着正月里举家出行登高的传统。睹物思亲,每当爬山时,曾经与妈妈、爸爸一块上冠豸山的点点滴滴,便会跃然眼前⋯⋯

# 转车头

车头,在老家莆田话里,是车站之意。爸爸独自在连城工作,妈妈带着孩子们由连城城里迁回莆田老家农村生活的那几年,每年正月初一出行时,妈妈最喜欢带着孩子们去转趟车头。

为响应国家上山下乡的号召,1969年11月至1975年3月,除爸爸留在连城工作及被人领养的大女儿兆玉外,妈妈带着五个孩子到爸爸老家——莆田县新县公社碧溪大队柯都村务农。刚回去那年,孩子们里老大兆斌年方十七岁,老尾兆民刚满三周岁,小女儿兆芳、老二兆雄、老三兆星分别为十二岁、九岁、六岁,除兆斌外,其余都是"小知青"。

理想很丰满,现实很骨感。老家地处偏僻山区,地少人多,适合种水稻的农田很少,人均不到两分地,每年收成季节交了公粮后,剩下的粮

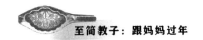

食往往只能勉强够吃半年。幸好当地不少山地适合种地瓜，作为主粮的补充。缺粮的日子里几乎顿顿吃地瓜，不但不耐饱、饿得快，还常常胀肚子、呕胃酸，后来家里几个孩子都不同程度患有胃疾，应该和当年吃地瓜吃多了导致胃酸分泌过多有关。

当年，孩子们吃地瓜，可谓吃得发腻。孩子们清晰记得，家里煮地瓜稀饭时，整个大锅里几乎都是红彤彤的地瓜，白米粒少得可怜，寥若晨星。沉于锅底的些许米粒，像珍珠般稀有，最后被大海捞针般打捞上来时，对于吃怕了地瓜的孩子们而言，无疑是莫大的幸福时光。有一年闹旱灾，连往年盛产的地瓜也歉收，家里也有过断粮的日子。在上顿不接下顿的最困难的那些日子里，家里甚至以细糠拌野菜充过饥，导致孩子们食后便秘了好几天。

当今时代，地瓜在许多人眼里像个大宝贝似的，而在孩子们眼里，却是个避之不及的东西，一提起它，就会不禁头皮发麻，条件反射地呕口酸水。

当时孩子们就读的位于半山坡的农村小学条件也很差，简陋的教室经久失修，四面漏风，桌椅缺胳膊短腿的并不少见。学校还通常只上半天课，且这半天课往往也是容易被打了折扣。因为不少老师都是民办教师，实际上是本地有点文化的村民。农忙时，为了各自生计，有的老师可谓亦师亦农，下课的钟声一响，惦记着家里的农活，便会匆匆赶回家下地劳作，很少与学生交流，更不会布置什么课外作业。

不用一天到晚待在学校，也没有课外作业要交，放学后还有大半天时间可以到处玩，去山上摘野果，到河滩捉鱼虾……少不更事的孩子们自然是最喜欢不过了。

妈妈却是看在眼里，急在心里。自己不识字却深知知识重要的妈妈知道，老家农村这样的环境，长久下去，孩子们会玩野掉的，不利于孩子们的成长，她一直期盼着有朝一日孩子们能重回城里生活，尤其是正值

学龄的孩子们能有正常的学习环境。

　　车头，就是当时老家村口的那个车站。说是车站，其实就是村口一块紧挨着公路的空场地，连块站牌都没有，只是供过往班车短暂停靠一会儿，上下客而已。二十世纪六七十年代时，虽然从这里路过停靠的班车班次一整天下来，一般也就一班，但车头却是整个村庄最热闹的地方。尤其是快过年时，在外头闯世界、稍微有点出息的人回来探亲，在车头下站时，都会享受蜂拥而至的家人及宗亲们的隆重接站待遇，并且往往人还没到家，"某某某回来过年了"的消息便在乡亲们中传遍了。

　　车头往村里走，大约百米处，有一块呈长方形、篮球场大小的空旷场地，是当年乡村"跑片"放电影的固定场所，号称"电影广场"。放电影时，幕布一头绑在一棵石榴树的枝头，另一头系在民房的屋檐角柱上。

　　那时，农村放电影，采取"跑片"制，由"跑片"员蹬着自行车在各个放映点间来回运送单卷拷贝。如果村里幸运地轮到当"跑片"的首站，电影开映时间通常以天黑了、银幕不反光为准。晚上六点来钟，天一放黑，全场观众便会高声催着放映员："天黑啰，可以放了！"如果村里不是"跑片"首站，何时开映、中间是否会断片，则完全"听天由命"，取决于上一站是否播放顺利。

　　放电影那天，妈妈会早早做好晚饭，督促孩子们赶快吃完，让他们带上长条凳去"电影广场"占个好位置。妈妈也爱看电影，不过，几乎每次都是电影开映后许久，妈妈才会匆匆赶到，因为妈妈在孩子们走后，还得打理厨房、圈鸡入笼等。

　　与其说是妈妈看电影，不如说是妈妈陪孩子们看电影。每当看到电影里有显示都市里繁华生活，尤其是孩子们被银幕里与农村大不一样的城里漂亮商店、学校、军营、厂房等场景及着装整齐、帅气的解放军、工人吸引住时，妈妈就会不失时机地低声问孩子们：你们喜勿喜欢到这样的地方去读书、工作啊？得到孩子们的肯定回答后，妈妈便会顺势勉励孩

子们要先好好学习，以后才有机会从车头坐车出去见识外头的大世界。

在文化生活甚是单调的那个年代，虽然村里常常得隔两三个月才能轮到一次"跑片"电影，但这一次却绝对称得上是当年村民们当然也是孩子们最顶级的精神大餐。听到村部的大喇叭广播预告电影后，全村上下，不分男女老幼，个个像捡了金元宝似的奔走相告。

小小的车头，承载着妈妈对孩子们的无限期许寄托。

车头很小，"电影广场"一年中放映的电影也很少，连接的世界却很大。车头的过往班车，车头的喧嚣人群，车头的电影世界，车头的一切，无疑都对孩子们充满了诱惑……

正月初一，人来人往的车头是热闹的。妈妈带着孩子们去趟车头，一定是妈妈认为,车头能带回外面的都市气息,让孩子们去感受一番,能够激励孩子们的读书热情,激发孩子们见识大千世界的欲望。从车头走出去,才有更大的前途。

如妈妈所愿,孩子们全都没有辜负妈妈的一片良苦用心,纷纷从车头走出去读书、进厂、参军、经商,且各有所成,成家立业,甚至在大城市里安居乐业。妈妈与爸爸一样,无比欣慰。妈妈时不时还会自豪地告诉孩子们说,你们今天在外头有好日子过,与俺当年每年年初一带你们去逛车头,是大有关系的。

后来,每年清明时节,爸爸妈妈带着一大家人从连城返回莆田老家祭扫及看望宗亲时,途经车头,看到附近富裕起来的村民纷纷离开昔日破旧的土夯矮房,住进了阔气的钢筋水泥楼房,妈妈常常感慨万千:有车头的地方就是不一样,啥时候我们家也有这样的大房子就好了!

## 逛厦大

自从老三兆星、老尾兆民相继考上享有"南方之强"盛誉的厦门大学后,若是有谁与妈妈聊起他家小孩高考后报考大学之事,不管人家考了多少分,妈妈都会一概告诉对方说肯定是报厦大最好了。厦大,不仅成了妈妈平日向往之地,更是成了后来妈妈与爸爸到厦门居住后正月里出行的必逛之地。

每每跟亲友邻居闲聊起大学生、大学话题时,妈妈挂在嘴边最多的一句话是:我们家跟厦大最有缘了。妈妈会充满自豪地告诉人家,老三兆星、老尾兆民及媳妇林梅、孙子文森及孙媳妇戴欢、孙女文君,儿孙两代有六个是在厦大读书的,最小的儿媳妇林梅还是厦大的"老先生"。在周边发出一阵赞叹声时,妈妈显得非常惬意。

曾孙辈里的吴双、陈楷、陈熠东、朱柯龙、柯嘉燕等,从小学起学习

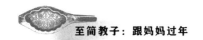

成绩就一直在班级里名列前茅，经常拿着各种奖状来向太公太婆报告，妈妈每次见到他们，都会鼓励他们勿要骄傲，继续好好学习，将来也像叔公叔婆、舅公舅婆、姨妈姨丈那样到厦大去读书。妈妈既不懂什么"985""211"，更不懂什么大学排名，但在妈妈的心目中，厦大无疑是全中国全世界最好的大学，因为家里有那么多孩子在这里读过书，还有一个儿媳妇在里头教书。

1979年9月，妈妈与爸爸一块送被录取的老三兆星到厦大报到，这是妈妈第一次逛厦大校园。正是这次送子上学，这个享有"中国最美大学"盛誉的校园，中西合璧的壮观建筑群，红屋顶、凤凰花、老三兆星住的芙蓉楼、一群群结队而行的朝气蓬勃的青年学子，还有那令妈妈相当好奇的古老校园钟声，都给妈妈留下极深的印象。令妈妈返连城后，几乎逢人就讲：厦大实在是大是靓……

机缘巧合的是，次年的五六月间，妈妈成了厦大的常客。当时，妈妈受连城县印刷厂委派，到厦门毕昇印刷厂当"过蜡"师傅。那段时间，每到周末休息日，甚至平日下班后，妈妈便会邀上个把工友逛厦大。那时的厦大校园，完全对外开放，无须预约登记，可以随进随出。

因担心影响老三兆星读书，去逛厦大时，妈妈通常是悄悄地来悄悄地走。在逛校园时，妈妈像个职业导游一样，仔仔细细地把厦大介绍给工友：这个大学是一个老家在厦门集美叫陈嘉庚的老华侨出大钱盖的，这里是俒老三住的芙蓉楼，那里是大学生们看电影的大电影院（建南大会堂），路边大树上开满了好看的那种花叫凤凰花，饭堂里的菜又好食又便宜花样还多……妈妈还告诉工友说她发现一件很有意思的事——好多学生都有手表戴，堂堂厦大却居然像当年农村敲钟催农民下田种地一样，也是敲钟催学生进课堂。听俒老三说，那座大钟就挂在大电影院的屋顶，有个老头天天负责敲钟。

厦门大学里，老三兆星的班级辅导员辛明兴老师、班主任庄解忧老

师,老尾兆民读研究生的班主任陈美英,妈妈都有见过,虽然叫不出他们的全名,也不知他们具体教什么,唯因他们是孩子们的大学老师,对孩子们好,妈妈对他们印象殊深,记得特别牢。

妈妈说辛明兴老师"满面是笑,一看就知是很善良会关心你们学生的老先生",说庄解忧老师"气质那么好,应该是大户人家里出世的女儿"。妈妈还很好奇问老尾兆民:为什么陈美英"老先生"勿是朝鲜人,你们却都叫她"阿玛尼"?每逢要过年时,妈妈都会专门打电话交代在厦门大学读过书、毕业后留在厦门工作的孩子们,再忙也勿要忘了给"老先生"们送送年。

芙蓉楼、丰庭楼、囊萤楼、勤业楼、海滨宿舍楼、曾厝垵学生宿舍,这些孩子们住过的地方,妈妈常常脱口而出。妈妈不仅多次到厦大学生宿舍去看望过孩子们,还与爸爸一块到过教工宿舍"芙蓉三"辛明兴老师家,了解老三兆星的学习表现情况。当时已是午饭时分,辛明兴专门吩咐夫人黄招治给爸爸妈妈下面条吃。事隔几十年,妈妈都还念念不忘那顿"大学'老先生'的太太煮的鸡蛋面"。后来,辛明兴老师英年早逝,妈妈得知后唏嘘不已,交代兆星一定要去给他送送行。事后很久,妈妈还常常会不无伤悲地说:多好的一个"老先生"啊,怎么这么早说走就走了呢?妈妈还一再叮嘱兆星以后要多去看望师母黄阿姨,才对得起辛"老先生"的培养。

早些年,妈妈带着五个孩子在莆田农村老家生活时,听闻同村有个叫吴荣华的"老先生"在厦大物理系教书,妈妈便把他记得牢牢的,并常常以此鼓励孩子们好好读书,以后争取成为吴"老先生"的学生,做他那样有出息的人。1979年夏,在老三兆星收到厦大录取通知书的当天,妈妈就迫不及待地催着爸爸到县城邮局打长途电话回莆田老家,问清了吴"老先生"在厦大的住址。

爸爸与妈妈陪兆星去厦大报到的当天下午,就领着兆星一块去厦

大西村拜访吴荣华"老先生"，受到了吴荣华及其夫人林明儿的热情款待。林明儿当时在厦门沙坡尾一家工商银行上班，解放前出生于莆田城里的一户名门望族，接受过良好教育，可谓是大家闺秀，却与目不识丁的妈妈一见如故，颇令妈妈"受宠若惊"。林明儿允诺妈妈会照顾好当年未满十六岁的兆星，并付诸行动，在兆星的厦大四年大学生涯中，无微不至地给兆星各方面的关爱与教诲，视其如己出，使妈妈感动不已。妈妈与亲朋好友拉家常说起家里孩子在厦大读书时，厦大吴"老先生"与林阿姨是如何像照料自己的孩子一样照料老三兆星，永远是个常讲常新的热门话题。

老三兆星、老尾兆民交往甚密的许多厦大同窗知己，如刘文森、陈雪根、邹清水、陈其春、蔡玉秀、郭红燕、黄声雄等，妈妈记得很牢，因为孩子们寒暑假回家时，常常提及他们。他们毕业工作后，有的也留在厦门工作生活，时有到家里看望妈妈与爸爸。加上妈妈原本就以厦大为豪，爱屋及乌，以致厦大的一切，自然包括孩子们的同学，妈妈都喜欢。有的虽仅见过一两次，见面时却能直呼其名，令孩子们及其同学惊讶不已。

其中，平日妈妈提及较多的有三个人，时有叨念。

一个是老三兆星的同学刘文森。刘文森上大学前当过兵，入了党，一入学就被选为班长。1983年正月，离新学期开学前一天，刘文森专程赶往连城县印刷厂"督办"班级的毕业纪念册印制。为了节省班费，刘文森提出住在我们家里。虽然只住了一宿，刘文森给爸爸妈妈都留下了极好的印象，妈妈由衷地夸他"节俭老成办事利索"，不愧是当过兵的。妈妈还把爸爸一瓶珍藏了十几年的茅台酒找出来，请刘文森品尝。

另一个也是老三兆星的同学蔡玉秀。妈妈有次听兆星讲了她从厦大毕业后一直热心捐助小学等社会公益事业后，便记住了她，并说"像这样做善事的人今后会有好报的"。在2000年爸爸妈妈金婚纪念宴席上，妈妈与蔡玉秀见面握手时，当场夸她做好事好，还说她的手又白又有

肉,是双有大福气的手。

再一个是老尾兆民的同学黄声雄,矮矮胖胖,外号"汤姆",毕业后回广东老家工作,几十年来一直与兆民保持密切往来,每次他俩在厦门聚会时,兆民都会叫上爸爸妈妈。黄声雄的敦厚实诚,也给妈妈留下了深刻印象,时不时会问兆民:"汤姆"什么时候会再来厦门玩?

1990年,老尾兆民媳妇林梅硕士毕业留在厦门大学任教,后来又成了家里的第一个博士,这无疑是令妈妈无比自豪的事。那段时间,每天妈妈都要跟爸爸喜滋滋地叨上几句:老头子啊,你柯家肯定是积了几辈子的大德,才能娶了个在厦大里当"老先生"的博士儿媳妇。妈妈与爸爸来厦门定居后的第一件事,就是让林梅领着参观她任教的厦门大学南洋研究院,说要去好好看一下大学里的"老先生"办公的地方,是个什么样的地方。

在厦门居住时,节假日,尤其是正月里出行及老人节时,孩子们要陪爸爸妈妈出去转转,征求妈妈想去哪玩时,妈妈总是毫不犹豫地说:厦大!那时候,外人进出厦门大学校园,是很方便的。说起外出吃饭,厦大校园里的餐厅,是妈妈的最爱。妈妈说厦大的饭菜比饭店里做得更好食,特别是圆形食堂(勤业餐厅)的老蛏汤、手工馒头实在好吃。妈妈常常告诉陪她逛校园的老三兆星、老尾兆民及媳妇林梅:侬进来一看到校园里这么多活泼可爱的学生,就想起你们当年在这里读书时肯定也是这样的,侬也要争取下辈子到厦大里头来读趟书。

1998年,老尾兆民媳妇林梅分得一套厦门大学东区教工公寓,妈妈高兴之余,动员爸爸一块过去厦门大学住一段时间。爸爸住老三兆星工作单位——厦门警备区机关大院里的家属房习惯了,不愿去。为此事,爸爸妈妈发生了一次难得的争吵,情急之下,爸爸说,部队可不是随便谁都可以进去住的。妈妈则掷地有声地回应道:厦大更不是一般人可以住的!妈妈说,别人想考进厦大住在那种十个人挤在一起的宿舍都很难

（1979年老三兆星住芙蓉四时，十人一间），现在我们能住到厦大里头的套房，这是多么勿容易的事。

结果，最终爸爸还是顺从了妈妈，到儿媳妇林梅分到的厦大套房住了一段时间。那些日子里，已上了七十岁的妈妈显得特别开心，脚底生风似的，几乎天天拽着爸爸在校园里到处转悠。

厦门大学人类博物馆，馆藏甚丰。当年只对本校师生开放，对外来人员是不开放的。当然，如果由符合进馆条件的师生带着，也还是可以进去的。门口工作人员把关时，通常是看教师的胸前校徽及学生的学生证。该馆的二楼是历史系的资料室兼阅览室，本系的学生凭学生证可以进去查阅。当时，学生普遍有佩戴校徽及随身带学生证的习惯，而很多教师则没这习惯，兴许他们认为是不是教师关键在气质，而不在校徽吧。

把门的工作人员往往是凭经验判断来人是否是教师。

有一次，老尾兆民与媳妇林梅一块陪住在厦大的爸爸妈妈逛校园，路过该馆时，老尾兆民突发奇想，提议让妈妈爸爸扮演下厦大老教授，比比看谁更像教授，能独闯龙门"混"进馆内。

结果，真正的知识分子、仪表堂堂却略显神态紧张的爸爸，一下子被门口经验丰富的工作人员拦下不让进，只好尴尬地转身回来由老尾兆民带着进去。而没读过书却气定神闲的妈妈，未受丝毫质疑就昂首挺胸地进去了。出来时，看着仍心有余悸的爸爸，妈妈乐呵呵地调侃爸爸：你那么有文化怎么被拦下，侄是棒槌掉下去不识一字的人却冇被拦下，为什么冇文化的人更像大学教授进得去，而有文化的人却更不像大学教授进不去呢！

这件趣事，后来还常常被妈妈拿来当作数落爸爸太过老实以及家庭小春晚的素材。

孙子文森、孙女文君收到厦大录取通知书时，妈妈显得比当年老三兆星、老尾兆民收到录取通知书时还高兴。孙辈去学校报到时，无论他们怎么婉拒，妈妈都坚持要陪他们去。那一天，妈妈把自己打扮得光彩照人，说绝对不可以给孙子（孙女）丢脸。然后，妈妈拽着爸爸与儿子儿媳一起陪着孙子（孙女）去厦大报到，边走边还像个资深老导游般，沿途不断给孙子（孙女）介绍他的长辈当年在这里读书时的一些趣闻轶事及校园的情况，妈妈甚至知道芙蓉湖、芙蓉楼的来历。

2011年深秋的一天，已从厦大毕业去部队工作的孙子文森休假回家，告诉爷爷奶奶说刚刚与厦大艺术系大四学生"湘妹子"戴欢确定了恋爱关系，可把他们高兴坏了。妈妈当即决定马上进厦门大学校园去"隔代相亲"。

当天下午，经过一番翻箱倒柜反复试穿后，妈妈拉着同样打扮得"衣冠楚楚"的爸爸，让老三兆星驾车，由孙子文森带路，直奔厦大。见面

时,妈妈一如既往,像以前给儿子相亲时一样,乘握手之机来回揉捏未来孙媳妇戴欢的手,频频心满意得地轻轻点着头。到了晚饭饭点时,戴欢说要带爷爷奶奶叔叔到校园外一家网红餐厅去吃,妈妈毫不犹豫地说,就在厦大食,这里的饭菜既好吃又有意义。

2012年爸爸走后不久,妈妈的身体状况便急转直下。去厦门中山医院体检时,听到医生说必须住院治疗,妈妈一再坚持只去与厦大校园仅一墙之隔的厦大医院。

孩子们自然理解妈妈的心愿和念想,安排妈妈住进厦大医院。住院期间,厦门大学原常务副校长潘世墨先生携夫人郑力加来探望妈妈,妈妈还郑重其事地问潘校长:厦大有没有过一家两代六个人来这里读书的?当听到潘世墨说"目前尚未发现"时,妈妈显得无比欣慰,那几天人也显得比往日精神了许多。住院期间,享受国务院津贴的中医名家、厦门大学医学院副院长王彦晖教授给予妈妈悉心治疗及许多人文关怀,也令妈妈心怀感激,多次说,厦大不单"老先生"好,连医生也都这么好。

在妈妈人生的最后几天,孩子们按照老家习俗,想把妈妈接回家里。已经无法开口言语、无力摆臂示意的妈妈,用奋拉在床沿的手指轻叩着病床,眼光却一直坚毅地瞄向厦大校园方向。孩子们明白了:妈妈要待在与厦门大学仅一墙之隔的厦大医院里……为家里培养了那么多厦大人的厦大,无疑是妈妈的莫大寄托,是妈妈永远的荣耀。

妈妈爱厦大,爱厦大的一切!妈妈走时,显得非常安详。

也许是上天也被妈妈的浓浓厦大情怀所感动,在妈妈走后的第二年,2015年,在厦大读书的孙女文君缘定同校学长杨庆欣,并于2019年结为夫妻。2018年,曾孙女吴双(大女儿兆玉的外孙女)实现太婆的期盼,也考进了厦门大学,家里厦大人的队伍壮大到了三代八人。2020年春,孙媳妇戴欢还被厦门大学社会与人类学院招录为行政工作人员。要是妈妈再晚几年走,看到这一切,那又该有多么高兴和自豪啊!

# 走军营

妈妈与爸爸一样,家里引以无比自豪的事,除了众多孩子是厦大的外,还有三个孩子是军人,两个孩子是"准军人"(预备役军官、士兵)。军营不仅是孩子们的理想梦园,也是妈妈的向往之地。

七十年代,老大兆斌、老二兆雄曾经多次报名参军,却都因为体检未通过,未能圆从军梦。1983年8月,老三兆星替兄圆梦,从厦门大学毕业后,投笔从戎到部队。2001年,老大兆斌女儿文丹从厦门卫校毕业后,到厦门驻军医院——174医院工作,并成为一名预备役士兵,次年还给家里带回了一名军人——与守岛军人朱成良结为伴侣。2007年,即老三兆星退役的次年,老二兆雄的儿子文森从厦门大学毕业,接过叔叔手中的枪,参军入伍。2008年,已经是厦门大学南洋研究院副院长的老尾兆民媳妇林梅,也成为厦门预备役高炮团第一位拥有博士头衔的预备役军官。

至此,四兄弟四小家,家家都有一个穿军装的。妈妈有时会深有感触地说,我们家可以跟当年"元伯嫂"家四个儿子去当兵相比了,穿军装拿枪的多,又光荣,又压邪。

当年,老三兆星在厦大毕业最后决定入伍时,曾给家里发了一封"是否支持从军"的六字电报。接电报后,妈妈跟爸爸意见相当一致,非常支持老三兆星去部队,爸爸用更为简短有力的"坚定军校"四字作为回电,这无疑是老三兆星在部队一干就是二十三年的重要动力源。

晚年的妈妈爱看军旅题材的影视片。2006年年底反映当代中国军人生活的电视连续剧《士兵突击》热播时,妈妈天天早早候在电视机前,一集也没落下。妈妈看电视,还会时不时向已退役的老三兆星求证,你们部队生活真是这样的吗?剧中王宝强主演的"许三多",妈妈印象最为深刻。

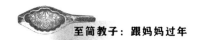

有次观剧后,妈妈煞有其事地自言自语:电视里有"许三多",偃屋下有柯三多。一旁的兆星一时不明就里,便问妈妈谁是柯三多。妈妈笑道:你们都是啊,我们家现在勿是有五个穿军装、三个"老先生"、七个党员么?这就是柯三多。兆星这才恍然大悟,没想到妈妈还会总结得这么到位。

厦门警备区、南京炮兵学校、沈阳炮兵学院、南京政治学院、南京陆军指挥学院、174医院、莆田军分区、龙岩军分区、连城县人武部,以及某防空旅、某海防团、某高炮营、某海防营、某海防连,厦门、南京、沈阳、莆田、龙岩等地部队,凡是穿军装的孩子们工作过、学习过,或跟孩子们一起去过、住过的部队名称及驻地,妈妈记得甚是清楚。

2002年,老三兆星在南京陆军指挥学院学习期间,适逢五一放假,妈妈由老三兆星媳妇陈宏瑶、老尾兆民媳妇林梅及孙女文佳、文君陪着,到南京游玩。南京陆军指挥学院,前身是开国元勋刘伯承元帅为首任院长的南京军事学院,位于长江北岸的南京江浦,院内壮阔整洁。一进大门,可把妈妈给看傻了,大为感叹地对兆星说,怪不得你当时会那么坚决要来南京这么远的地方当兵,原来这里比你厦门部队机关大院的营区还要大、还要靓啊!这么大的院子到处弄得这么整齐干净,连片树叶纸头都看勿见,真是太勿容易了。

老三兆星的女儿文佳出生后不久,为照料方便,爸爸妈妈就住到兆星工作的厦门部队营区家属房,时间长达十余年。军营里的一些人和事,妈妈耳濡目染,印象殊深。虽然很多人的职务、姓名并不容易记住,但妈妈有她自己独特管用的记忆法。

一类是妈妈能叫出姓名却不知职务的,如"跟你关系像亲兄弟一样,也很孝顺他妈妈的陈闽生","机关院子里最喜欢抱你女儿小佳佳的庄和平、魏红两公婆","有次陪你下连队蹲点忘了打背包被你批评得够呛,后来却进步很快的茅坚","做事特别认真嘴巴又甜,还好会跑马拉松

的吴江"，"经常帮我们家照相，一急就容易满头满面大汗的徐林"，"因为穿着一身迷彩服抱小佳佳被叫成叔叔的漂亮女军官张琦"。

再一类是妈妈既能叫出姓又能叫出职务（军衔）的，如："你到杭州玩时请你食饭，然后还亲自打电话到家问有冇收到相片的张将军"，"老三兆星媳妇宏瑶先兆流产在家休养时，专门叫他家属来家看望的警备区吕政委"，"你转业后，他还一直像在部队时那样关心你的政法委林书记"，"长得像弥勒佛，在机关大院里遇到每个干部家属，总是那么客客气气的政治部刘主任"，"好几次来家看望我们两个老人的宣传科老乡陈科长"，"你南京军校同学、带我们去参观同安北辰山连队菜地的唐政委"，"看起来特别敬重你，家里有事都会主动过来帮忙的汪副政委"，"嗓门跟你一样大，长得很高的团后勤处吴处长"。

还有一类是妈妈能叫得出职务却叫不出姓名的，如："那个身板长得好硬朗、眉毛又黑又粗，看起来好有威，亲自来中山医院病房看望你们爸爸的警备区政委"，"团里干部结婚办酒席时，会带老婆一块去酒店祝贺的团长"，"专门从龙岩军分区赶下来连城陪我们吃饭，好像官都当得比你大，还口口声声喊你首长的主任"，"过年时送家里一大块金华火腿，你回他一只大土鸡的股长"，"他父亲打过越南佬当过副军长，自己长得壮壮实实、经常带着一帮兵踢足球的连长"，"你当排长时连队很会吃辣的江西连长"，"你刚到宣传科时的大个子科长，因为他老婆长得特别年轻，你还曾经把她误以为是科长的女儿"。

最后一类是妈妈既叫不出职务也叫不出姓名的，如："政治部那个脸很白净，做事好利索、讲话好有礼貌的湖北后生仔"，"大礼堂演出时那个身材很高挑，报幕很有样子的演出队男主持人"，"脸庞特别黑，一看就知是老实人的大个子"，"曾厝垵人，还没开口就先笑的团机关女同志"，"长得文质彬彬的江西干部，他女儿跟文佳（老三兆星的女儿）是厦门双十中学很要好的同班同学"。

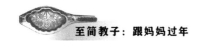

军营里最令妈妈久久不能忘怀的有两件事。

其一，1992年春夏之交，三儿媳妇陈宏瑶先兆流产在家休养，时任厦门警备区政委、厦门市委常委的吕世华得知后，专门委托其夫人林秀丽拎着营养品登门看望，与妈妈及陈宏瑶细聊了许多保胎注意事项。后来，妈妈带着当年保胎成功生下来的孙女文佳在营区家属院玩，每次遇到林秀丽时，妈妈都会非常感激地与她聊上一阵，同时不忘告诉文佳：这个阿姨可关心你了，你还在你妈妈肚子里时就来家关心看望过你，拿好东西给你食了。

其二，厦门警备区原政治部主任、后升任福建省军区政治部副主任兼某预备役高炮师政委的刘平，向来平易近人，在机关大院遇到干部家属时，总是满脸笑容地主动迎前嘘寒问暖。有一年厦门警备区政治部机关干部及家属春节茶话会上，刘平特地走到坐在后面的爸爸妈妈跟前，搀扶老两口到第一排就坐，给妈妈留下了极深的印象，当晚回家后把刘平夸个不停，说他像弥勒佛一样，没有架子，不像当大官的人。

爸爸妈妈与孩子们一块住在厦门时，正月初那几天，妈妈一定会要求孩子们带自己去部队营区走一趟。老三兆星、孙子文森、孙女婿朱成良任职过的许多营区驻地，虎园路、云顶岩、乌石浦、东坪山、塔头、珍珠湾、浯屿、"海上钢钉"青屿、"英雄三岛"（大嶝、小嶝、角屿）等，妈妈的足迹都曾遍布。在营区，听着官兵们亲切地叫自己奶奶，妈妈总是乐得合不拢嘴。

妈妈爱去逛军营，那里是孩子们工作生活、放飞理想的地方。此外，还有一个重要原因，就是妈妈爱去看军营的菜地。部队官兵训练之余种出来的青菜、瓜果，最令妈妈敬佩不已。正月出行走军营时，营区的菜地，一定是妈妈的必看之处。每次看到营区地里的菜长得那么旺盛、硕果累累，菜地整理得那么规整，一辈子喜欢劳作的妈妈总会冒出一句话：这些后生仔，种的东西一点也不比种了几十年地的老农民差。

# 开大门

这个大门，是专指家里有的孩子们租赁经营店铺的大门。妈妈对店铺有着一种复杂的偏爱心情。

妈妈回忆说，小时候，她的父母带着她和两个弟弟一个妹妹，住在潮州城门西边一条平民街的尽头处。这条街的人基本上都以制作、贩卖那种以木块做底的拖板鞋为生。四五岁开始，妈妈就跟着她的父母上街摆摊卖过这种木拖板鞋。当年整条街的人，不管是开大店的还是开小店的，或者像妈妈家这种住在巷子深处没有临街店铺只能设点摆摊的，正月初一那天，天刚刚才亮，大家都争先恐后地出来开店门、摆摊点，说是年初一财神爷喜欢早早出来撒钱。

在孩子们还小的时候，为增加点收入，妈妈也曾"重操旧业"，在圩日人多时上街摆过摊。说是摆摊，其实就是在别人家的店铺门口不碍眼处临时放个方正无靠背的椅子，把要卖的东西搁在椅子上面，守株待兔等着客人来买。妈妈告诉孩子们，当年像蜗牛一样缩在别人家店铺门口，是不能大声吆喝招揽生意的，常常得看店家脸色。今后你们有本事了，哪一天自己家能开个店铺就好了。

上圩日时，妈妈卖得最多的是烧仙草。妈妈去别人店铺里买来仙草大冻块，把它切成小碎块，调点红糖水，一碗卖个四五分钱，扣去成本，也能挣个一两分钱，生意好时一天可以卖出三四十碗，挣个五六毛钱。妈妈不无得意地对孩子们说，你们可别小看这几毛钱，当年去工地辛辛苦苦做一天事，最多也只能挣个七八毛钱。可惜圩日一个月就那么几天，要不然俺天天去卖仙草，不太累还挣得多，就可以给你们多买几套过年穿的新衣服了。

妈妈当年想拥有自己的店的愿望实现了——老二兆雄承租了连城县印刷厂的一间临街店铺，拉开了家里开店的序幕。该店主营文具用品，

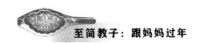
那段时间,妈妈几乎天天都要到自家的店铺坐一坐。尤其是每年的正月初一早上,一家人刚刚吃完"开春面",妈妈视为最重要的一件事,就是催着老二兆雄及儿媳罗兰珍赶紧去开店门迎财神爷。

老二兆雄及媳妇罗兰珍要去开店门时,妈妈再忙,也会先搁下手里的活,跟着他们一块去。到了店门口,妈妈会相当虔诚地主持开门仪式,领着他俩双手作揖,祈祷开门大吉。妈妈说,一年之计在于春,一店之宝在于门,开店开店,最重要的是开好门,特别是大年初一的开门,除了鞭炮要放响,开门的人一定要穿得清清爽爽、高高兴兴的,把店铺收拾得整整齐齐的,财神爷才会更喜欢来。

2017年10月,在妈妈走后的第三年,孙媳妇戴欢,孙女文佳、文君联袂在号称"中国最文艺渔村"——厦门曾厝垵村边开了家颇受年轻群体青睐的"蔻汐"甜品体验店,以其产品的纯正法式及周到的服务圈来了一众"甜粉",引得厦门电视台还去拍了个短片,在相关美食栏目中作了专门介绍。次年9月,孙女文佳在厦门最繁华的商圈——中山路中华城开了家奶茶店,主营奶奶曾经摆摊设点卖过的烧仙草,且还是"八婆婆""阿福伯"等福建知名品牌。从英国留学归来的孙女文君,2021年成功应聘到美团上海总部工作,与奶奶幼年时向往的店铺又结上了缘。

大家庭里开店铺的孩子,无论开什么店,在哪里开,都没有忘记妈妈(奶奶)曾经念兹在兹的吩咐,每逢大年初一,一定会早早吃完早餐,赶去店铺开大门。

# 回娘家

妈妈虽然是潮州人,但平日常挂在妈妈嘴边的"老家"却是爸爸的老家莆田。孩子们印象中,小时候很少听到妈妈说要回自己的潮州老家看看之类的话。除了年少离家,以及潮州老家祖屋消失的原因外,更重

要的应该还是妈妈顾忌路途遥远,自己不识字不便买票乘车,出行势必要有爸爸或孩子陪同前往,会影响爸爸或孩子们的工作、学业吧。

没说出来,不等于没思念。每年年初二,两个女儿回娘家来看爸爸妈妈,或者儿媳们回娘家去,妈妈也会触景生情。有时,一向宽容大度的妈妈甚至会难得一见地带着怨恨说:都是那可恶的小日本鬼子,把偃潮州老家的屋子给炸冇了,三个弟妹有两个失散掉,害得偃跑到这么远来,回趟娘家都这么勿容易!就是难得回去一趟,再也找不到偃跟爸爸妈妈弟弟妹妹住的老屋了,偃要记小日本鬼子一世人!

经多方努力寻找,2002年中秋节那天,妈妈终于与失散时间长达六十五年的弟弟妹妹在厦门团聚,成为轰动一时的新闻,《厦门晚报》次日以头版头条图文并茂予以报道。于是,深藏在妈妈心中几十年的思乡之情顿然被引发,妈妈也想在正月里带着孩子们回趟自己的老家,找找自己住过的老房子,尽管外公外婆早已不在人世间。

2005年正月十二这一天,妈妈终于圆了"回娘家"的心愿。妈妈由老大兆斌及媳妇江紫华、老三兆星陪同,驱车前往妈妈的老家——潮州。说是回老家,实际上妈妈只是坐在车上绕着潮州古城转了一圈。经当年侵华日军攻陷潮州的铁蹄践踏,以及后面几十年岁月的侵蚀,妈妈记忆中儿时生活过的矮小老宅,早已烟消云散般踪迹无存。妈妈只依稀记得,自己当年的家是在潮州北门城墙内侧附近一间破旧小平房里。

尽管如此,妈妈说她的这趟回娘家,还是很值得的,显得很开心很高兴。妈妈没找到自己住过的老房子,没找到自己的根,自然不无失落。但这种失落感,又很快被与众多潮州老家亲人团聚带来的欢欣所覆盖。妈妈见到了自己的亲妹妹洪秋菊及妹夫方汉坤、弟媳黄銮卿及外甥蔡金生、蔡金城、蔡赛珍等众多娘家亲人,那天,妈妈与他们聊了很多很多,聊到很晚很晚……与娘家人的合影,妈妈一直摆在自己的床头柜上。

# 特殊客

正月里,妈妈带孩子们出行时,或一家人正在热热闹闹欢聚时,时不时会遇上乞讨者拦路伸手或叩门索要,妈妈一点也不觉得他们令人扫兴,反而总是和颜悦色,力所能及予以接济,从不呵斥驱赶。除了吃的东西外,妈妈往往还会给他们一些零花钱。妈妈还把他们叫作"特殊客",过年期间不允许孩子们叫他们乞丐或要饭的,妈妈说正月里登门的都是客,他们也是客人,要尊重他们,让孩子们叫他们叔叔阿姨、爷爷奶奶……

孩子们清楚地记得,在改革开放前的早些年,每逢有天灾,上门乞讨者明显增多,基本上都是从外省来的,且都是只讨些吃的,并不索要钱钞,是名副其实的"要饭的"。他们往往在午饭、晚饭时间段"登门拜访",尤以中午居多。

孩子小时候中午放学回家时,常常看到妈妈给乞讨者盛饭。有时,家里饭还没蒸好,妈妈会告诉乞讨者在门口多等一会儿,或吩咐他们在什么时候再绕回来取饭。

当年在小县城,电饭煲电炒锅之类绝对是稀罕物,如今遍地开花的便利店,在早些年时也非常罕见,"外卖"更是尚未问世。兼卖点糖果饼干的杂货店,又都离家比较远。也不像在农村,有烧柴的土灶,可以随时生火煮饭。城里一般寻常人家做顿饭,是相当费时的,从给灶洞里的煤炭引火,到淘米蒸饭出锅,至少得需要一个小时。孩子们的那份午餐"口粮"被乞讨者要走部分后,若要再吃上妈妈重新做好的饭,下午的课就会迟到。

而乞讨者都是"不速之客",煮好的米饭被他们"分享"后,孩子们往往就不够吃了。妈妈就会找各种借口,不跟孩子们一块上桌吃,自己缺席饿一顿,让孩子们多吃一点。当然,碰到有时乞讨者不止一个,是拖家

带口来的,他们讨走的饭更多时,纵使妈妈自己不吃,锅里的余饭也不足以让正在长身体的孩子们吃饱,妈妈就会告诉孩子们说,中午你们食少了,晚餐倕会尽量早点把饭菜煮好,你们下午放学了就马上回家食饭,勿要到处去玩。

特别是正月里,一家人热热闹闹时,对衣衫褴褛、浑身异味的上门乞讨者,妈妈一点也不嫌弃,总是对他们以礼相待,抓上一大把年货给他们吃,有时甚至还会给他们倒上一碗热乎乎的自酿米酒,让他们暖暖身子。要是正好年初一出行那天遇上乞讨者,妈妈还会破了自己定下的"年初一勿拆红包花钱"的规矩,自己或让孩子开拆红包,拿出些钱客客气气地递给乞讨者。

妈妈说,大过年的,家家户户都在欢天喜地过大年,他们却流浪街头冇食冇穿,实在太可怜了。尤其是遇到岁数大的乞讨者,妈妈更是心生怜悯。妈妈说,要是日子还过得去,要是子孙们孝顺,一大把年纪,大过年天寒地冻的,谁会出来要饭啊。

随着时代的变迁,后来不少乞讨者并非原先意义上的乞讨者了。孩子们有时也会将其中的一些"内幕"告诉妈妈,但妈妈依然故我,上街时只要遇上看起来显得非常"可怜"的乞讨者,仍会送些小面值钞票给他们。妈妈说,虽然他们有些人是骗人的,不过倕又认勿出来,所以只好给他们,这样就勿会漏掉真正有难处的人。

妈妈善待乞讨者的这一幕幕,深深地烙在孩子们脑海里。久而久之,孩子们慢慢也都养成了善待"特殊客"的习惯。

# 讲古篇

妈妈很擅长讲故事，即客家人俗称的讲古。妈妈讲的古，可谓含括古今、包罗万象，既有诲人奋进、提倡勤劳的，也有嘲讽迂腐、批评懒惰的；既有长年累月耳闻目睹且经过自己"艺术加工"的，也有自己的亲身经历及爸爸有趣的往事。

过年期间空闲时间多，孩子们都在身边，自然是妈妈讲古最多的时候。在孩子们印象中，春节简直就是个讲古节。

在孩子们小的时候，妈妈讲的古，多以励志益智为主。让孩子们记忆犹新、受益匪浅的有：寓意忍辱负重发奋读书终成功名的"状元郎"，告诫办事切忌东施效颦刻板模仿的"过年存通书（日历）"，提醒孩子们要多个心眼以防被骗的"大姨婆"，暗喻富人浪费穷人节俭终致贫富换位的"淘米沟"，以及发生在妈妈自己和爸爸身上的"赢铜板""石炭鬼""洗活鳗"等趣事。

## 状元郎

"穷女婿争气中状元"，这是妈妈给孩子们讲的古中，最励志、最令人印象深刻的一个。

妈妈告诉孩子们：从前，有个方圆几十里人都知道的大财主，生了五个女儿，上头两个与下头两个女儿都嫁得很好，四个女婿都非富即贵，

唯独中间的三女儿嫁了个穷秀才。这个穷女婿平时就很被大财主丈人看勿起，尤其是去给大财主丈人家拜年拜寿时，相比大包小包提着去的另外几个女婿，两手空空的穷女婿没少受大财主丈人的冷嘲热讽，很少给他好脸色看。特别是年初二，穷女婿陪妻子回娘家那天，大财主丈人宴请所有回门的女婿女儿时，穷女婿总是被安排在最不起眼的边角位坐，几乎冇人跟他讲话，亲疏远近，一目了然。跟了这样的穷秀才，妻子自然也没少受委屈，常常泪水往肚子里咽。

对此，穷秀才也是非常识趣，吞声忍气，从不计较，却暗自发狠读了十年书，终于有一天高中状元，当时刚好是腊月底。穷秀才功成名就后，为了给妻子一个惊喜，穷秀才谁都没告知自己中状元的消息。又到了年初二去大财主丈人家拜年日，穷秀才悄悄把状元服穿在里头，外面罩上原先穿的寒酸衣，与妻子去给大财主丈人拜年。大财主丈人一如既往把这个穷女婿冷落在一旁，而与其他几个女婿猜拳食酒时，穷秀才突然掀掉寒酸衣，露出状元服，令满堂上下的人都惊呆了，尤其是那个大财主丈人简直看傻了，妻子则高兴得一直抹眼泪……

听得出，妈妈显然自己也是非常喜欢这个古。妈妈在讲这个古时，显得特别动感情，抑扬顿挫，绘声绘色，讲得连自己都陶醉其中。孩子们无不被这个故事深深感染打动。

妈妈每次讲完这个古，都会给孩子们提出忠告，主要有两点，一是天边的太阳看起来比眼前的脸盆小，实际上却大得多。所以做人千万勿要势利眼，小看别人，光看眼前看勿到长远。二是快晒干的泥鳅碰到水也有翻身的时候，只要肯吃苦肯努力，坚持下去，命运总会有改变的一天，再难的事最后都能实现。

# 傻媳妇

妈妈讲的傻媳妇的许多傻事,件件让孩子们捧腹不已,并从中悟出不少人生道理,引以为戒。傻媳妇的傻事,其中"过年存通书(日历)""生子大家功""系绳食喜酒"三件,孩子们印象最为深刻。

"过年存通书(日历)"说的是,两兄弟各开一个店铺,老大卖扫把、锅刷等容易消耗的日用品,老二卖时效性很强的通书。老大的媳妇很会理家,平日时不时悄悄到店里拿一两件日用品藏到家里的阁楼上,日积月累,存了有上百件。到年底时,物价上涨,店里进货价格也水涨船高,老大正发愁时,老大媳妇让老公爬上阁楼去瞅瞅,结果给了他一个很大的惊喜,这些囤货卖了好价钱。老大把自己媳妇会当家理财的事告诉老二,老二回家转告自己的傻媳妇,让她好好向嫂子学习。傻媳妇当场就很不服气地回了老公一句:把东西存起来,这么简单的事,谁勿会做?!

然后,这个傻媳妇,也开始向老大媳妇"学习",从新年正月开始,隔三差五地到店里偷偷拿回一本通书,藏到陪嫁过来的一个大木箱里。同样到了年底,老二在盘货时,正为短货而纳闷时,傻媳妇得意扬扬地把老公拉到大木箱旁,让他打开看看,看到一整箱马上就要过期的通书,一下子就把老二气倒了。

"生子大家功"说的是,有个木匠自己盖的新屋落成时,请亲朋好友去他家喝酒,每当有人端杯到主桌敬主人,并夸奖他有本事盖大房时,一旁他的媳妇总是很得体地说,这都是因为有大家帮忙支持,才有新房子住。这个会讲话的媳妇赢得来宾的一致好评。

这个木匠有个朋友是个泥瓦匠,那天参加完宴席回家后,把大家夸木匠媳妇会讲话的话传给自己的傻媳妇,傻媳妇听后,轻飘飘地对她老公说,这样简单夸人的话谁都会讲。不久,这个傻媳妇生了个儿子,在满月酒席上,大家纷纷祝贺泥瓦匠喜得贵子,一旁的傻媳妇连忙抢话说,这

都是大家一起帮忙的功劳！一句话引发哄堂大笑，自然也把她的老公气得半死。

"系绳食喜酒"说的是，一个远近闻名、不懂酒席上"动筷"规矩的傻媳妇，每次跟老公出去参加别人家酒席，老是在不该动筷时乱动筷，出了很多洋相。当年客家人请客，男女宾客是分桌而坐的，有一天，她老公准备带她去参加好朋友的寿宴，又生怕没坐在同一桌不便提醒自己的傻媳妇，担心她又出丑，便特地选坐在傻媳妇的邻桌，用条细绳一头系在傻媳妇的手腕上，另一头系在自己的手腕上，并约定好上菜后绳子每拉动一下筷子就可以夹一次菜。

酒席上的前几道菜，这个傻媳妇严格按照老公手上绳子的"牵引"，倒也食得彬彬有礼、有规有矩，就在同桌的人纷纷暗夸她变得不像以往那样乱动筷懂规矩时，酒席的主菜——蒸全鸡正好端上桌，却因桌子底下两条狗争食骨头，那根"牵引"绳被缠绕在其中一只狗的爪子上，一直在不断拽扯着傻媳妇的手，她便按照与老公的事先约定，三下五除二，一个人很快就把这盘大菜食个精光，让全场的人都看呆了。

每说至此，妈妈都会自己也忍俊不禁，陪着孩子们一块先乐上一阵。然后，妈妈会一本正经地告诫孩子们说，同样的事，同样的话，用在勿同的时候、勿同的地方，效果是完全勿一样的。再一个，做事情，要学会看"人头眼尾"，一定勿能像那个傻媳妇那样古板勿玲珑，让人家看笑话，被别人说一辈子。

# 大姨婆

"老虎假扮大姨婆"是最令孩子们惊恐又爱听的一个古。

说的是有只老虎假扮大姨婆，骗吃完邻家孩子后，想来再骗吃另一家四兄弟时，被机智的四兄弟识破抓住的故事。这只老虎老是喜欢晚上

偷溜下山,跑进村庄专门骗吃小孩。老虎选中的人家,都是那种大人外出,家里只有小孩的。老虎会在头上包上花头巾,假扮老太婆,到哪家敲门时,要是里头的人问是谁时,它就谎称是"大姨婆"。等骗开门进屋后,它就把小孩吃掉。

老虎的这招骗术,每次都成功了,村子里的小孩被它吃掉不少。当时,村子里人住的都是那种很不隔音的木房子,晚上夜深人静时,相邻的人家大声讲句话,互相都能听得见。有一年夏天的一天,四兄弟的父母亲出远门去看望外公外婆,不在家。这天半夜,那只老虎又再次假扮"大姨婆",骗开了四兄弟住的隔壁邻居家门,钻进来吃小孩。

因老虎食人时嘴里发出的声音比较大,被兄弟们听见了,就敲了敲木墙问:"邻居啊三更半夜的你们在吃什么东西啊?"结果,老虎一句"在

吃甘蔗"的回答泄露了天机,让兄弟们警觉起来,因为当时甘蔗早已过季,整个村子里也见不到一根甘蔗。

老虎的回答露出破绽后,那四兄弟又联想到最近村里老是有小孩被老虎吃掉的事,断定又是老虎在干坏事了。四兄弟便围在一起,低声商量出一个好对策,准备在隔壁的老虎来敲门时对付它。

果然,那只老虎吃完邻居家小孩后,又故伎重演,来到了四兄弟住的家门口,以"大姨婆"的语气来骗开门。四兄弟不肯开门,还告诉老虎,他们"大姨婆"手上的毛很多,让它从门槛底下的一个老鼠洞伸只手进来看看真假。老虎吃人心切,答应了。就在老虎把自己尾巴从洞里递进来的瞬间,四兄弟齐心协力紧紧揪住老虎尾巴不放,使之无法脱身,然后齐声大喊"这里有老虎啊",村里的大人们听到喊叫后,纷纷拿着锄头扁担等农具赶过来,打死了那只吃了村里好几个小孩的老虎。

每次讲完这个古后,妈妈都会不忘总结上几句,告诫孩子们没有大人在家时,勿要随便给别人开门。尤其是遇到危险之时,勿要慌张,要像四兄弟那样会动脑筋想办法。孩子们听完故事后,常常会问妈妈:怎么那么巧,合伙对付老虎的,跟我们家一样也是四兄弟啊。妈妈总是笑而不语。


# 淘米沟

这是妈妈讲过的一个很有意思、让孩子们深受触动的古:富人不注意节约导致自己最后变成穷人。妈妈常说,吃不穷,用不穷,勿会计划一世穷。过年时,各种吃的东西比平日多,"过年也不能浪费"这句话,常常挂在妈妈的嘴上。

平时,在教育孩子们杜绝浪费问题上,妈妈一向都很重视,并且非常注意以身示范。孩子们常常看到:饭后,妈妈在收拾餐具时,会很仔细

地用根筷子或汤匙把盛饭时附着在饭铲上的饭粒,逐粒清理下来,放回饭锅里;往汤盆盛汤,尤其是盛在妈妈眼里相当珍贵的鸡汤鸭汤或猪肉汤时,盛完最后一勺,妈妈总是习惯性地将汤勺放在嘴边,用舌头轻轻地把汤勺舔净,才舍得把汤勺搁在一旁。

尤其是日常最多见的炒蛋,孩子们印象特别深。敲破蛋壳倒出蛋黄蛋清后,妈妈还会反复用食指把残留在蛋壳上的蛋清一并抠出。炒好蛋后,粘在锅铲上的熟蛋碎末,妈妈也会细心地把它们刮进盘里。炒过蛋的锅,妈妈也从不直接用水直接冲洗,而是盛上一小碗米饭倒进去,来回拨弄一番,待锅里的油迹"消灭"干净后盛起,再洗锅。

早些年没有冰箱,有剩菜剩饭时,哪怕就一小口,妈妈也绝对不会把它倒掉。过年时,剩菜比较多,为防止变馊及蝇虫叮咬,妈妈会把它们分门别类用碗盆装好,然后搁在一个里头都是水的大脸盆里,上面再用层白纱布覆盖着,放在窗台等通风处。

妈妈一再告诫孩子们要牢记"蛇洞虽小,却会漏千漏万"这句古话,不允许把食剩的东西倒进马桶或下水道。妈妈特别忌讳这样做,认为谁要是糟蹋粮食,他以后就会变穷光蛋,冇饭食的。

为此,妈妈特地给孩子们讲了个"淘米沟"的古,说的是一个大户人家因为淘米时大手大脚最终变细户的事。至今,孩子们也还弄不清楚,这个古究竟是妈妈听来的,还是妈妈为了教育孩子们而自己编出来的。

妈妈说,从前有个大户人家,手头宽裕时大手大脚,每次在门前水沟淘米时都会漏下不少米。住在水沟下方的另一户穷人家,每次在大户人家淘米时,就用个簸箕在下游去接上游流下来的米,并洗净晾干。日积月累下来,穷人家囤下来的米不仅够自家吃,还有存余。后来那家大户人家破落了,变成了细户,沦落到向邻居那户穷人家借米吃的地步。昔日大户在向昔日穷人家道谢时,穷人家说,不用谢我,这些米原本就是你家的,我只不过帮你存起来而已。大户人家了解详情后,羞愧不已。

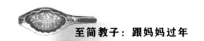

妈妈的这个古，对孩子们幼小的心灵震撼特别大。孩子们从小都养成了不浪费的好习惯。

# 掷铜板

妈妈讲自己少女时期正月里"掷铜板"捞点零花钱的故事，孩子们至今记忆犹新。

当年妈妈当养女时的童家是个家境殷实的大家族，与妈妈年龄相仿的童男童女甚多，过年时喜欢玩种"掷铜板"的游戏。玩时，大家平摊出铜板，凑到十几二十个，把它们叠成一摞，在两米开外画条线，轮流在线外用一个铜板去掷，谁把铜板砸倒落地了，铜板就归谁。

正月里玩这个游戏时，妈妈说自己总是赢多输少，赢到的零花钱常常能花上好几个月。妈妈说她小时候也跟孩子们一样盼着过年，主要原因就是过年时可以玩"掷铜板"。

玩"掷铜板"时，之所以能当"常胜将军"，妈妈说是大有诀窍的。妈妈给孩子们传经送宝：一般人玩时，都会贪多，老是喜欢对着那摞铜板的底部去掷，认为底部更好瞄准，运气好时一倒一大片。不过，因为上面铜板压得多，下面变得更结实，很少会整摞被砸倒。而偓扔时候从来勿贪多，偓都是瞄准那一摞铜板的中上部，掷中了，虽然勿是一大片落地，但把把都能收获几个铜板。积少成多，每次玩完，基本上都是偓捧走的铜板最多。有时，妈妈比较闲暇时，还会让孩子们找出一些硬币，当场示范给孩子们看，果如其然。

每当讲完这个故事，妈妈都会不忘告诫孩子们：你们今后无论做什么事，要一步一个脚印，善于动脑筋。尤其是以后你们长大了，要去上班、做生意，一定勿要贪，有时你越是想贪多，想一口吃成胖子，就可能越是得勿到，像古人常说的那样"竹篮打水一场空"。

# 洗活鳗

妈妈讲爸爸的古,孩子们也是百听不厌。妈妈讲爸爸"洗活鳗"这个故事时,几乎每次孩子们都会笑得前倾后仰、乐不可支。

妈妈告诉孩子们,在你们爸爸还年轻时,听说莆田老家河里的河鳗很多很多,它们会在夜深人静时,悄悄爬上岸来偷吃种在河滩上的韭菜,并且尽是挑韭菜上端嫩的部位吃。要是爬上来的河鳗多几条,种韭菜的村民损失就重了。

魔高一尺道高一丈,为了防止韭菜被河鳗偷吃,种菜人会在菜地靠近河岸的一侧撒上一层粗糙的草木灰,以阻隔河鳗的爬行。这一招果然奏效,大大减少了韭菜的损失。但仍然有些河鳗经受不住韭菜的诱惑,仍会冒险爬进韭菜地偷吃"美味",结果有的河鳗因吃太多韭菜肚子鼓起,行动变得不再敏捷,加上身上沾满了草木灰,导致爬不回去河里,困在菜地,沦为种菜人的盘中佳肴。

妈妈说,有天早晨,爷爷让你们爸爸到河滩自家菜地去割韭菜时,也撞上了大运,捡到一条浑身是草木灰、拎起来足足有大半个人高的大河鳗。看着一身脏兮兮、几乎勿会动的河鳗,你们爸爸想把它洗干净后再拎回家,便揪着大鳗鱼到河边去清洗,却不料洗着洗着,鳗鱼身子活动开了,一下子溜之大吉了。

在孩子们一阵笑声后,妈妈总会不忘考问孩子们:你们爸爸到手的鳗鱼为什么会跑掉?待孩子们五花八门的答案出来后,再一块与孩子们分析总结经验教训。妈妈告诉孩子们,主要原因就是河鳗看起来勿会动像要死的样子,其实它的命还硬着呢。所以你们以后如果光看表面的东西,就会上当受骗,容易做出像你们爸爸年轻时做出的到河边洗活鳗鱼这种傻事。

如果爸爸也在身边,妈妈还会不忘调侃一下爸爸:你现在这么讲究

干净，应该就是从那时洗河鳗开始养成的好习惯吧。有时，孩子们会向爸爸求证此事，爸爸从来不置可否，总是轻描淡写地回应一句：大家开心就好，你们妈妈说有就有吧。

# 石炭鬼

"石炭鬼"，是二十世纪六七十年代，连城城里人对在城郊矿山挖煤工人的统称，并无贬义，类似"机灵鬼"叫法，虽带鬼字，却明贬暗夸，描述他们工作辛苦，浑身上下成天脏兮兮黑乎乎的。

相比较而言，其他的古都是久远年代的寓言传说，或爸爸妈妈的童年故事，相隔时间较长，孩子们未曾经历，是名副其实的古。唯有"石炭鬼"这个古，属于现代故事，又与妈妈有关，更有时代的近距离感，每次孩子们都听得津津有味。

妈妈对孩子们说，偓这一辈子从来冇什么男人敢捉弄偓，只有"石炭鬼"例外。孩子们一听此语，按捺不住问妈妈是怎么回事。妈妈解释说，你们还小时，城里人大家都是烧煤球，需要自己去五六里外的西山买石炭担回来做煤球，一担石炭要比到城里市场上买的便宜个三四角钱，你们勿要小看这几角钱，当时偓出去挑砖拌沙做小工一身是泥满头是灰一整天下来，也才赚几角钱。所以一般我们家里人多开销大经济更差的，都会自己去西山买石炭，自己担回来，来回得用上两个来小时。

一提起担石炭，妈妈的话闸就打开了。妈妈告诉孩子们，那时买石炭是论车论筐不论斤的，装多装少基本上看"石炭鬼"们心情。一般情况，男的用板车去拉，女的用畚箕去挑。一畚箕一般只能装个四十斤左右。那么远的路，我们女的通常也只能挑个七八十斤。那些"石炭鬼"，给男的装车时，往往是能少一铲就少一铲。而遇到我们女的去担石炭时，"石炭鬼"们却是为了寻开心，能多给一铲就多一铲，故意把你的畚箕塞

得满满实实的,长得越靓的就给你装得越多,让你不太挑得动,从而看你的好戏。他们还编成顺口溜唱起歌来说:"妹子来趟不容易,勿要钱东西担回去。"

听到这,孩子们往往会下意识地对妈妈说,就让"石炭鬼"多装呗,过会你走时一转身把它倒掉一点不就行了。妈妈说,多铲给偓的石炭等于白送,偓哪里舍得再把它倒出去啊,再重也要把它担回家!

因长相端庄秀丽,妈妈自然是一帮挑石炭女子里被"石炭鬼"恶作剧较多的一个,"深受其害"。不过,妈妈倒是一直对"石炭鬼"们抱着宽容理解的态度。

妈妈说,这些"石炭鬼"也不容易,为了养家糊口,年纪轻轻就上山挖石炭,吃住都在山上,一待就是好几个月,天天一身除了牙齿是白的其他都是黑的。一天到晚待在山上只跟石炭打交道,平时是很难看到一个女的,确实是很无聊的。其实他们心肠都蛮好的,只是无聊寻开心而已,从来冇听说他们对女的做过什么坏事。再说,他给你多装满一点,挑担一时虽然更沉更难受些,但总是可以多做几个煤球多烧几天,也是有赚到,冇什么好责怪他们的。

孩子们,不单是儿女,还有后来在妈妈身边长大的孙辈,很多都是听着妈妈讲古长大的。多少年过去,他们也始终搞不明白没有文化的妈妈、奶奶的肚子里怎么会装有那么多好听的古,百听不厌。以致都已生儿育女了的孩子们,时而还会缠着妈妈再讲讲小时候听过的那些古。

妈妈不太会讲普通话,讲古时,都是用她擅长的连城客家话。妈妈一口流利的地道客家方言,讲起古来,声情并茂,有板有眼,以"古"喻今,可谓通俗易懂,妙趣横生。同样的题材,妈妈每次都能讲出不一样的味来,至今历历在目,犹现眼前。

妈妈讲的古,个个都是那么富有趣味,寓教于乐,在文化生活甚是

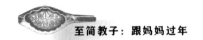

匮乏的早些年代,无疑是孩子们最大的精神大餐。妈妈讲的古,又饱含着许多人生哲理,潜移默化,伴随着孩子们成长,让孩子们在不知不觉中受到启迪教育,无不受益终身。

# 数落篇

在家里,孩子们从懂事起,就没听过妈妈与爸爸大声争吵过什么。但孩子们却发现,平日,一有机会,爸爸就会遭到妈妈的数落。妈妈尤其还喜欢在孩子们面前数落爸爸。

爸爸似乎也特别享受妈妈的数落。孩子们印象中,妈妈一般都是坐在床沿或桌旁,边缝缝补补、翻看相册,边数落爸爸。无论妈妈说什么,爸爸都是一副俯首帖耳的样子。偶有不同看法,爸爸也从不申辩,更无反驳,至多轻声细语冒出一句"不是这样子的",而后继续洗耳恭听,还时不时发出会意的"嗯嗯"声。这极具特色又温馨的一幕,孩子们印象殊深,永烙脑海。

妈妈在数落爸爸时,都是以"老头子"三个字打头,且语气一直都是很平和的。妈妈的数落,既是爸爸独享的"专利",也是旁听的孩子们的一种"福利",因为有时妈妈数落的精彩程度一点也不逊色于妈妈的讲古。过年期间,更是妈妈数落爸爸的黄金档期。自然,孩子们的"福利"也水涨船高。

正月里,一家人团圆,特别是爸爸放假不用上班时,爸爸享用"专利"的时间就更多了。离休前的爸爸工作一直很忙,下班后仍然把许多工作上的事情带回家,加之爸爸在孩子们面前不苟言笑,所以,孩子们对于爸爸的许多往事趣闻,基本上都是从妈妈对爸爸的数落中得知的。

# 山里人

爸爸排行老大。孩子们小时候常听妈妈说，爸爸出生长大的莆田老家是在很深很深的大山里，非常偏僻，要看到有马路有洋车的地方，需走一天一夜很难走的山路。妈妈常常说爸爸是真正的山里人。

爸爸的诞生，对于孩子们而言，相当具有传奇色彩，简直就是天方夜谭。妈妈把她从爷爷那听来的传奇事转告孩子们：爸爸出生那天，奶奶还在田头割草，突然临产，身边没有任何人，奶奶自己给自己接生，用镰刀割断脐带，并就地找了一把能止血的药草嚼烂敷在脐带口止血后，再一手抱着草，一手捧着新生的爸爸回家，着实让爷爷又惊又喜。妈妈说，你们爸爸从出生那天起，就是个很勿容易的人，但他凭着爷爷奶奶的艰辛培养和自己的拼命努力，才从大山里走出来的。

莆田，自古以来就享有"文献之邦"之美誉。爸爸的出生地莆田市涵江区新县镇碧溪村，古称夹漈村，这一带的人至今仍被异乡人叫做"夹漈人"。宋代著名史学家郑樵当年潜心修书《通志》的"夹漈草堂"即坐落于此。当地人一向以大文豪郑樵为自豪，无论是大户人家还是寒门弟子，崇尚读书，蔚然成风。孩子们小时候，爸爸常常给他们讲郑樵隐居夹漈山野寒窗苦读三十余载、著书立说上千卷，以及与之相关的曝书石、下马石、出米石、书亭寨、洗砚池等传说的励志故事。

爸爸祖上世代为农，家境贫寒。大字不识一个的爷爷奶奶含辛茹苦，倾尽家力，甚至不惜举债让爸爸读书。小时候的爸爸读书也特别用功，白天要帮爷爷奶奶干农活、做米粉卖，只能利用晚上及农闲时间上私塾，竟然在民国二十七年（1938年）年逾二十岁时，跳出农门，考上了福建省立莆田国立中学（现莆田第一中学），是当年老家柯都村十里方圆轰动一时的一大新闻。爸爸高中毕业后，因学业成绩优异，先后被福清、永安等地多所国立小学聘任为国文（语文）教师。

1949年6月,爸爸在福建永安参加革命,同年11月6日,随中国人民解放军福建省军区龙岩第八军分区驻连城军事代表团参与接管连城工作,并任新成立的县人民政府首任民政股(相当于今民政局)股长,后转任县政府人民书局经理。次年,爸爸经好友钱盛鑑介绍,与妈妈结识、结婚。妈妈与爸爸相亲相爱,并共同为了这个家,为了孩子们,携手并肩走过了长达六十余年的人生路。

从放牛娃到教师、国家干部,在老家柯氏宗亲们眼里,爸爸无疑是从老家大山里走出去吃公家饭的杰出代表,在老家享有较高的声誉。二十世纪六七十年代,尚未离休的爸爸每次探亲回老家,都要收到数十提篮煮好的、表层铺满各种配料的线面,这是老家给从外地回来的"有出息"的族人接风洗尘的习俗。妈妈自然也不会忘记挨家挨户登门送上一份装有香皂牙膏毛巾等的回礼。

连城刚解放时的县政府民政股股长,股级干部,成了爸爸从政以来直至离休的最高职务。面对许多与自己同期参加革命工作,尔后职务不断擢升的同事甚至部下,爸爸却能始终保持淡定平和的心态。这固然与爸爸自身的政治涵养和超脱个性有关,也与妈妈对爸爸的宽慰、理解密不可分。

孩子们参加工作后,有时回到家闲聊涉及职场升迁话题时,妈妈偶尔也会插话进来,当然都是数落爸爸的:老头子啊,人家都是官越当越大,就你原地踏步几十年。不过讲实在话,有时官当得大,也勿见得全是好事,要管那么多形形色色的人,人越多猴头鬼怪也就越多,管人是最伤脑筋的事,但在偃看来,你身体越来越好跟管人越来越少是分不开的。

因爸爸来自大山,所以妈妈在数落爸爸时,无论是夸奖还是批评,无论是抒发敬佩与爱意还是表达不解与埋怨,妈妈常常会用"山里人"三个字来形容爸爸,这三个字的"弹性"十足。

比如,爸爸给孩子们讲解国内外大事及各种知识尤其是国学、历史

知识时,妈妈有感于爸爸的知识渊博,会说爸爸:你这个山里人,怎么知道这么多事情?再比如,爸爸办事循规蹈矩,不谙人情世故,有时甚至近乎古板地步,遇有单位里的同事工友向妈妈悄悄"投诉",妈妈回家后也会说爸爸:你都从山里出来几十年了,怎么还像山里人那样呢?

## 斗巷妹

数落爸爸时,妈妈的打头语除了"老头子"外,就属"斗巷妹"用得最多了。

妈妈告诉孩子们,爸爸小时候被老家人叫作"斗巷妹"。妈妈与爸爸结婚后,第一次跟爸爸一起回莆田老家拜见爷爷奶奶、宗亲长辈时,才知道爸爸有"斗巷妹"这么一个有意思的外号。经了解,妈妈才知道爸爸莆田老家祖屋门前有条长约三丈、宽约四尺的小巷,宗亲们都叫它"斗巷"。爸爸小时候长得文静秀气,生性憨厚内向,从不与人争吵,又爱静静地端坐在"斗巷"巷口的一块大青石板上,仰望蓝天旭日,常常独自一坐就是大半天。所以,老家人就叫他"斗巷妹"。

每讲到此,妈妈也总是不忘提醒孩子们:你们可千万别以为你们爸爸小时候只是在巷子口傻坐,他那时肯定也是在想怎么才能离开那穷山沟,到外头去闯一番世界。你们也要像你们爸爸那样有大志向、敢出去闯。

孩子们印象中,在家里,任何时候,爸爸讲话做事,从来都是慢条斯理,像个妹子一样"轻声细语"。无论是在单位里,还是在社会上,爸爸与别人打交道,也都是一副与世无争的心态,从未"嗓门大声过",更未与谁拉过"仇恨"。妈妈常常说爸爸"太过本分"。

在粮食紧张的二十世纪六七十年代,有时爸爸为了买到便宜点又好吃的新谷子,会先放些许定金给原先熟悉的城郊农户预订谷子,也出

现过谷子未得、定金被"吃"的情况,爸爸不仅不去向农户追讨定金,反而轻描淡写地说,人家可能是遇上天灾歉收或者家里出什么大事了,否则他们应该是不会这样做的。等以后他们丰收了,再向他们多要几斤谷子回来就行了。

对此,妈妈有不同看法,没少数落爸爸:老头子啊,别人欠我们的定金,你都勿肯去要回来,你都出来工作二三十年了,怎么还是跟当年那个傻坐在巷口的"斗巷妹"一样胆小怕事啊?! 我们自己家经济条件也勿是很好,定金虽不多,却也是钱。不该自己得的东西,哪怕金条被风从天上吹进屋里也勿该得,但该是属于自己的东西就要天经地义去要回来。老头子啊,你这样老实本分,是不是小时候坐老家巷子口被凉风吹多吹傻、被叫妹妹叫弱了啊。

说完这些,妈妈又会话锋一转:不过,这样也好,古人说过"后退一步天地宽",老头子你一世老老实实,就算是本该属于自己的东西,也勿肯去硬争硬要,看似一时吃了亏,其实往往也是好事,事后来看,你至少冇跟任何人闹过大意见,官场上冇挡住别人的路,一个"冤家"也冇。

# 冇文化

孩子们知道,爸爸是二十世纪三十年代的"老秀才",学识渊博,写得一手好毛笔字。在福清当小学国文老师时,假期时还曾被当地的一户大户人家请去做私塾老师,1949年后当过连城书局的经理,可是名副其实的文化人。不过,爸爸从小在大山里长大,生性内敛、循规蹈矩,平日做事稳健守成,从不逾越雷池一步,有时甚至近乎刻板。

而妈妈虽出生在潮州的一户平民家庭,不识字没啥文化,身上却有很多潮汕女子与生俱来的那种聪慧与机灵,加上十一岁起就在连城城里大户人家生活,见过不少大场面,所以在待人接物上,分寸拿捏得游刃有

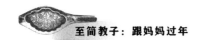

余,做起事来敢想敢当、利利索索,从不拖泥带水。

有次,爸爸与妈妈聊天聊到开心处,难得一见地夸奖妈妈说,老太婆你这么会张罗事情,在什么样场合都不会紧张,讲起话来又头头是道,要不是差一个读书机会,你皇帝也能当得上,俺就是你的"皇太后"了。妈妈听到老头子第一次这样夸自己,暗自高兴了好长一段时间,还给每个孩子依次安上了几太子的头衔。

妈妈与爸爸,一个是一字不识,却思维敏捷,出口成章;一个是学识渊博,却敦厚持成,不擅言词。可谓是:有文化的貌似没文化,没文化的胜似有文化。

于是,孩子们常常看到家里会发生有趣的一幕:妈妈爸爸在处理家务要事,尤其是在教育孩子们问题上,偶有意见分歧产生辩争时,不知是爸爸自知理亏,还是爸爸有意让着妈妈,结果往往是妈妈意犹未尽时,爸爸便"偃旗息鼓"了。

每次,妈妈数落完爸爸后,妈妈都通常会乐呵呵地送爸爸一句话:老头子啊老头子,尽管你读过那么多书,喝过那么多墨水,理解问题却这么"冇文化",连俺这个真正冇文化的人都不如,你承认勿承认?爸爸则乐呵呵地顺竿溜回应妈妈一声:当然是你比我有文化。

看着一旁听得一脸"蒙圈"的孩子们,妈妈还会笑眯眯地举例说明爸爸的"冇文化"确有其事。

事情的缘由是这样的。妈妈告诉孩子们:在老大兆斌还小的时候,有一次俺与你们爸爸闲聊中说了一句跟他结婚是"嫁狗随狗走"。这其实是连城当地的一句土话,意思是再苦再难,老婆都铁了心跟老公过日子,是一个男人的大福气。当时你们爸爸听后,却闷闷不乐了好几天。

妈妈接着说,俺好勿容易才弄明白他生闷气的原因,是他认为俺将他比喻成狗了,真是令人哭笑不得。后来你们爸爸悄悄去向本地人问清"嫁狗随狗走"的真正含义与"嫁鸡随鸡飞"一样后,才消了气,并主动向

偓道了歉。你们说说你们爸爸是有文化还是冇文化呢？

妈妈每次讲完这事，孩子们以为这是妈妈在调侃爸爸，会向爸爸核实真假时，没想到爸爸总是大大方方地承认确有其事。

在莆田老家时，妈妈也有过一段为学校老师煮饭的短暂经历。所以，妈妈在数落爸爸时，有时会很幽默地冒出一句：老头子啊，偓跟你一样，也是有段时间天天进学堂的人。偓虽然冇文化，却有一帮有文化的人爱吃偓煮的饭菜，还很受这些有文化的人敬重⋯⋯不过话又讲回来，偓要是真的有文化，当年还会勿会嫁给你还很难讲呢。当然啰，勿嫁给你，肯定也就冇家里这么多有出息的孩子！

## 整天写

孩子们记忆中，爸爸一年到头工作总是忙忙碌碌。节假日，特别是过年期间，爸爸不用上班了，难得清闲下来时，也基本上都是坐在他的书桌前，各种的抄抄写写。

用妈妈经常数落爸爸的话说，只知道"整天写"。爸爸只要有一点点的空闲时间，就总是不停地写各种工作日记、总结，写各种信尤其是写给孩子们的信及未来儿媳妇，帮别人写信，写对联，编撰族谱，整理各种书信、报刊资料等等。

在一般家庭舍不得打长途电话，尚无手机、电脑的年代，与能说会道的妈妈不同，言讷疏表的爸爸与孩子们的情感交流，不如妈妈那样"丰富多彩"。孩子们在身边，尚在中小学就读时，学习教育上爸爸以带着孩子们去逛书店为主。孩子们长大了，出去读书、工作、生活时，爸爸则主要靠写信。在外面读书、工作的孩子们，一个月里，收到爸爸三五封信，是再正常不过的事。有时孩子们延误回复的信还在途中，爸爸的信又到了。当然，爸爸的信，也有不少是妈妈授意的。

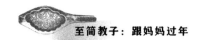

爸爸走后，孩子们整理爸爸留下的东西，最多的就是爸爸的书信，书橱、抽屉、床头柜、档案袋里，甚至床板底下，仅爸爸珍藏的孩子们的回信就多达六百件，整整装了两大纸箱。

一提及写信，妈妈数落爸爸最多的一个话题就是：老头子啊，除了你的二儿媳妇罗兰珍一直跟我们俩一起住在连城，你冇给她写过信外，每次你一听说在外地工作的哪个儿子确定恋爱关系，有女朋友了，你就最喜欢凑热闹给人家写信了，啰里啰唆一再把你儿子从小到大的各种优点缺点以及家里的情况一股脑儿介绍给人家，好像人家还不认识你儿子一样。当然，听儿媳妇们讲，当时，你也冇少用各种好听的话拼命夸未来的儿媳妇。你写给未来儿媳妇的信，比你给儿子写的还多！还好，当年你未来的儿媳妇们都很理解你急于给儿子娶媳妇的心情，冇嫌你啰唆，好事才冇被你搅黄。

妈妈特别喜欢举老大兆斌与大儿媳妇江紫华谈对象时的例子来说明。妈妈数落爸爸说，当年未来的大儿媳妇还在连城李屋小学当民办老师，老大兆斌在三明钢铁厂上班，俩人确定恋爱关系至结婚前半年多的那段时间，老头子你一下班回家只记得一件事，就是给紫华写信，要是人家紫华有时工作忙或者寄信的邮车延误，晚回信一两天，你就一天到晚心事重重，饭吃勿香觉睡勿好，感觉不是你儿子在谈对象，而是老头子你在谈对象。

爸爸年逾古稀时，萌生了编撰柯氏族谱的念头。为圆心愿，爸爸锲而不舍，整整历时七年，在年近耄耋之年时，终于成谱，流传甚广，为海内外柯氏后人收藏。为这本族谱，爸爸可谓呕心沥血，并在莆田柯氏族谱编撰史上，首开先河，把女儿、女婿及外孙、外孙女列谱，内外一视同仁。爸爸走时，留下了一点存款。妈妈最为了解爸爸的心愿，把它全部拿去买首饰，不分内孙外孙，均匀分到每个孙子、外孙手上。

看着族人向爸爸索谱成功后的欢喜相，看着爸爸接受族人来函来

电致谢时的陶醉样,妈妈内心同样也很享受,替爸爸高兴。只是,修谱七年,爸爸几乎到了"两耳不闻窗外事"的地步。自然,爸爸没少受妈妈的数落。

那几年,妈妈常常数落爸爸说,老头子你为了写那本柯氏族谱,那几年,家里什么事都勿管,只是一门心思忙你的族谱。全国哪个山旮旯,你只要一听说一看到哪个村庄有姓柯的消息,不管认不认识人家,都要给人家居委会、村委会去信联系。还生怕信件丢掉,你这个平时恨不得一分钱掰成两半花的人,每封信都要加两毛钱用"挂号"寄。人家回信一到,你就像中到个大奖一样开心得勿得了,吃饭都勿用夹菜还吃得那么香。然后肯定冇隔夜,马上回信给人家。

在数落完爸爸只知道整天写后,妈妈也往往会不忘补上一句:老头子你虽然一写起东西来就容易忘了食饭睡觉,家里什么事也勿管。虽然侬更累了些也值得,因为你爱写,带动影响了家里子女一个个都像你,爱看书爱动笔,他们从小到大读书的事从来都勿需要侬操心,这方面你的贡献最大。

# 老球痴

孩子们印象中,爸爸离休前,工作总是很忙,几乎没有一个完整的休息日,要么每天迟迟下班,要么老是把工作带回家,匆匆忙忙扒拉几口饭后,又开始忙。妈妈常说爸爸"你忙成这样子,好像你一天勿上班,工厂就马上会关门似的"。

节假日时,除了会领孩子们去逛逛书店,到县政府大院外的报栏看报,爸爸很少出门,更不用说逛街旅游。早些年,象棋是爸爸唯一的业余爱好,却因工作太忙,加上下班后自己要抄抄写写的东西很多,一个月里,除了会与老友下一两盘棋外,棋盘基本上处于束之高阁状态。

旅游观光、观影听歌、推杯换盏，以及风靡一时的样板戏、威震八方的中国女排、傲视群雄的国球乒乓……这些，在爸爸未离休时，似乎通通与他无关。妈妈常形容爸爸是个不食人间烟火的"老古董"。

谁也没想到，就是这么一个"老古董"，1979年离休后不久，却突然像变了个人似的。

爸爸迷上了各种球，成了妈妈常常数落的"老球痴"。乒乓球、羽毛球、篮球、足球、台球，甚至连孩子们都兴趣不大的冰球、棒球、橄榄球、高尔夫球等，只要电视有转播，爸爸都会百看不厌，端坐在电视机前，看得津津有味。

爸爸专门订阅了《体育报》《足球报》，加上又有剪报的习惯，对一众明星，特别是乒乓球的刘国梁、邓亚萍、张怡宁、孔令辉、马龙，篮球的莆田老乡刘玉栋、姚明、乔丹、"大鲨鱼"（奥尼尔），足球的贝利、马拉多纳，羽毛球的林丹，台球的丁俊晖等人的家庭背景、球风、个性及夺冠情况了如指掌，爸爸跟孩子们聊天时，往往能如数家珍般娓娓道来，并且在观赛中，时不时做出颇有见地的即时点评。

与许多人一样，爸爸也对中国足球有种恨铁不成钢却又欲罢不能的情结。虽然缺少佳绩及有影响力的球星，却一点不影响爸爸对中国足球的热爱。爸爸也曾多次顿足誓言"再也不看中国队比赛了"，但只要有中国队的比赛，便又"好了伤疤忘了疼"，把曾经的誓言抛至九霄云外，早早蹲守在电视机前，一场不落。

妈妈正式授予爸爸"老球痴"称号，是在2002年五六月份，韩日共同举办世界杯时。这是中国足球队首次参加世界杯决赛圈的比赛，爸爸可谓做足了观赛的"功课"。爸爸把比赛时间、各队对阵、比分预测，乃至奖金分配、赔率等，特别是跟中国队有关的比赛，全都做成各式各样的表格，除了把床头靠板上贴得满满外，还复制一份压在书桌与餐桌桌面的玻璃板下，以便随时分析琢磨。

对爸爸离休后的这个爱好,妈妈还是很支持的,说爸爸一辈子忙忙碌碌,除了象棋,什么玩的东西都勿会,现在不上班了,孩子们也都成家立业,有啥事用得着老头子去多操心了,待在家看看球,勿会无聊,也是好事。

原先,妈妈与爸爸"约法三章":看世界杯,最多只能看到晚上十一点,然后上床睡觉。

但是,随着韩日世界杯赛程的推进,精彩程度与日俱增,爸爸出现了"违反承诺"的举动。有天晚上,十一点就"按时"上床休息的爸爸,没躺多久,以为妈妈睡着了,便悄悄起床,蹑手蹑脚地去客厅开启电视……被妈妈"逮住"后,爸爸涨红着脸说,实在忍不住想看会儿中国队的比赛,保证以后不再犯。

为此,妈妈给爸爸下过"最后通牒":必须下不为例,否则就要向一块住的老三兆星告状,并让老三拔掉有线电视线。

本届世界杯后,爸爸老被妈妈拿球来说事,没少受妈妈数落:老球痴啊老球痴,你老了变得喜欢看球,偎也勿反对。不过,你都是上八十岁的人了,怎么敢去跟十八岁的后生子去比啊,居然都快半夜了还偷偷爬起来看球,再"球痴"也勿能这样,要是熬夜看球身体出了问题,以后就什么球也看不成了。

# 太会省

爸爸出身贫寒,小时候常常过着"衣不蔽体,食不果腹"的日子,从而也养成了克勤克俭的好习惯。照妈妈数落爸爸的话说:老头子你读了那么多书,认了那么多字,就一个"省"字记得最牢。一辈子光知道省食省穿省用,从来冇见你自己在街上食过一碗点心。一件背心穿了那么多年烂了那么多洞,偎都基本上冇办法补了,你还舍不得扔。难得逛趟街,逛得脚再酸,陪我们的子女好不容易拦下辆"的士",怎么劝你上车你都勿肯,冇少挨人家开车师傅白眼……

爸爸还在上班时,很爱抽烟。孩子们颇感不解的是,爸爸抽烟似乎与其他抽烟的人不一样,爸爸没有固定的偏好模式,时而买当时市面上最便宜的盒烟,即九分钱一盒的"经济"牌香烟,时而买烟叶自己卷。抽自己卷的烟,熄火时烟头还残余一小撮烟丝,爸爸会把卷烟头的纸撕开,掰出烟丝,把它们存起来,待存够一支烟的量时再卷。

为何爸爸时而自己买盒烟,时而买烟丝,妈妈为孩子们揭开了谜底:那是你们爸爸根据市场烟叶价格变化情况,比较是买盒烟还是买烟丝合算,哪种便宜买哪种。为了省几分钱加工费,自己卷烟时,爸爸通常是把烟叶买回家自己烘干自己切丝。

爸爸的这个习惯，持续了很多年。后来老大兆斌、老二兆雄也都参加工作，家里经济条件明显改善了。在妈妈的反复劝告下，爸爸老是买市场上最低端的焦油含量高的烟的习惯，才有所"收敛"。

不过，爸爸的另一"不良"习惯又应运而生。孩子们孝敬他一些"中华""云烟"等价位高一些的好烟，爸爸舍不得抽，而是悄悄地拿去小卖铺折价，以少换多换回"七匹狼""红双喜"等一些价位低的烟。为了遮人耳目，不让孩子们发现，爸爸甚至还会把换回来的便宜烟拆开，装入好烟的烟壳里去。

爸爸的这个举动暴露后，深为妈妈诟病。爸爸却一度"阳奉阴违"，我行我素。妈妈自有妈妈的办法，常把孩子们给爸爸的好烟，把整条整包烟的封口撕开个小口子，使之不便置换。当然，爸爸也有他的妙招，当孩子们给他好烟时，会乘妈妈不注意，一转身就把烟藏起来，然后再伺机偷偷拿去换。

只是，百密一疏，爸爸的藏烟换烟行为，还是会常常被妈妈逮住，自然又是免不了一顿数落：老头子啊，孩子们给你买好烟，就是为了你的身体好，想让你少抽点那个什么尼古丁更多的烟，也让你在外头给人家递烟时，脸上更有光些。而你却怎么这样勿识好歪，为了多囤点烟，老是将好烟拿出去换差烟，把身体抽坏了，那是等于大把锄头扛出去扔掉，却在缝衣针头上来削铁。要是让孩子们知道了，你会伤了他们一片孝心的。

只有当妈妈祭出要把情况通报给孩子们这个"杀手锏"时，爸爸的换烟行为才会有所"收敛"。当然，爸爸偷偷换烟行为彻底"改正"，是他在八旬有三那年做了个心脏手术，在医生的再三告诫和妈妈及孩子们的一片苦口婆心劝说下，终于戒了抽了六十余年的烟之后。

爸爸煮"大餐"，差点被误报火警一事，也是妈妈数落爸爸"太会省"的一个佐证。妈妈带着五个孩子回莆田老家生活，爸爸独自一人在连城工作时，偶尔会在单位宿舍，吃顿"大餐"。所谓"大餐"，其实就是爸爸一

辈子最爱吃的猪脚，自己炖。爸爸吃"大餐"时，通常会叫上在连城被别人领养的大女儿兆玉，一块儿来改善伙食。

每每提到吃"大餐"这件事，妈妈都会充满怜爱地数落爸爸：老头子啊，当年倢匆在你身边，你自己一人在连城工作时，一年难得吃几回猪脚，也花不了几块钱。其实到外头店里买现成熟的吃，跟买生的回来自己剁自己煮，一个猪脚也差匆了几角钱，你就是要省，非得买回来自己弄，又担心别人知道你手头松，还有钱买猪脚吃，所以你每次用旧报纸、碎纸片炖猪脚时，都把门窗关得紧紧的，被烟熏得够呛……

每说至此，妈妈都会下意识抚摸着爸爸的鬓角，不失幽默地说，老头子啊，你老了头发还这么多黑的，应该都是那时候炖猪脚被烟熏黑的吧。一家人迁回连城后，倢听厂里同事说有个星期天傍晚，你又在印刷厂宿舍炖猪脚，估计是你把门窗关太紧了，屋子里的烟太多，你被熏得够呛，实在受不了了，只好把窗户开了条缝透透气，结果一股浓烟散出去，值班的同事还以为失火了，差点要报火警，跑过来一看才知你在开小灶。幸好这个同事心地很好，没有"举报"你有好料吃，不然年底厂里发给子女多的"困难户"的两块钱救济款我们家就拿不到了。

数落归数落，每次就"太会省"问题数落爸爸一番后，妈妈又会不忘夸上爸爸一通：虽然有在你手上省出一樘大屋、一坨黄金，却影响教育了孩子们都像你一样勤俭节约，培养出了这么多会在大城市里买房买车的子女。还有莆田老家祠堂重修、村道扩建，每次你的名字都刻在捐款芳名牌的第一位。2006年那一年老家村里修路，你一掏就是一万两千元，而那时你的每月离休金也才七八百块。倢也匆知你偷藏了多久的私房钱，居然一口气捐了那么多，听说那时候老家村民私下转让宅基地，一分地也不过才两千块。路修好要开通那天，全村人都一直等你从厦门回去老家剪彩。剪彩时，倢看你当时好像比跟倢结婚时还高兴。

当然，在数落爸爸"太会省"遇有孩子们在身边时，妈妈总会加上几

句话:你们爸爸虽然看起来很省很"小气",但他该大方时却比谁都大方,做人就应该这样。这点你们要好好多向你们爸爸学习,平时该省时一定要省,一日省下一撮米,一年能积上一担米。这样,到关键时候需要用钱时才有得用,像回老家修祠堂捐学校铺马路这样的好事,一定要像你们爸爸那样该花就要花,做人还是要有家乡观念讲名声的。

## 真能忍

爸爸生性内敛,言讷语迟,说起话来总是慢条斯理,哪怕有些事在妈妈看来已到了火烧眉毛的份上了。

妈妈常常数落爸爸:老头子啊,你真能忍,三棒槌下去也捶不出一个屁,有时候偓想跟你吵都吵勿起来。你在外头有多少本事多大本事偓记勿住,但你在家却有一大本事,偓记得牢牢的,就是在我着急甚至生气的时候,你总是能忍住不跟偓吵。特别是偓怀孕的时候,有时会莫名其妙心情勿好乱生气,偓会像鸡啄秤砣一样说你,老头子你却都能忍住,连跟偓大声点讲话都勿会,好像生怕吵到偓肚子里的细人仔似的。你还说要是怀孕的人情绪勿好,会影响下一代智商。偓当年根本勿相信,以为是你随口说说而已。直到今天看到我们的子女确实一个个都很聪明有出息,偓才相信真有这么回事。

说到开心处时,妈妈偶尔也会顺势不无得意地夸下自己:当然偓也勿是得理不饶人的人,看你忍住勿讲话了,偓也会很快静下来,勿再讲话。并且当天晚饭时,给你弄个你爱吃的菜。

只是,爸爸的有个忍,却为妈妈所不能忍。就是平日里任孩子们怎么调皮捣蛋,甚至有时干了在妈妈眼里该由当父亲的出手教训的事,爸爸从来都不肯出手,而是耐心对孩子们晓之以理。爸爸有时被孩子们气急了,偶尔也会抬手作势,却无一例外都是停在半空中,绝不下手。孩子

们小时候，全都一次也没挨过爸爸的打，甚至连一次印象深刻的责骂也没有。

所以，妈妈有时会数落爸爸：老头子啊，你在外头怎么忍别人，在家里怎么忍侲，侲都理解。但是你实在太宠细人仔，勿管他们做错了什么事，一次都勿肯对他们下手，甚至连一声重骂都从来冇过，侲勿理解。不过话又讲回来，你从勿打骂他们，这样也好，好像我们的细人仔反而更能专心学习，更能得到好成绩。

为了教育孩子们不在外惹是生非，妈妈还会常常把爸爸在单位的一些"忍事"告诉孩子们。妈妈告诉孩子们：你们爸爸在单位上班时，比在家里还更能忍。碰到再大事，爸爸也从不大声与别人争吵，在别人心急火燎、扯开大嗓门时，爸爸总是面不改色心不跳地压低嗓门与对方讲，你先勿要着急，你看这样好不好……

妈妈告诉孩子们，听了爸爸这种心平气和的话后，单位里性子再急脾气再差的人，往往都会停歇下来。所以你们也要好好向你们爸爸学习，在外面学习、工作，肯定也会碰到各种各样急性子暴脾气的人，也要像你们爸爸那样学会忍。特别是以后你们有自己的老婆，更要向你们爸爸学习，勿要在她气头上、特别是在她肚子里有细人仔时去跟她争吵。

孩子们从小到大，听妈妈念叨最多的一句口头禅是：一家人和和睦睦，忍得一时天地开。妈妈认为，一个家庭要和睦，最重要的是夫妻、兄弟姐妹之间能相互容忍。有时候看起来像簸箕大的事，忍一忍就过去了，事后再回头看，其实都是比芝麻粒还细小的事。

## 傻人福

"傻人有傻福"，这是爸爸被妈妈数落得最多的一句话。

爸爸工资调级的事，常被妈妈说起。妈妈说，爸爸还在上班时，单

位里正常隔五六年才会有一次工资调级指标,别小看加一级工资才块把钱,但那时候的钱值钱,早些年一块钱就可以买两斤猪肉呢。每当有这个涨工资的机会时,从来没见他与别人去争,有时还主动提出让给别人,基本上都是大家都调完了,才轮到他。过了这座山,往往就没这个庙了。爸爸误过好几次调级,参加革命工作几十年,总共才上调了三级,一直到1979年离休时,还是行政二十级。

后来住进干休所时,爸爸是全所老干部里级别最低的。妈妈却常常宽慰爸爸说,你在这里级别最低,却是最有福气的一个,因为你身体越来越好了,子女也越来越有出息……

还有件事,常常被妈妈提起,还调侃爸爸说"雷锋还冇出名时你就有雷锋精神了"。妈妈说,那是在二十世纪六十年代初,老二兆雄刚学会走路不久,当时轰动一时的故事片《刘三姐》正在上映,爸爸破天荒地说要带妈妈去看,并托了关系买了两张夜场黄金时段的票。妈妈自然很是高兴,匆匆吃过晚饭交代好老大兆斌要带好弟弟妹妹后,跟着爸爸兴冲冲地去电影院,才坐下不久,电影都还没开始放,一对老夫妻就走到跟前,说这是他们的座位。

对过票后,才知对方弄错,把第二天的票当成当晚的了。当时的电影票是可以预售的。爸爸一看对方两口子年纪比自己还大不少,颤巍巍地来一趟不容易,就与妈妈商量说干脆换下票,让对方先看,自己明天再带妈妈来看。妈妈说当时心里虽然不是十分乐意,但既然爸爸开口了,对方确实年纪也大,也就顺了爸爸的意。

次日晚,爸爸因单位有事加班无法前行,没有兑现再带妈妈去看电影的诺言。妈妈说,虽然次日自己叫上一个要好的女工友去看,但感觉《刘三姐》并冇大家说的那么好看。这显然与爸爸的缺席有关。

机缘巧合的是,与爸爸妈妈换票的那对老夫妻,正好是本书"送年篇"中述及的那个"挑剔"保姆"福州婆"的邻居,在后来爸爸妈妈去"福

州婆"住处求她帮忙带老三兆星时，在其家门口认出了爸爸妈妈，便帮爸爸妈妈向"福州婆"说了不少好话，促成了"福州婆"最终答应帮忙带老三兆星。很多年后，妈妈还常常说爸爸当年的电影票换得好，好人有好报，傻人有傻福。

妈妈还告诉孩子们：一直到后来你们爸爸都当上爷爷了，厂里还有个别"长舌头"的同事会时不时问偃，你家老柯当年一个外地人，在连城无亲无戚，一间屋一片瓦都冇，你这个县城老城关最靓的人是怎么会看上他的啊？

妈妈说，别人问偃时，偃只会告诉他们是缘分。其实偃当年就是看中你们爸爸"傻"，"傻"点的人靠谱，往往后头会更有福气。"傻"的人冇什么心事，一躺下就能很快睡着，这样对身体是很好的。"傻"的人，勿会跟别人计较，所以也勿会惹是非，有什么仇人，更勿会被人记恨。

一旁的爸爸闻此，通常会很识趣地用掺着客家话的普通话轻声回应：是这样子的。这时，妈妈则会边轻轻地拧几下爸爸的耳朵，边欣慰地总结上一句：老头子你呀，你一世人本本分分，勿跟别人争权争势，从来不会蒙别人只被人蒙，不过却越老越享福，真是傻人自有傻人福啊，老实人勿吃亏啊，记得偃那年嫁给你时，住在单位一小间连卫生间也没有的宿舍，房间里除了一张床，一张你的书桌兼饭桌外，就什么像样的家具都没有，一转眼几十年过去，现在我们家变得这样好了。

妈妈对爸爸的数落，并不是随时随地张口就来，而是在家里遇有喜事开心事，尤其是长大了的孩子们结婚生子、添置大家当甚至买房买车时，妈妈都会在高兴之余，开始数落一番爸爸。自然，一向善解人意的妈妈，不会在爸爸工作繁忙回家加班时，或回家沉浸在"抄抄写写"个人小世界时去数落爸爸，而让爸爸分心。妈妈善于捕捉"战机"，通常是在爸爸忙完手里活，沏上一壶茶，心旷神怡坐在书桌前陷入对往事的遐想时。

或爸爸妈妈难得都有空与孩子们待在一起,妈妈讲完古,要求爸爸也像妈妈一样讲个古,而爸爸因一时心中无古被孩子们缠住时,妈妈常常会以"数落"爸爸的方式出面为爸爸解围。

数十年来,妈妈对爸爸的数落,虽然素材基本上还是那些素材,但每次妈妈都总能用她特有的语言天赋,饶有风趣地讲出许多新意,常常令一边旁听的孩子们忍俊不禁,沉浸其中。

妈妈的数落像单口相声,是过年时妈妈奉献给孩子们的精神大餐。刚开始时,很多事粗听起来,未谙世事的孩子们会觉得妈妈是在责怪埋怨爸爸,老拿爸爸来调侃开涮。久而久之,长大了的孩子们逐渐听明白了妈妈数落爸爸的话中话。妈妈对爸爸的数落,有时貌似轻描淡写,却又不失风趣幽默,寓意深长;有时貌似挖苦嘲讽,实则明贬暗夸,是妈妈对爸爸发自内心的夸奖和爱意。

妈妈对爸爸的数落,实为妈妈对爸爸满满的肯定,饱含着妈妈对爸爸这根家庭"顶梁柱"的敬佩,是妈妈对相濡以沫几十年的爸爸的褒奖,是妈妈与爸爸携手育儿持家的美好回顾,是妈妈对爸爸独特的爱意表达,藏匿着妈妈对爸爸的别样深情。孩子们从来没听过妈妈对爸爸说过一句你情我爱的话,但妈妈对爸爸的数落却堪称经典,饱含着无限的爱。

要是隔段时间听不到妈妈对爸爸的数落,爸爸会明显感到不习惯,怅然若失,孩子们也同样不习惯,似乎少了很多乐趣。

# 亲子篇

　　孩子们上小学、中学的那些年代，罕有课外作业，平时放学回家后都忙于玩耍、看课外书。妈妈自己一天到晚又总有忙不完的家务活，难得清闲下来时，孩子们却差不多都进入梦乡了。孩子们日渐长大了，妈妈的闲暇时间虽然更多了，但孩子们却又各自奔波于异地上大学、工作，或有自己的家庭生活，母子空闲交流时间愈发短少。

　　于是，与孩子们盼过年一样，过年，也成了妈妈最盼的事。只不过，同样一个盼字，妈妈的盼与孩子们的盼，还是有不小差别的。

　　孩子们盼过年，年少时，更多的是图热闹，有新衣衫穿，有好东西吃；成年后，则是盼能回家尽个孝心陪伴日益衰老的爸爸妈妈。

　　妈妈盼过年，则始终是因为过年，全家人能大团圆，特别是能有更多的时间与孩子们亲近，能与孩子们多拉拉家常聊聊知心话，哪怕啥话也不说，只是近距离多看孩子们几眼，多抚摸孩子们脸庞几下，也满怀欣慰。

　　过年了，在外忙于学业事业的孩子们，纷纷像鸟儿般归巢。惜儿如羽的妈妈，显得格外珍惜这难得的亲子时光。

## 扒扒耳

　　自己坐在一条高椅子上，把孩子们拽到身边，让他们坐在膝前一条

矮椅子上,再把孩子们的头摁往一侧,为孩子们清理耳道,即俗称的扒耳屎。边扒耳边说着永远说不完的悄悄话、知心话,这是妈妈最常用的亲子方式。

扒耳,对于少不更事的孩子们而言,也是一种莫大的享受:既可享受挠耳道时的舒适,又可听妈妈讲各种旧闻趣事,自然深为孩子们喜欢。长大了的孩子们,尤其是在妈妈走后,才顿然彻悟当年那么热衷于扒耳的妈妈的一片良苦用心。

或许是遗传原因,孩子们都跟爸爸妈妈一样,全是"糠耳"。耳道里经常堆积一层风干了的呈淡黄色的碎片状分泌物。妈妈认为这些耳屎会堵塞耳道,担心影响孩子们上课的听力。所以妈妈总是视耳屎为大敌,必欲"除之而后快"。

当然,随着长大了的孩子们纷纷给妈妈科普耳道知识,妈妈虽然逐渐消除了对耳屎的"敌对"看法,但对孩子们耳道的"偏爱",却一点也没减退。后来,已八旬高龄的妈妈变得略显"霸道",无论孩子们耳道干不干净,不管孩子们怎么解释才扒过没多久,只要一看孩子们有空闲,妈妈就会不依不饶地把孩子们拽于膝前,用那双日渐控制不住力道的沧桑之手"重温旧梦"。

妈妈的那个"锦囊袋"里,除了一套妈妈用得最多且有相当年份的传统银制耳扒外,还珍藏着近二十套小巧精致的扒耳工具。这些耳扒,从材料上看,占比最大的是银质的,其余为铜质、铁质、铝质、塑料、骨质、木质等,大小、款式、产地不一,可谓琳琅满目。它们是妈妈平日买的,或跟孩子们出去旅游时,在旅游景点卖工艺品摊位上物色搜集的。

一向讲究卫生的妈妈,在这些耳扒上做上各种只有自己看得懂的数字符号标识。每个孩子,都有一套他们的专属耳扒。每次给孩子们扒完耳,妈妈都会把耳扒细细擦洗干净,用小块绒布捆扎好。

或许是熟能生巧,或许是精诚所至金石为开,或许妈妈天生就是给

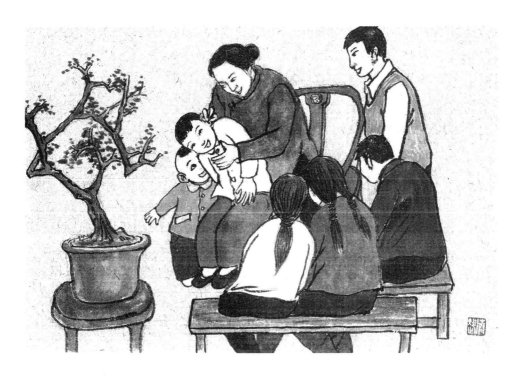

孩子们扒耳的"圣手"，在孩子们的心目中，妈妈扒耳的功夫绝对是举世无双。每次妈妈扒耳，无不令孩子们沉醉其中，享受无穷。

耳屎清理干净后，妈妈会顺手用耳扒给孩子们的耳道挠挠痒。这挠痒的时间不长，却无疑是孩子们非常享受的过程，终生难忘。妈妈给孩子们扒耳，特别是后半场的挠耳道，其恰如其分的力道，行云流水般的细腻手法，无不令孩子们沉醉其中，美哉快哉。

其实，每次给孩子们扒耳时，妈妈也是小心翼翼的，生怕有意外。在耳扒入耳前，妈妈总是千叮咛万嘱咐，不厌其烦地交代孩子们在扒耳过程中不得分神晃动。有时，孩子们按捺不住想打喷嚏，妈妈也总能第一时间感应到，及时收住手上动作，从未发过任何险情。

妈妈的扒耳时间，可不像当今到处可见的采耳店的格式化流程，手

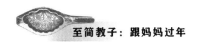

法雷同,时间统一。妈妈给孩子们扒耳时长视情而定,可长可短,随意性很大。如果碰巧妈妈与孩子们都不忙,扒耳时间就长,反之则短。

老三兆星至今清晰记得,妈妈曾经给他扒了一次超长时间的耳。1983年夏,兆星大学毕业,投笔从戎,当年的春节是在南京炮校的军营里过的。这是兆星出生以来第一次没在家过年,可把千里之遥的妈妈想坏了。次年中秋节,兆星休假回家探亲,当天晚上,妈妈给兆星扒了一次耳,边扒边聊着说不完的话,时间长达近三个小时,创下了家庭扒耳时间纪录,估计也是"采耳"时间的吉尼斯世界纪录。

晚年时的妈妈发现孩子们因工作事业压力致鬓角增加"银丝"时,看在眼里急在心中,会流露出诸多心疼与忧虑。妈妈总是轻声细语地询问孩子们最近是不是工作事业上遇上什么棘手事,反复交代孩子们做什么都不要太过勉强,身体才是最重要的,留得青山在不怕没柴烧。语重心长地告诫孩子们:该得的走勿了,勿该得的抢勿来。

"醉翁之意不在酒",这些与其说是扒耳,不如说是妈妈与孩子们心灵的对话。妈妈往往边扒耳,边抚摸着逐渐长大了的孩子们的脸庞。妈妈的手停留在孩子们脸上的时间通常要比停在耳朵上要长。妈妈会不厌其烦地询问孩子们在外头学习工作的情况,无论孩子们说什么,妈妈都一副心满意足陶醉其中的样子。

## 修修甲

正月里,给孩子修剪指甲,是每年过年期间妈妈的又一重要亲子活动,每个孩子至少轮一遍。如果说,妈妈给孩子们扒扒耳,富有更多的象征意义,那么,妈妈给孩子们修剪指甲,则具有更多的实际意义。

平日,对孩子们藏污纳垢的指甲,向来注重整洁的妈妈是采取"零容忍"态度的。一般十天左右,妈妈就要给孩子们修剪一次指甲,雷打不

动。只要发现孩子们的指甲偏长，尤其是指甲与指头交界的那一小截藏了污垢时，妈妈是必欲除之而后快的。过年了，孩子们手抓各种零食美食机会多，妈妈对孩子们的指甲要求自然更严。哪个孩子的指甲该什么时候修剪，妈妈心中都自有一把秤，总是掐算得很准，很是令孩子们惊讶不已。

老二兆雄的手脚在兄弟姐妹里尺寸最大。加上兆雄闲暇时间爱好种菜，下地干活多，所以他的指甲比较粗糙，尤其是两个脚指头的指甲还喜欢往肉里倒着长，如不及时修理，走路就会脚疼得厉害。兆雄成家后，在连城时一直与爸爸妈妈一起住，自然享受妈妈的修剪指甲待遇最多。

平时，妈妈会把给孩子们修剪下来的指甲放进一个小玻璃瓶存起来，存到一定量时再倒到菜地里去作肥料。妈妈每次要给老二兆雄修剪指甲时，都会很幽默地抛出一句话：兆雄，你的菜地又需要"肥料"啰。后来，"菜地又需要'肥料'啰"，这句话成了妈妈要给孩子们修剪指甲的暗号密语。妈妈想给哪个孩子修剪指甲时，就会告诉他（她）说，来来来，让偃看下你的指甲能不能给菜地做"肥料"。

老尾兆民的手指甲，特别受妈妈青睐。妈妈总夸他的手指最像读书人，又长又细。妈妈给兆民修甲时，倍加留神，剪子用得少，锉刀用得多，以细细锉磨为主，生怕自己眼花不小心弄伤了这双读书的手。1989年夏天，兆民从厦门大学研究生毕业，为家里捧回第一本硕士学位证书时，妈妈跟爸爸一样乐开了怀，还故意问兆民：你这证书有冇偃帮你将握笔写字的手指修理得清清楚楚的功劳呢？

为避免碎指甲片飞溅伤及孩子们眼睛，妈妈从来不用那种容易把碎指甲片崩飞的指甲钳，而是用更便于把控修指甲力度的小剪刀。并且，在修剪指甲时，妈妈总是把孩子们的手掌或脚掌掰往自己身子的侧下方，以确保碎指甲片不飞往孩子们的头部眼眶方向。

每次为孩子们修剪指甲时，妈妈都会先把孩子们的手掌翻来覆去

先抚摸一番,跟孩子们聊一通手相知识后再开剪。对于手掌的优劣,妈妈有句口头禅:女人要像姜,男人要像枪。意即女人的手要像嫩姜一样白里透红,男人的手则要像红缨枪一样细长笔直,这样的手相才是最有福气的。

妈妈说,年纪大了,人的面目容易变,但手相勿容易变。所以看一个人的命好勿好,主要看他（她）的手长得好勿好。妈妈给儿女相亲时,未来媳妇、女婿的手相权重分,一点也不低于面相及身材。第一次见面的儿媳妇、女婿的手,都要过妈妈"一看二捏三通过"关。尤其是儿媳妇的手,妈妈是最看重的。已经定下关系、第一次到家里的未来媳妇跨进门的那一刻,妈妈一定会借握手的机会,把未来的媳妇的手来回揉捏好几遍,直至她们不好意思为止。

修剪指甲中被妈妈无数次"检阅"过的每个孩子手掌脚掌长短大小,以及哪个指头指纹是呈螺状还是箕状,特别是哪个指甲变形最难修剪,哪个位置什么时候有过刮伤碰伤,哪个孩子手脚皮肤容易过敏,以及凡是与孩子们手脚关联过的东西,妈妈都了如指掌。比如,早些年小女儿兆芳在莆田老家进山砍柴时右脚踝被柴刀误伤留下杯口般大的伤疤,老三兆星刚参军时在军校接受高强度训练留下的双膝疤痕,是每次妈妈修剪指甲时,最为痛惜叨念的。

妈妈常说,扒耳朵主要靠的是手上功夫,修剪指甲,则是最费眼神的活。

妈妈向来对自己的病痛看得很淡。2001年3月,妈妈急性胆囊炎发作,情况一度非常紧急,幸亏送医及时无大碍。化险为夷后的妈妈,望着陪护在身边惊魂未定的孩子们,淡定如常,且一直若无其事安慰惊魂未定的孩子们。平日,患有高血压的妈妈,也从来不把它当回事。若不是孩子们经常提醒,妈妈常常把服药忘至脑后。

不过,妈妈唯独对自己视力的衰退,一反常态,显得格外忧心忡忡。

孩子们记得很清楚,自从过完七十岁生日后,妈妈的视力就每况愈下,穿针引线尤其是给孩子们修剪指甲时愈发困难,手上功夫没那么利索了。刚开始,孩子们以为那是妈妈老花眼,给妈妈买了老花镜,岂料视力仍几无改善。那段时间,孩子们明显感觉到妈妈茶饭不香,辗转难眠。

于是,孩子们纷纷劝妈妈,既然眼神不好使了,就多养点眼神,少费心思给我们修剪指甲吧。

妈妈的回答虽轻声细语,却充满了伤感,一下子让孩子们解开了妈妈为眼力下降焦虑异常的谜底。

妈妈说,侬再勿抓紧给你们修剪指甲,以后看勿见了就冇得修剪了。原来,妈妈顾虑在此!已步入中年的孩子们顿时明白了妈妈近期少言寡语的缘由。

后经家里唯一学过医的孙女文丹给奶奶仔细察看,怀疑不是老花眼,而是白内障。孩子们带妈妈去厦门眼科医院一查,果然是白内障。2002年夏,在老三兆星战友李福江的引荐下,眼科医院白内障科室张主任准备亲自操刀,为妈妈摘除白内障。

手术的前一天晚上,尽管孩子们及医护人员做了大量安抚解释工作,妈妈还是显得前所未有的烦躁不安,几乎彻夜未眠,一直担心手术不成功,会把自己眼睛完全弄瞎了。孩子们当然明白,妈妈貌似担心自己的眼睛失明,实则担心自己无法再通过修甲、扒耳与孩子们亲近。

结果,妈妈的白内障手术,非常成功。妈妈的双眼视力恢复到1.3左右,居然成了家里成年人中视力最好的一个。妈妈说她勿是一般的看得见,而是看什么都一清二楚。妈妈非常开心地告诉孩子们:这下侬又可以利利索索给你们修剪指甲了。妈妈甚至可以重操旧业,拾起了因视力下降而"荒废"好几年了的针线活。手术后相当长的一段时间,妈妈每逢熟悉的老伙伴们,都会极力向她们介绍"老花眼变后生眼的手术",让自己都快瞎了的眼睛又能穿针引线了,并情不自禁地秀一把她的视力。

自然，妈妈的眼力秀更多地用到给孩子们修剪指甲上。自从白内障手术成功后，孩子们明显感觉到，妈妈给孩子们修甲的频次增加了，似乎有种时不我待的紧迫感。显然，妈妈是生怕随着年龄的增大，视力再次变差，影响自己手上的"亲子活"。

这年正月的一天，趁着孩子们都在身边，妈妈突然一本正经地告诉孩子们：现在偓眼睛好了，以后你们出去洗脚时都勿要让别人给你们修剪指甲，这是偓的"专利"。

原来，那几年，随着人们生活水平的提高，厦门也流行起足浴店，孩子们居住的小区周边就有好几家。妈妈也跟着孩子们去过好几趟。孩子们发现，每当店员给自己修剪指甲时，一旁的妈妈就会投过来异样的眼神。

直到那天，妈妈挑明了说不允许别人修剪指甲，孩子们才恍然大悟，原来是足浴店的店员"侵犯"了妈妈的"专利权"，让妈妈的亲子功夫失去了用武之地。孩子们知道妈妈的心思后，再去足浴店时，每次都会主动向师傅提出无须修剪指甲。有时候外出培训、出差时间再长，指甲也都要留着回家给妈妈修剪。

据老三兆星南京陆军指挥学院的同袍、广州市作协会员刘武松在《老刘散文选》第七十一篇《柯妈妈的专利》回忆，有回他出差到厦门，与当地一众老战友酒足饭饱后，就在餐馆边上的一家足浴店泡脚聊天。泡过热水后，按照套餐价格，店里师傅按常规要给大家修剪脚指甲，唯独兆星断然拒绝。刘武松趋前仔细一看，却发现兆星的脚指甲长得比谁都还要长。忙问详情，方知修剪指甲是其妈妈的专利，不容别人"染指"。至今，那天同行的战友说起这段"专利权"的故事，仍感慨不已。

妈妈走了，妈妈的专利也永远带走了。妈妈走后的很长一段时间，孩子们仍无法面对再也没有妈妈为自己修剪指甲的现实，以致不愿面对自己的指甲。孩子们的手指甲没长到不忍卒看的份上，脚指甲未到捅破

袜子的地步,孩子们是不会去修剪它们的。这些年,孩子们不约而同仍保持了当年在足浴店不让师傅修剪指甲的习惯。

妈妈走后,每次孩子们自行修剪指甲时,昔日妈妈俯首曲腕给自己修剪指甲的身影便浮现在眼前……孩子们无不百感交集,见"甲"思母,顿然泪下。

# 捶捶背

妈妈平时爱患腰痛,特别是在节气变换的前后几天,尤为明显。妈妈说,这是她坐月子时不小心着凉落下的病根。妈妈喜欢让孩子们给自己捶捶背以图缓解。

刚开始时,孩子们还以为妈妈这是为了不吃药省钱,或嫌寻医问药麻烦。时间一长,孩子们渐渐明白:捶捶背,与扒扒耳、修修甲一样,其实都是个"借口",同样也是妈妈亲子活动不可或缺的重要内容。

为了让孩子们增加对捶背治病的认同,妈妈还会煞有其事地告诉孩子们:偃年轻时常常听上一辈生过多胎的老阿婆们讲,月子有做好留下的腰痛,基本上都是吹到风着到凉引起的,勿要乱食药,只要用力往里捶,把寒气捶出来就好了。

腰疾发作时,妈妈会俯卧在床上,让几个孩子们一起上,给自己捶捶背。妈妈给出的理由,对于尚处幼少年纪的孩子们而言,还极具童话诱惑色彩。妈妈说,你们几双小手给偃捶得热乎乎时,偃感觉偃的腰骨里有好多小兔子在撞来撞去给偃舒筋活血,刚才还绷得紧紧的肌肉一下子松开了,可舒服呢。

说来也神奇,每次孩子们轮番上阵,连轴转般分秒不停给妈妈快速捶上大约四五十分钟后,再按妈妈的要求,用厚厚的被子把妈妈的腰部严严实实地捂上个半小时左右,妈妈的腰痛症状都会明显好转。妈妈经

常对孩子们说：偓这毛病，任何再好的医生来治，效果都肯定勿如你们的神仙手。

寒冬腊月及正月里，或者因为劳累过度，妈妈的腰痛顽疾三天两头会发作。而妈妈又特别忌讳在过年期间吃药，所以妈妈让孩子们的神仙手发挥作用的机会也多了起来。

当然，不到痛得实在受不了的份上，妈妈也是不会轻易开口让孩子们干的。有时妈妈也不明说，只是对孩子们意味深长地说，偓的腰又皮痒欠打啰，孩子们自然明白妈妈的腰疾又犯了。

倒是随着时间的推移，孩子们渐渐能从"蛛丝马迹"中发现妈妈腰部的不适，主动给妈妈捶捶背。每当这时，妈妈都会流露出无限的欣慰。不知妈妈是肯定孩子们的懂事，还是妈妈偏爱的捶背良方真的管用，每次孩子们给妈妈捶捶背后，妈妈都说效果太好了。为了证明确有其事，妈妈还会马上下床，当场乐呵呵地拉伸几下腰给孩子们看。

与平时动辄让孩子们捶上个四五十分钟不同，过年时，妈妈让孩子们给自己捶背的时间会大大缩短，一般是十几二十分钟就叫停了。妈妈知道大过年时的孩子们都有自己的圈子天地，妈妈不忍心让孩子们在自己身上花太多时间。

捶背后，妈妈的后背会因热发痒，这时妈妈会要求孩子们顺手挠挠痒，妈妈说这是她的最大享受。通常这时，妈妈还会与孩子们来一波"猜猜谁的五爪金龙"游戏。妈妈把孩子们的手称之为"五爪金龙"。

猜猜时，孩子们搭在妈妈后背的"五爪金龙"，无论是好几只手，还是只有一只手，挠痒的力度速度各有千秋，手法不一。有时孩子们为了增加妈妈猜的难度，还会故意改变自己的习惯挠法。

但无论孩子们的年纪多大，也无论伸进妈妈后背的"五爪金龙"如何"乔装打扮"，从未难倒过"心有灵犀一点通"的妈妈。趴在床上的妈妈根本用不着扭头看，就能瞬间猜中是谁的手，百猜百中。孩子们问妈妈

怎么猜得这么精准时,妈妈笑着答称:这还用问吗?原先你们还在偎肚子里时怎么挠偎的,现在就还是怎么挠。

# 打打牌

与孩子们一样,妈妈也会打牌。但妈妈打牌的种类独一无二,只会一种:连城本地俗称的"押王摞",玩法类似澳门赌场常见的"二十一点",不过相比较而言,"押王摞"更复杂些,庄同样只有一人,却是可以轮流坐庄的,作为下家,一人可以同时下很多注。妈妈出身贫寒,打小没进过学堂一步,照理说本应与扑克牌无缘的。

妈妈告诉孩子们,"押王摞"也是当年她在童家当养女时学会的。当时童家孩子闲暇时间里玩得较多的就是"押王摞"。常年的"熏陶",加上妈妈年少时天资聪颖,妈妈虽只偶尔被叫去"凑脚",却很快成为童家"押王摞"的第一"高手",深谙其道。

孩子们尚处襁褓学龄前时,妈妈忙于家务,自然无暇玩牌。随着孩子们逐渐长大,纷纷上学、工作,大点的孩子也学会了分担妈妈的一些家务,妈妈的空闲时间有所增加。过年时,妈妈又多了一项亲子活动,常常"重操旧业",与孩子们一块"押王摞"玩玩牌。孩子们都很喜欢跟妈妈一块"押王摞",不仅可以跟妈妈学到不少"押王摞"的玩牌窍门,乐趣多多。而且期间孩子们还可以听到妈妈很多以牌喻事的人生哲理,深入浅出,易为接受。

与"押王摞"常规的胜者连庄玩法不同,妈妈与孩子们"押王摞"时,或许是出于公平及锻炼孩子,尤其是出于力戒孩子们的赌性起见,妈妈规定,不论胜负,一人一把,轮流坐庄。妈妈特别强调,一律不准以钱来下注,负者只能贴张纸条、讲个笑话等作为处罚,或给胜者挠痒揉肩等作为奖赏。

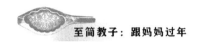

对此，刚开始时，孩子们很不理解，对妈妈"抗议"说，玩牌不来点"真金白银"，多没意思啊。妈妈一席话让孩子们明白妈妈带孩子们"押王摞"的一片苦心。

妈妈告诫孩子们：做人要会赌但不好赌。会赌，是敢拼，好赌，是乱拼。妈妈说：古人说好赌的人十赌九输，最后都倾家荡产，这是千真万确的，俚见过太多了。好赌的人，没有一个有好下场的，要么把老婆子女输掉，要么把房子田地输光。家里过年过节时玩玩牌，一家人一块乐乐，消遣下时间，是可以的。但绝对不可以玩钱，更不允许到外面去与别人玩有刺激的，这是条"高压线"，哪怕一分一毛都不许去碰。

玩牌力戒玩钱，妈妈说的这条可谓是家里"铁律"。孩子们打小就在妈妈的耳提面命下养成了绝不碰赌的良好习惯，从未逾越雷池半步。

与孩子们"押王摞"时，妈妈还常常语重心长地对孩子们说：俚勿让你们打牌玩钱，是因为你侥幸赢钱了，你会感觉来钱容易，肯定会花钱如流水，两下半就花光了。你要是输钱了，又肯定会想"翻本"，那样你就会越陷越深，越输越多。万一你手气旺，赢了别人很多钱，又会遭人家记恨，容易结下冤家。

待孩子们完全明白玩牌事理后，妈妈才把自己早年学会的拿手好戏传授给孩子们。妈妈说：要玩好"押王摞"，跟做人一样，首先勿能贪心，见好就收。很多人做事最终做勿成，就是坏在"人心不足蛇吞象"太贪心上。再个，手中的牌，无论好牌歪牌，你都要沉住气，勿露声色，不然你的对手看出你的底细，就会有很多办法对付你。

妈妈会举例说，比如你拿到二十点、二十一点这种大牌时，你喜形于色，被你那拿到十八九点牌的对手发现了，他就会跟你去再拼一张牌。同样，你拿到不好的牌时，特别是十六七点时，你要是藏不住事，轻易表露在脸上，显得垂头丧气，人家拿十七八点牌的就敢开你，你就输定了。

玩牌如人生。有时，妈妈会用通俗易懂的语言给孩子们阐释：玩牌就像过日子般,任何时候你都要能沉住气。手里牌勿好时,你们要学会藏着掖着,好比穷家富路,家里再穷,出门了就得穿得清清楚楚精精神神的,人家摸不清你底细就勿敢随便欺负你。此外,自己遇有勿好的事,注意勿要逢人就诉苦,那样往往会影响别人心情。手里牌好时,就像平时偶尔发点小财,你要是喜形于色,随便张扬露富,不单招别人眼红嫉妒,还容易被居心不良的人盯上,麻烦事就会找上门。

"押王摞"时,遇有哪个孩子耍赖不认账时,妈妈也从不严词训斥,总是温语相劝,以理服人。尤其是孩子们相互争执时,妈妈总是对孩子们说:玩就要玩得开心才是,你们都是从一个娘胎里出来的,要懂得互谦互让,要是为了玩牌争争吵吵而伤了骨肉同胞之情,弄得勿开心,那就失去了玩的意思,倒不如勿要玩。

妈妈虽然"押王摞"功底深,但与孩子们一块玩时,把控得恰如其分,既不会发尽全力,致使孩子们总是输,看不到赢牌的希望。也不会刻意让牌,让孩子们赢得过于轻松而飘飘然。要是看到哪个孩子胜多负少而趾高气扬,或负多胜少而灰心丧气,妈妈都会审时度势,第一时间予以提醒,教育他们玩牌要像过窄桥一样,勿要只盯住眼前几步,眼光要放远,才勿会掉桥下,路才走得远。

妈妈就是这样,与孩子们交谈聊天,哪怕是娱乐玩耍,总会在貌似不经意间,把一些深奥的人生哲理变成浅显易懂的家庭语言,让孩子们容易接受,又记得牢。


## 绞绞面

这是妈妈给女儿、儿媳妇的专享"福利"。绞面,修脸之意,是连城客家人的一个重要习俗。早些年代,待字闺中的客家女子一般是不绞面的。但在她出嫁前一天,都会请当地公认最有福气的,即儿孙满堂、夫

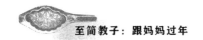

妻双全、面相富态的中老年妇女为出嫁女开下脸，即连城客家人俗称的"绞面"。面慈目善、心灵手巧的妈妈，常常被人请去为出嫁女"绞面"。

旧时，很多大户人家里媳妇，每隔个把月就会绞面一回。寻常人家媳妇，通常只有春节中秋等重大节日前，相邀结伙互相绞面。后来，随着时代的进步，绞面已不再是出嫁女的专享，慢慢成为许多年轻女子的时尚追求。女儿长大了，儿媳妇娶进门了，绞面，自然也就成了妈妈馈赠她们的一大"福利"。

虽然大家庭成员越来越多，但两个女儿都出嫁得比较早，新娶进门的儿媳们一时又没那么知根知底，所以，妈妈跟孩子们的亲子互动，平时更多的是跟四个儿子进行。看得出来，妈妈也是时不时心生内疚。后来发现女儿、儿媳们也开始追逐"绞面"等美容潮流，妈妈大喜过望——自己以前"墙内开花墙外香"的手艺终于在家里也有用武之地了，还可以借机与女儿、儿媳妇们聊聊天，尤其是与儿媳妇们套套近乎，多少可以弥补些对女儿、儿媳妇亲子互动内容偏少的缺憾。

不用家里的"半边天"开口，妈妈总能逮住机会，给她们绞面。绞面时，只见妈妈先在她们的脸上以及额头上抹上一层淡淡的白粉，保持皮肤干燥，减少绞面痛感。然后妈妈把一根一米见长的韧性细纱线，拧成一个活结，用门牙咬着纱线一端，再用右手指勾住另一端，左手虎口在纱线的中间叉开一掌见宽，对准脸部额头的多毛处，来回的走着"8"字形，借助纱线的交叉闭合之势，反复的一张一弛拧动用力，绞掉汗毛及绒发。最后再敷上面霜类东西，便大功告成。

帮别人绞面的时长，通常在三四十分钟左右。而妈妈给女儿、儿媳绞面，往往超过一个小时。妈妈格外仔细，用女儿、儿媳们话说，有时是仔细到故意磨蹭的地步。久而久之，她们也渐渐明白妈妈的心思，妈妈不仅仅是慢工出细活，更多的是想借此机会，与她们多唠唠家常聊聊天。

大女儿兆玉是享受妈妈绞面"福利"最多的，应该是妈妈想通过这

个方式来多弥补下对这个女儿小时候被领养的内疚吧。固然妈妈明里会貌似很淡定地说那是兆玉她自己的命,但兆玉成为别人的养女,却无疑是妈妈一辈子的心头之痛。

1975年3月,妈妈带着随她一块返回莆田老家生活了近六年的五个孩子迁回连城时,留在连城的大女儿兆玉方满十八岁便早早被养母做主嫁了人。虽然兆玉与杨荣生婚后五年间年便儿女双全,育有杨建华、杨萍芳、杨水军两女一男,日子总体过得不错。但妈妈跟爸爸一样,在内心深处,积淀着对这个女儿厚厚的愧疚偿还之情。

大女儿兆玉虽已为人母,工作及家务活也繁忙,但懂事的她只要一有空,就会回家来陪爸爸妈妈聊聊天。兆玉回娘家时,妈妈总是会变着法子留她在家多待会儿。碰巧的是,兆玉脸上的绒毛长得偏多偏快,这就给了妈妈最佳的"留人"理由,几乎每次兆玉回娘家,妈妈都要给她绞绞面,家长里短地问个不停。

大儿媳妇江紫华,则是妈妈的绞面对象里聊的话题最广的,婆媳俩几乎到了无所不聊的境界。这不单单是因江紫华是进家里的第一位媳妇,更因为了这个媳妇,妈妈可谓费了最多心思。当年老大兆斌都临近三十岁了,对象还没着落,可把爸爸妈妈给急坏了。

1981年的正月,从三明回连城探亲的老大兆斌与上初中时就有眼缘的同学江紫华终于对上了眼,确定了恋爱关系。妈妈得知后,自然是喜不胜收。一坐班车就晕车的妈妈,甚至还多次找关系搭乘不易晕车的手扶拖拉机,带上自己最擅长裹的"桃子",到离县城将近四十里、未来的儿媳妇江紫华教书的李屋瓷厂小学去探望她。

长相小巧甜美的江紫华,终于进了柯家的门。在妈妈眼里,天下再美的女明星也比不上自己的这个儿媳妇。在家里第一个儿媳妇娶进门的很长一段时间里,妈妈随身带的小皮夹包里一直珍藏着一张江紫华少女时代的上色小照片。

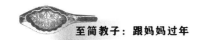

那段时间，孩子们经常看到，妈妈与邻居们只要聊到儿媳妇话题，就会马上把那张照片拿出来给邻居们欣赏，并不无自豪地说：你们看看这个就是偃家的大儿媳妇，长得好看，识字识墨，家教好有规矩……偃家现在有这个"大嫂头"开好头，以后一定会带进来更多像她这样的媳妇的。妈妈一语成真，后面娶进家门的媳妇，无论是儿媳妇，还是孙儿媳妇，也都个个令妈妈心满意足、喜不胜收。

正因以上缘由，加上在连城土生土长的江紫华与妈妈一样，懂得许多当地的民俗俚语典故，讲得一口流利的连城客家方言，又与妈妈年龄相差最少。平时，婆媳俩聊起天来，可谓天南地北各种趣闻琐事无所不聊，像坐上直通车般的"畅通无阻"，一聊就是大半天是常有的事。

为大儿媳妇江紫华绞面时，妈妈常挂嘴边的一句话是：你是进柯家门的第一个媳妇，你进门带了个好头，后头弟媳们就都一个个顺顺利利进门。妈妈从不吝夸她有"大嫂头"的好样，跟弟媳们讲得来，从未有过争争吵吵红过脸，让别人家都特别羡慕我们家。还夸江紫华的手掌最像嫩姜，既软又白。

因长着有双被妈妈形容为"猴爪"的巧手，加之结婚后与妈妈一块住的时间最长，二儿媳妇罗兰珍深得妈妈的绞面"真传"，成为妈妈的关门"嫡传弟子"。嫁入柯家不到两年时间，罗兰珍便可以"放单飞"，除了在家里是妈妈的得力助手，还可以出去独自给亲朋好友绞面，常常被夸手上功夫与妈妈如出一辙。殊不知，这个儿媳的绞面功夫就是出自妈妈。

妈妈每次给罗兰珍绞面，都不忘心有余悸说起1989年夏季罗兰珍在印刷厂当彩印机机长时，左手腕不慎被机器绞伤一事。每言至此，妈妈往往会停下手上活，撸起罗兰珍的左手衣袖口，心疼不已地边抚着她的伤手缝线疤痕处，边庆幸又诙谐地说，幸好当时只是皮肉之伤，没有伤到骨头，更没有伤到手指，不然偃的绞面活就冇接班人了。

待产，是妈妈绞面时与也有过十月怀胎一朝分娩经历的女儿、儿媳

妇们聊天聊得较多的一个话题。妈妈常常会以无比羡慕的语气说：你们现在医疗条件实在好，一怀上就知道大概哪天会生，会提早好几天就去医院待产，快生时还有一大堆医生护士围在你们身边伺候，你们要是想快点生，还可以打什么催产的针，实在怕痛的话就让医生打麻药扒开肚皮来生。哪像偃那个年代，最多只大概知道哪个月会生，小孩子要出世的时候，说来就来，他才勿会管你是什么时辰和接生婆有空冇空。

现在，家里妯娌、成年孙女这一代人的绞面活，都由二儿媳罗兰珍承包了。这活，自然又成了大家庭里"半边天"们互动亲近、联络感情的一大纽带。

## 种种菜

菜地，是妈妈与孩子们亲近的一座特殊桥梁。妈妈有着很深的种菜情结。原先一家人在连城城里生活时，种菜是与家里无缘的。后来，妈妈带着孩子们在莆田农村老家生活时，学会了种菜，拉开了种菜的序幕。在老家农村的那些年，吃菜全靠自己种，种菜是必需，不种就没菜吃。

在农村生活时，妈妈领着孩子们种菜，主要还是为了生计。后来，全家迁回城里后，妈妈还领着孩子们种菜，应该既有聊补家用省点钱的因素，也有出于培养孩子们爱劳动的考虑，更主要应是便于与孩子们亲近。妈妈对孩子们说：不要小看自己平时种把葱种把蒜，省不了几分钱，但天天要用的东西，几年下来，积少成多，都可能够买头牛。再一个，养成爱劳动、手脚勤快的习惯，你们无论走到哪里，都是会受欢迎的人。还有，在菜地空气更新鲜，好像偃跟你们讲起话来都更流利。

1975年，一家人由莆田老家农村迁回连城城里生活时，家里住的是单位简易排房，位于县城中心区域，周边自然没有任何可供种菜的地方。在离县城大约四里远的郊区"善荫亭"附近，妈妈物色了一片当地农民也

看不上的荒地，带着孩子们利用节假日、课余时间去垦荒，硬是在乱石岗上挖出了一块大约五六十平方的菜地，主要种那些用不着天天浇水、比较耐旱的茄子、地瓜、大薯等，每年大概也能收成上百斤。每当看到自己用辛勤汗水浇灌出来的劳动成果时，孩子们一片欢歌笑语、洋洋自得。

后来，爸爸按政策在连城近郊板栗园县干休所分配到了一套两居室套房，这是家里的第一套套房。在挑选房源时（共三层），妈妈毅然挑了一般人看不上眼的一楼，就是看中了屋前屋后有些空地，可以种菜。妈妈带着几个孩子利用空闲时间，开荒积肥，围栏搭架，常常大获丰收。干休所里许多老干部分享了妈妈与孩子们的劳动果实后，纷纷夸奖妈妈有"南泥湾精神"，善于培养孩子们"自己动手丰衣足食"的劳动能力。

孩子们小时候听过的"古"，很多都是妈妈在菜地里带着孩子们边劳动，边讲给他们听的。有时，孩子们缠着妈妈想听"古"时，妈妈会刻意把讲"古"的时间延至去种菜时，以让孩子们对去菜地充满期待。

再后来，老大兆斌、老二兆雄相继从三明、连城退休，也来到厦门定居。在厦门的四个孩子都争着让爸爸妈妈跟自己一块住。开始时，爸爸妈妈采取到四个儿子家轮流住的办法，一段时间后，妈妈说服爸爸，决定长住老三兆星家，正是相中了老三家住在顶层，走一层楼梯便可直达天台，摆上大花盆即可种些时令瓜蔬，也常常是菜满盆、瓜满棚。

收成旺季时，妈妈除了送些给同楼层邻居吃，还会摘些送给小区保安，或让他们巡楼到天台时自采。小区的许多邻居，都知道顶层有个很会种菜又大方的老太太，有些爱好种菜的邻居还会到"菜地"向妈妈现场讨教，妈妈会毫无保留地把自己的种菜经验分享给大家。

妈妈常说：瓜菜都是特别有良心的，你花多少气力去照料它，它就会长出多少东西给你吃。就像养小孩一样，你有多用心，他就有多孝顺。再难种的冬瓜，天时再怎么勿好，只要你用心到了，它都至少每颗会长一个大冬瓜给你吃。每每说到这，妈妈还会带上一句话：做人更要有良心，

要懂回报,否则就连冇头脑勿会讲话的冬瓜都不如。

在厦门生活时,孩子们都已成家立业,年迈的妈妈还喜欢种菜,显然,贴补家用、培养孩子们的劳动习惯,已不再是妈妈考虑的重点,妈妈有她的"小算盘",就是想见哪个孩子时,想与他(她)聊聊天、说说悄悄话时,妈妈会以帮忙挪动大花盆位置、搭瓜架等借口,让他们来"菜地"相见……

# 小偏方

跟天下的小孩一样,家里的孩子们生病了也甚是讨厌打针吃药。平日,孩子们有个小病小痛,通常都是妈妈自己用些小偏方或食疗办法来解决。妈妈常说:是药三分毒,能勿食药就尽量勿要食。过年时,妈妈更是忌讳家里人去医院就诊看病抓药。妈妈说,正月当头,是一年里最喜庆的日子,要不是碰上生孩子这样的急事,医院这种地方最好勿要去。

有时,妈妈会很自豪地告诉孩子们说:偓年轻时不单过年从没吃过药,整年也冇跟医院医生见过面。在偓当奶奶前也只住过一次院,就是怀小女儿兆芳临产时,肚子实在太大,医生说是双胞胎,而且胎位不正,担心难产,医生坚持让偓住院偓才去住了几天的。这次其实也不是真正的住院,在医院待的时间很短,顺产后第三天就回家坐月子了。妈妈数落爸爸老是生病时,还爱说:老头子啊,你一辈子什么都好,就是住院太多勿好,老让一家人为你担心受怕,偓一世人住的院还没你一年的多。

一个家庭这么大,孩子这么多,难免会碰上个小病小痛的。不去医院抓药吃,病痛一时也难自愈。不过,妈妈自有妈妈的妙招。孩子们也不知妈妈从哪里学来的食疗方、小偏方,就派上大用场了,让孩子们少了许多皮肉口舌之苦。

以下几项妈妈常用的小偏方,孩子们印象最为深刻。

**老神仙**。进入腊月后，天气寒冷，有的孩子们因着凉生咳，有时吃药打针，多日未见效。眼看就要进年界了，担心孩子们年过不好，情急之下，妈妈会拿出令孩子们非常忌惮却相当管用的"杀手锏"——抓几只老蟋蟀，即妈妈常说的"老神仙"。妈妈将它除肢去首净脏后，也不知给它配上几样孩子们也叫不上名称的中药，炖汤给久咳未愈的孩子们吃，大都有立竿见影之效。有道是良药苦口，而在孩子们的嘴里，妈妈的这方良药，腥味极重，岂止是苦口，几近难以入口。

要请到"老神仙"，妈妈也是做足功课，颇费一番功夫的。夜深人静时，妈妈循着躲藏在土灶头手指见宽的墙裂缝里老蟋蟀发出的声音，用食指去抠抓几只出来。有时灶缝有岔道贯通，妈妈会让旁边观战的孩子们伸出援手，低声指挥孩子们进行包抄封堵，在缺乏电玩游戏的那个年代，对这般好玩的事，孩子们自然是神往屁颠、求之不得。

妈妈告诉孩子们："老神仙"越老越大的，它就越喜欢躲在灶缝里，因为里面暖和，并且它还非常聪明，会很准确把握灶头熄火多久后躲进去不会被烫伤翅膀的火候，躲进去后一舒服就开始唱歌。这时候就是抓它的好时机。妈妈说，越老药性越好。

好玩归好玩，摊上谁吃时就不好玩了。因小女儿兆芳幼年时常患久咳不愈之疾，尤以入冬后为甚，自然与"老神仙"结缘最深。用兆芳自己的话说：兄弟姐妹里就数她最惨，吃蟋蟀最多！时至如今，兆芳每当看到蟋蟀，都会下意识地退避三舍，一副诚惶诚恐、心有余悸的样，让人忍俊不禁。可以看得出妈妈当年这剂对家里孩子们咳嗽有独特功效的良药有多么难入口。

自己都已经当上了母亲很多年的小女儿兆芳，回娘家时还会念念不忘向妈妈投诉当年"老神仙"给她带来的阴影。妈妈则会对这个与"老神仙"有"深仇大恨"的女儿说：你也勿要说什么多难吃多讨厌它，要是冇

"老神仙",你那让县城里好几个有名的老中医都头疼的怪病,哪有那么快治好,你过年时也就勿可能玩得那么开心了。

**菩萨泥**。一家人在莆田老家的那些年,农村医疗条件较差,整个生产大队(即现在的行政村)大几千号人,只有一个"赤脚医生",并且他还是本地人,是兼职的,有病号时,挎上药箱是医生;没病号时,脱下鞋子卷上裤腿,回家下田干活是农民。当年在老家农村,不单市面上根本见不到"创口贴"类的简便止血药品,就连当今城镇遍地可见的药店,即便是在公社(即现在的乡镇)政府所在的集镇也是罕见的。条件很简陋的公社卫生院也远在十里开外,没有公交车,山路崎岖,要是没有危急情况,普通病情都是由赤脚医生处理。

那时农村一般家庭的小孩子有小病痛时,尤其是跌打损伤,通常也是不去找医生看的,基本上都由家长们各显神通,自行处置。妈妈也常客串当"医生",过年时,家里孩子们玩得疯,偶有磕磕碰碰致皮外伤出血情况发生,妈妈便会疾步到家门外几十步远的一处坍塌的祖传宅基地老墙边,在大约是靠近灶头的那处墙根,用把木铲去刮削些似乎是被柴烟熏黑的老墙灰,在孩子们的伤口处迅速涂抹上,居然有很好的止血功效。

后来,全家迁回连城城里居住,农村老宅那种老墙土自然是没地方找了。不过,妈妈仍有妈妈的办法,过年时遇到孩子们玩耍时不小心造成皮肤擦破流血,妈妈会在家里的大黑锅锅灰最厚的锅底背面,用手指抠些锅灰,给孩子们的伤口抹上,止血效果虽然没有老家的老墙土来得快,却也相当管用。

看着自己给孩子们皮肉伤止血的"杰作",妈妈会郑重其事地告诉孩子们:你们可千万别忘了这些"菩萨泥",它可好用了!孩子们问妈妈为啥这些墙土锅灰这么好用,一生笃信菩萨的妈妈会一本正经地告诉孩子们说:因为它是菩萨身上的东西,所以好用。平时你们一定要敬重菩萨,有事时她才会保佑你平安。

**黄金水**。孩子们贪吃上火时，妈妈特别忧心忡忡，都是第一时间给孩子们吃精心炖煮的黄豆水。因为它呈金黄色，且效果特别好，妈妈便把黄豆水尊称为"黄金水"。

在孩子们记忆里，这是妈妈用得最多，并且最不受孩子们排斥的一个偏方。过年时，炸炒煎类好吃但易上火的年货多，家里尚未成年的孩子们自律性较差，因吃过量导致上火，喉咙肿痛、眼赤便秘，屡见不鲜。孩子们出现这些情况，叫苦不堪时，妈妈不仅不会责骂孩子们，还会边安慰孩子们，边用早就备好的上等陈年大黄豆搭些豆腐或瘦肉炖汤，让上火的孩子喝上一大碗黄豆水。神奇的是，一般都是当天见效，立竿见影。

针对孩子们饮食都比较容易上火，妈妈有时会用夸奖的语气对孩子们说，你们都这么容易上火，那是你们还在偎肚子里以及偎坐月子时，你们爸爸给偎做的太好吃太热补了，所以你们长大后，体质通通都偏热性，每个月里经常勿是这个喉咙痛，就是那个满脸长痘痘。妈妈认为，孩子们脸上有痘痘，最多就是一时脸上难看点，无碍大事。而喉咙痛就麻烦了，吃饭咽不下去，肚里空空，会影响生长发育。

每当孩子们喉咙肿痛时，妈妈还会诙谐地对孩子们说，你是不是又想要"黄金水"啦。并且告诫孩子们：你们要少受上火之苦，就要好好管住自己的嘴，勿要太贪吃炒的炸的东西。

**银锁蛋**。妈妈珍藏着一把有相当年头的小银锁，两头拴着一条细长的银链子，大约有两个橡皮擦那么大，锁的正反面分别镌刻着龙、凤等浮雕，小巧玲珑，煞是好看，孩子们都爱不释手。不过，妈妈可舍不得把它当作孩子们的日常玩具。

家里孩子们基本上上下都是相差三岁。哪个孩子开始学步，直到上幼儿园前这段时间里，妈妈就会让这个孩子佩戴上这把小银锁，说是辟邪。虽说是挂在这个孩子的脖子上，却也成了其他孩子们常常共同把玩的玩具，不过，妈妈是不允许孩子们把它解下来玩的。妈妈担心孩子们

把它弄丢了，因为这把银锁还肩负着一个特殊的使命。

这个特殊的使命就是：妈妈在遇有孩子们过年时玩耍打闹，不小心跌倒碰伤淤青起肿时，用银锁连同带壳青皮鸭蛋放在一起煮后，用块纱布把热气腾腾的蛋包住，然后在淤肿处来回滚动，神奇的是，一般不到一刻钟，孩子们的淤肿便消退过半，疼痛也大为缓解。孩子们都觉得十分神奇，问妈妈是什么道理，妈妈说她也搞不清楚，说是小时候听老一代人讲的，她在自己身上试过很多次，只要骨头冇碰坏，对付一般的扭伤还是很管用的。

**金包银**。过年时，孩子们往往会经受不住美味的诱惑，容易贪吃，尤其是吃油炸的、糯米做的东西过量后，导致积食不消化。特别是老二兆雄，平日就有积食的毛病，发作时常常疼得要打滚。这时，妈妈的"金包银"就发挥作用了。

"金包银"的"金"，是指鸡胗干，妈妈平日把它叫作"鸡内金"。逢年过节有宰鸡时，妈妈会很细心地处理"鸡内金"，把它翻来覆去地抠洗干净，放在窗台上晾晒干后，再用牛皮纸或塑料袋里三层外三层地捆扎好保存起来。"金包银"的银，是指田七粉。田七粉是妈妈从中药店买回来的田七，自己烘干研磨的。平时就备好，储存在一个小玻璃瓶里。

每当孩子们有积食不消化症状时，妈妈就会先把鸡胗干找出来用温水泡发开，然后把田七粉装进去，塞得严严实实的，再用线封起来放到锅里去蒸，蒸熟后取出让孩子们兑点肉汤食下。

"金包银"味道很苦涩，比较难下咽，孩子们很抗拒，常常会向妈妈讨价还价。在事关孩子们身体健康的问题上，妈妈自然是不会让孩子们偷工减料的，必在一旁"监工"至孩子们把这道"吃活"干干净净干完。"金包银"的效果往往收效很快，孩子们至今记忆犹新。

**女人宝**。妈妈把她平时特擅长用的益母草，命名为"女人宝"。妈妈除自己用得多外，主要是给家里的媳妇们及成年的女儿、孙女用，让她们

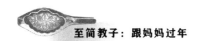

受益匪浅。妈妈常对她们说：你们千万别小看这长得很不起眼的益母草，它可是青草药里，对我们女人最有好处的，不然它也就不会叫益母草了。

两个女儿、相继进门的大小媳妇们以及后来逐渐长大成年的文丹、文佳、文君等孙女，谁要是在生理期肚子不舒服，妈妈总是能以妈妈特有的敏锐第一时间感知发现，然后悄悄地上集市去买一把新鲜的益母草回家，与少量姜拌在一块，剁得碎碎的，去炒上几个土鸡蛋，让她们早中晚各吃下小半碗。过年时，妈妈怕一时买不到益母草，往往会在年前的最后一个圩日买上一大把，晾干收纳起来，以备家里"半边天"们急用。

据享用"女人宝"这道"佳肴"最多的二儿媳妇罗兰珍回忆，妈妈在做这道"佳肴"时，是不放盐巴味精的，一天三顿都在吃，第一顿还勉强吃得下去，第二、第三顿时，就味同嚼蜡，越来越难咽下去了，有时真想悄悄倒掉些。

不过因为效果确实不错，家里有资格享用这佳肴的"半边天"们，对它可谓半是欢喜半是忧。身边长大的女儿自不待说，大儿媳妇江紫华、二儿媳妇罗兰珍都是在连城土生土长大的，对于本地人偏爱用益母草等各种中草药，毕竟还多少接触过，有一定心理准备的，所以对妈妈给她们精心准备的"女人宝"套餐，纵使难入口些，也还算勉强能接受。

三儿媳妇陈宏瑶、老尾媳妇林梅以及孙女文丹、文佳、文君，均不在动辄吃中草药的连城长大，平日基本上没有受过中草药的"熏陶"，所以对益母草，一开始都比较排斥。除了怀疑它的效果外，应该还有既苦又涩的原因。然而她们碍于妈妈（奶奶）用心良苦的情面，不好明说，常常是碗里所剩甚多。

妈妈发现这一情况后，会不动声色地把剩下的"女人宝"端进厨房，舍不得倒掉，悄悄自己吃掉。然后暗中发动身受其益的两个女儿、两个儿媳妇以过来人的身份，给不爱吃益母草的媳妇、孙女们现身说法。功夫不负有心人，久而久之，她们也慢慢接受了这款药膳，生理期时身受

"女人宝"其益。她们尝到甜头后,还时不时在妈妈面前表露悔不当初之意,后来甚至主动向妈妈索要"女人宝",令妈妈开心不已。

后来孩子们纷纷长大,进了学校,渐渐明白大概是老墙土锅灰里含有止血功效的盐硝成分、黄豆水清凉解毒、青皮蛋去淤化肿、田七消积除胀……却始终不明白没进过学校一天门的妈妈怎么会知道这么多医学常识,手里有这么多的良方妙药。或许,妈妈与天下的妈妈们一样,唯因心中满满装着孩子,便没有什么能够难倒妈妈,没有什么妈妈不懂的!这些小偏方毕竟是偏方,而非处方,谨供读者在严遵医嘱的前提下参考。各人体质有别,切忌不加分辨依葫芦画瓢。妈妈全方位的悉心照顾与深情爱护,是这些小偏方中最最不可或缺的那一味"药引",才是产生疗效的关键原因。

# 拉偏架

妈妈还有个独特的亲子相处方式:拉偏架。家里每个孩子都感受过。或愉悦享受,或心生郁闷。孩子们发现,一向处事公道的妈妈,却唯独在家里孩子们发生争争吵吵时,常常显得偏心,爱拉偏架。过年期间,兴许是为了营造更好的团圆氛围,更快"息事宁人",妈妈的拉偏架更显突出。

妈妈的拉偏架有"三偏"。

第一偏:偏向年纪更小的孩子。小时候,兄弟姐妹之间时有口舌之争。一般情况下,妈妈是不介入的,只是悄悄在一旁静观其变,让孩子们自行解决。只是,在争吵升级时,妈妈会恰逢其时出现在孩子们跟前,及时上前踩"刹车"。妈妈总是先喝止年纪大的孩子,向其指出:不管什么原因,作为哥哥姐姐,年纪更大,读的书更多,大要有大的样,遇事冇带好头好好商量,冇让着弟弟妹妹,而与他(她)们发生争吵,本身就是做大

的不对。

第二偏：偏向儿媳女婿。长大了的孩子们纷纷相继成家了，夫妻间难免有"磕磕碰碰"。

与成家后孩子住在一块的妈妈，对儿子与儿媳间的日常一般性争吵，通常采取视而不见的不掺和态度。只有在"战火"蔓延可能伤及感情之势时，妈妈才会出面调和。而妈妈调和时，往往在强调完"勿能因为家里鸡毛蒜皮的事影响夫妻感情"后，便不分"青红皂白"地只教训儿子，而从不说儿媳的不是，甚至还常常"选边站"，帮着儿媳说话。

每当出嫁了的女儿回家向妈妈诉说所谓的"委屈"，妈妈总是在耐心的倾听后，让她仔细想想自己哪里做得不对，并中肯地指出女儿的不是之处，还以自己与"老头子"和谐相守几十年的经验告诉她们，夫妻相处之道最关键在于"让"。两个女儿从未听过妈妈给自己支招如何对付女婿及婆家，唯有妈妈平时就反复灌输的"以和为贵""互谦互让"及"忍得一时天地开"等话语的重申，更未出面为所谓受"委屈"的女儿讨过一次"说法"。

妈妈这种近乎"无原则"偏向儿媳女婿的做法，一度令亲生的儿女颇感委屈。有时孩子们会埋怨妈妈：明明是她（他）不对，妈妈你为何连轻轻说她（他）两句都舍不得，却责怪我们一大堆话。妈妈很诙谐地回应道：这种事，还是"内外有别"的。你们是侬亲生的，话重话轻勿要紧。而你们的老婆（老公），勿是侬亲生的，也有在侬眼前长大，没那么知根知底，侬怕讲勿到位让他们产生误会，反而将事情越搅越大。更何况你们的老婆（老公）要是因为侬话有讲好，肯定会恼侬更久，就勿像你们夫妻可以"床头吵架床尾好"那样，侬勿做这样的傻事。

第三偏：偏向正处于某个特定时期的孩子。家里孩子互相闹别扭时，要是其中一方正处于期末考、毕业考、高考等重要考试前夕，或者正在准备参加某个学习竞赛，或者近日要出远门返岗返校，或者近期单位事情较多，或者感冒发烧致身体不适，或者个人一时遇上棘手事，等等。妈妈会语重心长地对另一方说：你的哥哥（姐姐）弟弟（妹妹），他（她）很快就要参加重要考试、比赛了，他（她）马上就要离开家里出远门了，他（她）单位里事头多，他（她）现在身体这么不舒服……你勿喜欢你的哥哥（姐姐）弟弟（妹妹）他（她）考试考得更好，出门更顺利，工作更安心、身体好更快，勿给他（她）添乱么？！

正是妈妈的拉偏架，几十年来，无论在哪里与哪个儿子儿媳住在一起，总是能与儿媳"和平相处"，一次红脸的事也没发生过。婆媳亲如母女，白天相互挽手上街买菜，一路唠个不停；晚上围桌并肩共砌"长城（麻将）"，满屋其乐融融。

妈妈貌似"不问是非"的拉偏架，也曾一度让自觉有理的孩子们徒生不少怨气。但随着孩子们逐渐长大，开始当家做主，有了自己的"另一半"，有了自己的儿女，有了自己的孙子，孩子们日益明白妈妈拉偏架的居心良苦。正因有了妈妈的拉偏架，才营造了大家庭相亲相爱、互谦互让的良好氛围，兄弟姐妹间、夫妻间、妯娌间、亲家间愈发和睦相处，并很好地以上率下，影响带动下一代效仿。

# 悄悄话

平时，妈妈在外头与人相处，向来说话得体，很注意给别人面子，从来不会给别人难堪，深得单位同事、左邻右舍敬佩和信任，因此经常被请去当一些棘手事的"和事佬"。

在家里，跟孩子们讲话时，妈妈更是相当注意讲话的场合、方式与语气，比如夸奖某个孩子时，总是会在夸完他（她）后，顾及其他孩子们的感受，不忘夸下在场的其他孩子，让"旁听者"不致难堪。每次妈妈在夸某个孩子时，都会不忘补上一句说：十个手指不一般长。你们每个人

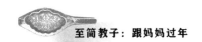

虽然都有这样那样的毛病，但是也都各有这样那样的优点。你们如果老是互相计较对方的不是，就很难一块做成大事。相反，如果把你们兄弟姐妹的长处都合起来的话，长处会变得很长很长的，就冇什么事做不到做不好的。

尤其是妈妈要批评或提醒某个孩子时，妈妈从不当场声嘶力竭予以训斥，而是相当顾及孩子们的面子，往往采取"一对一"的私下沟通，即以"悄悄话"的方式进行，或轻声以询，或温言相劝，令孩子们更乐于接受。

通常妈妈在做亲子活动，尤其是给孩子们做扒耳、修甲、绞面这些耗时较长的项目时，悄悄话就成了妈妈单独给孩子们耳提面命的最佳时机。期间，妈妈会审时度势，因人而异地与各个孩子说着贴心暖窝的悄悄话。妈妈与孩子们说悄悄话的地点，或在爸爸妈妈及孩子的卧室，或在户外阳台、菜地，或以自己想出去散散心为由让孩子们开上车捎上自己，在孩子们的车上。总之，只要符合一对一的私密要求即可。

**"鼻孔哪能冇鼻屎。"**这是老大兆斌回忆爸爸妈妈跟他及媳妇一块住在三明家里时，妈妈私下提醒他最多的一句话。兆斌，是家里孩子们的老大，与爸爸妈妈生活的时间最长。受素爱整洁的妈妈影响，兆斌从小就养成讲卫生爱打理的好习惯，总是把自己的书包、书桌、玩具收拾得整整齐齐、一尘不染，自然没少被妈妈夸奖。兆斌小时候的玩具、小人书，他也一直特别爱惜，保存如新，留给几个弟弟。他结婚时别人送的收音机，自己都当外公好多年了，仍然还在用。

老大兆斌成家后，或许与他多年从事党务、财务、文书、内勤工作有关，做事很仔细，尤其注重整洁，"整理内务"的卫生习惯曾一度发展成了"洁癖"，家里容不得一尘一垢。兆斌在三明钢铁厂工作时，曾任拥有数百名员工的棒材分厂生产部党支部书记，人缘很好，与工人玩成一片，加

上媳妇江紫华又热情好客,所以三明钢铁厂的工友平时下班后,都爱到他们家泡茶聊天。节假日及平日工余时间,家里客人总是一波接着一波。常常是客人前脚一走,爱整洁的兆斌转身就开始擦洗屋子地面,一天要是来个五六拨工友,他就会擦洗个五六遍。

于是,非常有意思的一幕出现了。别人家常常是因为丈夫疏于家务或过于邋遢遭妻子嫌弃而产生争吵,而这两口子却恰恰相反,妻子因为丈夫太讲究洁净而争吵。往往客人走后,媳妇紫华难得坐下来在客厅追下剧,常常在剧情精彩处,又被兆斌的拖把在眼前来回晃遮好几回,着实令紫华难以忍受,有时急得直跺脚,自然少不了一番"唇枪舌剑"。

自然,同住一块的妈妈是看在眼里,急在心中。老大兆斌记忆犹新的是,那段时间,妈妈让他陪着去离家不远的列西桥头公园散步的次数明显增强,实则是要跟他私聊因搞卫生导致与媳妇争争吵吵的事。妈妈既充分肯定他良好的卫生习惯,又用通俗易懂的话给他指出:鼻孔哪能有鼻屎。意即收拾房间,要注意适可而止,不要过于追求完美。

经过妈妈的不懈努力,老大兆斌的这个洁癖终于"收敛"不少,家里客人多时,地板一般只白天、晚上各擦洗一次。媳妇紫华追剧时,剧情不再常常被眼前不断晃动的拖把所打断,曾经弥漫于小家庭中的"硝烟"自然也随之散去。

**"讲话勿是劈柴火。"**老二兆雄,从小长得敦敦实实,手粗脚大,干起体力活来不惜余力,在莆田老家农村生活时,是家里劈柴火的主力干将。妈妈常夸他像农民一样有气力、肯做事。兆雄结婚后,并没有与媳妇住到单位宿舍,而是仍同爸爸妈妈一块住了将近二十年,悉心倾力近侍双亲,是所有孩子中与爸爸妈妈同个屋檐下生活时间最长的。

每当说起一家人团团圆圆过大年,兆雄有件事,常被妈妈提及夸奖,夸他让家里过了个圆满的年。

那是1990年大年三十那天午饭后,爸爸突然感到一阵肚子剧痛难

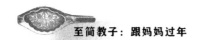

忍，把大家吓坏了。

那时，家里没有电话，更没有手机，家家户户都在准备过年，连平常街上随处可见的载客人力三轮车也一辆都看不见，兆雄硬是凭着一股蛮力，几乎是一口气背着爸爸跑了将近三里的路程到医院。还好爸爸只是肠粘连发作，因为兆雄背着爸爸一路颠跑，到医院时，肠粘连部分已经基本被颠松开了，加上医生紧急处置得当，爸爸当晚便很快就出院回家与一家人团圆过大年。事后很多年，妈妈还一直夸老二兆雄：幸亏当年兆雄有蛮力！

还有，兆雄帮两个出远门上大学的弟弟打包行李的事，妈妈也会时不时当着老三兆星、老尾兆民的面，提醒他俩勿能忘记掉。两个弟弟相继上大学的整整十一年间，每次返校的行李都是兆雄不厌其烦地帮他们打包，尤其是弟弟暑假返校前一天晚上，无一例外把自己弄得满头大汗，而把弟弟的行李弄得整整齐齐、结结实实。每说至此，妈妈还会不忘诙谐地补上一句：你的儿子文森以及你的儿媳双双都是厦大的，就是当年你那么用心帮两个在厦大读书的弟弟打包行李修来的福。

老二兆雄生性耿直，脸上挂不住事，讲话直来直去，妈妈老说他"一壁直上"。孩子里头，妈妈较为担忧他的脾气。所以，兆雄是孩子们中"享受"妈妈悄悄话最多的一个。妈妈每次有什么事需要单独提醒兆雄时，都会先肯定他性格直爽、做事靠谱、肯帮人等一番话后，然后才切入主题。

据兆雄回忆，"讲话勿是劈柴火"这句话，是妈妈找他私聊说悄悄话时自己最受用的一句话。妈妈会先夸一阵兆雄，待感情"预热"到一定火候，说得他心花怒放时，妈妈才会切入主题，始谈正事，提醒他与人相处讲话时，勿能像劈柴火那样"直上直下"，有多少气力都一口气用出来，而要适当学会"拐弯抹角"，注意看场合、对象，用不同的方式、语气，别人才更容易接受你的看法。兆雄至今深有感触：妈妈的这些话，使自己的性

格改变不少,受益多多。

"**总会好的**。"这是孩子们每当遇有逆境或不顺心事时,妈妈跟他们聊天劝慰时说得最多的一句话。妈妈还常常劝勉孩子们说:一个人只要肯抬脚,世上就冇什么迈不过去的门槛。对此,大女儿兆玉感触尤深。

1973年,大女儿兆玉年仅十八岁时,便由养母做主嫁了人。虽然丈夫及婆家对她也蛮好,但毕竟从小在养母家里生活,谨言慎行,性格渐变内向,加上婚后五年内便早早做了三个孩子的妈妈,早些年时,日子过得比较艰辛拮据,平日脸上少见笑容。

无事不登三宝殿。兴许与从小不在亲生父母身边长大有关,妈妈觉察,每次性格变得内向的兆玉回家时,都会有些不舒心事,但又羞于启口。只有在妈妈的一番儿女情长、反复诱导后,兆玉才会吐露心声。

兆玉回忆说,妈妈跟她说得最多的,是"总会好的"这四个字。妈妈除了力所能及接济这个大女儿,以弥补些心中永远抹不去的缺憾外,还会用各种"先苦后甜"例子开导她。

妈妈开导兆玉时,都以"俚是过来人"开讲。妈妈讲得较多的是三段经历,一段是妈妈自己童年时代逃难途中与家人失散流落到连城在童家当"养女"的经历,妈妈说,虽然苦点累点,但坚持下来了,现在子孙满堂。再一段是爸爸中年时老是生病住院的经历。妈妈说,有段时间医院就像我们家一样,几次医院都发出了"病危通知书",但你们爸爸最终都挺了过来,现在身体越来越好。还有一段是前些年在老家农村生活时种种艰辛及迁回连城城里后日子日见日好的经历。反复向兆玉强调说,再难再苦的日子总会有尽头,总会好起来的。

每次听罢妈妈举一反三的肺腑之声,兆玉的心情往往都能"阴转晴"。早早当家的兆玉,在爸爸妈妈的言传身教、尤其是妈妈的悄悄话开导下,勤俭持家,很快进入"家庭主妇"角色,把自己的小家庭料理得有声有色,常常被公公婆婆及左邻右舍夸奖,妈妈更是发自内心地夸奖兆

玉：侄跟你爸爸六个子女，就你勿在侄眼前长大，却最会自己做主当家做事！

**"弟弟们学到书有出息有你一半功劳。"**家里六个兄弟姐妹里，小女儿兆芳只读到小学毕业。虽说当年兆芳是为了给爸爸妈妈分忧解难，主动提出辍学的，但对于自己因为文化程度低，工作生活中遇到一些坎坎坷坷时，兆芳也会常常自怨自艾，心生郁闷。对此，妈妈发现时，都会及时予以劝慰。

兆芳回忆说，每当自己因为文化程度低，导致在单位工资调级晋档受阻滞后等问题困惑烦恼时，妈妈都会用"弟弟们学到书有出息有你一半功劳"的话题宽慰她。

妈妈对兆芳说：家里这么多兄弟姐妹，虽然你书学得最少，但对家里贡献一点也不少。早先一家人还在连城时，三个弟弟还小，你一放学就抢着帮侄带弟弟。特别是你二弟兆星小时候比较调皮，都还勿会走路

就一天到晚想出门看新鲜，除了晚上睡觉，几乎都是你一天到晚把她背在背上上街玩，完全可以说这个弟弟是在你背上长大的。

妈妈与兆芳一块回忆她背着弟弟兆星上街赶集时的趣事：年幼的他老是趁人不注意时，伸手去抓捏小贩筐里那些西红柿、水蜜桃等漂亮的水果，这些东西都是熟透了的，自然一碰就破，让你这个当姐姐的没少被人家责怪。后来全家迁回莆田农村老家，又是你看生产队分配的农活家里实在忙勿过来，主动提出休学去挣工

分,还帮偓做家务事,当年你哥哥兆斌能够安心在大队部工作,后来被招工进工厂,三个弟弟能静心读书,通通考上中专、大学,都好有出息,至少有你一半功劳!

妈妈有时还会对兆芳开玩笑说:老天爷是非常公平的,好多事情都是搭配好的,跟偓一样,你书是读书少了点,却培养儿子上了大学,特别是你老公李元健还写了好几本书出版。你文化虽然低了些,却常常享受比皇帝还高的待遇,你在看电影看电视时,有会写书的老公、大学生儿子在一边给你讲解,比你自己一个人看电影电视生动多了。

除了私聊时,妈妈会不吝夸奖兆芳,并常常在孩子们面前夸奖:这个家,除了你们爸爸,就属兆芳贡献最大了。兆芳的贡献,哥哥弟弟们都感同身受,加上有妈妈的不断褒奖加持,兆芳备受哥哥姐姐弟弟们的尊重。

兆芳每忆至此,至今深有感触:每当妈妈与自己聊完这些,自己心里就好受多了。深感自己当年用自己的文化低换来弟弟们的文化高,虽然因为文凭问题在单位吃点亏,细想起来也是很值得的。

**"官变细,福气又勿会变细。"** 这句话是有段时间妈妈给老三兆星"量身定做"的。2005年12月,兆星从厦门警备区政治部副主任(正团职)岗位上转业到地方工作。按照安置地当年的军转干部安置政策,团职领导干部基本上都是降一职安排,老三兆星亦然,难免一度情绪低落。

这年兆星到地方工作的新岗位确定后,已届春节。细心的妈妈发现往年总是那么积极主动帮她张罗过年的老三兆星,今年热情明显不如往年,似乎有什么难言之隐。当妈妈了解清楚老三兆星并非因犯错误被降职安排,而是一时一地的安置政策所致后,不仅自己波澜不惊,一点不觉得儿子"丢人",还反过来劝慰老三兆星。

对于在部队长期从事政治工作的老三兆星,按妈妈话说是"专门做通别人思想问题的人",妈妈并没有也不会给他讲什么大道理,只是给老

三兆星举了爸爸"官变细，福气又勿会变细"的例子。妈妈告诉老三兆星说，连城刚解放时，你爸爸那时担任的县政府民政股长，偓听说相当于现在的民政局局长，后来调去人民书局当经理，再后来参与组建县印刷厂后，就留在厂里一直干到离休，还是股级干部，可以说是典型的官是越当越细。有官当、官大点，自然是好事。不过，有官当、官细点，也有它的好处，勿好管的人和勿好办的事变少了，只管做好自己手上的事就可以了，下了班后勿会像以前那样老是那么多人那么多电话那么多事找你，弄到你连自己曾经最喜欢打的乒乓球都有时间打。只要行得正坐得端，一时跌去的东西老天爷早晚会补回来。

妈妈进一步说：偓记得解放初你爸爸在连城书局当经理那几年，虽然总共还不到十个人，要管的里里外外的事却勿少，每天都很迟下班，回家后还一直在想单位的事，常常饭也食勿香觉也睡勿稳，他的胃就是那时开始变差的。后来你爸爸调到县印刷厂，有做一把手头头，虽然事情也还是勿少，但偓看他明显精神上压力少多了，食得香睡得稳了。要是你爸爸官一直大下去，凭他那认真做事的性格，肯定会越来越忙，压力越来越大，很可能就冇他后来这样气色越老越好，享清福活到九十多岁。

然后，妈妈话锋一转：你也看到了，你们爸爸在他们那一批现在一块住干休所的老干部里头当的官虽然最小，行政级别也最低，但他的福气一点也有比其他老干部低，除了身体变得越来越好外，还把你们一个个培养成才，那些级别比他高的老干部都反过来纷纷羡慕你们爸爸，他在干休所里的威信可高着呢！

正是妈妈这席貌似平实无华的悄悄话，让一度因转业安置不理想而郁闷的老三兆星豁然释怀，很快平稳地度过了"转岗"生涯的转折期，较好地适应了地方工作，还在2015年因出色完成某重大专项工作任务，被厦门市公安局记三等功，使自己的三等功章增至三枚，并诚如妈妈"有官当、官细点，也有它的好处"所言，下班后有更多的时间，重拾自己

打打乒乓球、写写东西等业余爱好，锻炼了身体，丰富了人生。

**"长命人赚长命钱。"**老尾兆民回忆说，这是自己有时在为生产经营问题焦虑时，妈妈对他讲得最多的一句话。

兆民在厦门成家后，虽然没有与爸爸妈妈一块长住，却是闲暇时或利用出差机会陪妈妈及爸爸出去旅游最多的。2005年9月，兆民带爸爸妈妈去香港、澳门等地转了一圈，妈妈一路显得非常高兴……游玩回家很长一段时间，妈妈还一直叨念不已。

有次，妈妈又在津津乐道这趟出境游的往事时，兆民悄悄问妈妈：妈，你真的那么喜欢旅游吗？

妈妈不无幽默地回答：有地方去玩，谁勿会喜欢？！不过讲实在话，侄更喜欢的是在车上船上，尤其是飞机上，更方便跟你聊天，就算你听厌了，想躲都冇地方躲，侄想说多少你就必须听多少。

家里孩子们里头，只有老尾兆民一人经商办企业，颇有建树，还被推选为厦门大学厦门校友会副会长。虽说总体上，兆民在商海里顺风顺水，但如同绝大部分企业家一样，有时也会遇上企业发展的瓶颈期，难免会有焦虑的时候。

兆民回忆，每当自己为公司经营尤其是为企业转型问题而着急时，乃至有时寝食不安。即使为免爸爸妈妈担忧，自己从不在爸爸妈妈面前流露，极力掩饰，妈妈也能第一时间敏锐捕捉到自己烦恼的"蛛丝马迹"，总是会出现最适合私聊的场合，与自己促膝谈心，强调身体健康最为重要。妈妈说得最多的就是"长命人赚长命钱"以及"钱找人容易，人找钱难"这两句话。

妈妈还对兆民说：就是碰到天大的事，也要吃饱睡好，才有气力去应付。身体好，才是开公司办工厂的最大本钱。还有，只要你坚持像以前那样讲信用，本本分分做人，堂堂正正做生意，多做好事善事，老天爷是有长眼睛的，菩萨肯定是会知道的，一定会再给你更多的赚钱机会。

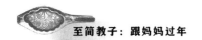

兆民深有感触地说，正是妈妈"长命人赚长命钱"等貌似浅显的劝慰话，却阐释了"命里有时终须有，命里无时莫强求""留得青山在不怕没柴烧"等哲理，让自己茅塞顿开，安然度过了曾经遇到过的企业经营"困扰期"，在商海遨游中愈发有定力，至今受益匪浅。

**"勿欠人情最轻松**。"这是妈妈对家里几个吃"公家饭"的孩子的专属私人定制话。老大兆斌和他媳妇江紫华、老三兆星和他媳妇陈宏瑶、老尾兆民媳妇林梅等均在各自单位或部门担任一定领导职务，妈妈称之为"小头头"。

妈妈常常会有意无意对"小头头"们说：人世间最轻松的事，就是勿欠人情，尤其是你们这些当"小头头"的，千万勿能拿别人的东西，尤其是贵重的东西，拿了，你就会像欠债一样有负担的。因为外头要给你们送东西的人，都勿是你的同胞骨肉，给你好东西来"孝敬"你，肯定都是有目的的。

每逢过年期间，除亲朋好友外，也不乏当"小头头"的孩子们的同事部属到家里拜年。孩子们不在家时，迎来客往方面，通常主要由一向很注重亲友间礼尚往来的妈妈出面应对，爸爸往往只能打打"下手"。

对登门拜年的孩子们的下属，妈妈在热情接待之余，对凡是拎着肉类及土特产等纯粹属于年货的，妈妈也不怎么拒绝，但会在他们出门时，塞给他们至少等值以上的年货作为回礼。而对于拿红包或贵重礼物来的，妈妈则一概当场退回，并美其言说：你理解下偓，快把东西拿回去，不然，偓会挨偓的孩子骂。

正是有了妈妈平日的"敲边鼓"及从严把关，家里几个吃"公家饭"、在单位里当"小头头"的孩子，无一在"手伸嘴馋"方面出过问题，均能做到妈妈说的"勿欠人情"，在所在单位同事中留下不错的口碑。

**"比上不足比下有余**。"这是妈妈挂在嘴边最多，对家里所有孩子们的通用悄悄话。

还在学校读书的孩子们，成绩在班级里都是名列前茅。他们偶尔有马失前蹄，平时或期末考成绩发挥不理想心情不好时，妈妈会及时捕捉住孩子们的心理变化，讲得最多的一句话就是"比上不足比下有余"，鼓励孩子们不要垂头丧气，以后努力肯定能再取得好成绩。

参加了工作的孩子们，有时在单位晋职晋级、评先评优、分配宿舍等福利待遇中不甚如愿而郁闷时，妈妈也都能在第一时间发现并予以宽慰，讲得最多一句话也是"比上不足比下有余"。妈妈常宽慰孩子们说：一人难满千人意，一个单位那么多人，要将一碗水端平，换作你们去当头头一样也是很难的。

成家了的孩子们，有时夫妻间因看法不同产生矛盾，乃至互相埋怨斗气，搬出别人如何如何，甚至赌气处于"冷战"状态时，妈妈在做劝和工作时，讲得最多的一句话还是"比上不足比下有余"。告诉孩子们：夫妻吵吵闹闹都是正常的，就像上牙咬下唇一样。吵后就勿能记仇，要"床头吵过床尾好"。还有，其实家家都有本难念的经，每对夫妻都会吵架拌嘴，只不过你看勿见，所以勿要随便去比较。

**"勿要忘了你们都是同一张胞衣出来的。"**孩子们朝夕相处，难免有些"磕磕碰碰"，为培养孩子们自行解决问题的能力，一般情况下，妈妈是不闻不问的。只是在口舌之争蔓延升级，可能伤及感情时，妈妈才会"出手"调解。在调和孩子们矛盾时，妈妈说得最多的一句话是：勿要忘了你们都是从偎肚子里同一张胞衣出来的，打断骨头连着筋，一定要时时刻刻记得牢牢的。

待孩子们的纷争偃旗息鼓后，妈妈会不失时宜地悄悄分头找孩子们聊天。妈妈会先引导孩子们一块回顾一番小时同甘共苦快乐相处、大时齐心协力互帮互助的情形，待感情升温后再要求孩子们求同存异，各自反省自己的不是，往往收效甚佳。妈妈发明的这种叙旧式的谈话，往往比"单刀直入"的批评效果好，更易被孩子们接受。

有了妈妈这些如影随形的不断提醒,加上爸爸时不时举重若轻的谆谆教诲,久而久之,孩子们骨肉同胞之情不仅没有随着各自成家立业、有儿有孙而衰减,反而日益浓厚延绵。在整个大家庭里,父子、母子、婆媳、兄弟姐妹、夫妻、妯娌间尊长礼幼、互谦互让、互相帮衬,可谓蔚然成风,扯开嗓门撕破脸的事,一次也没有发生过。

给孩子们做扒耳、修甲、绞面等亲子活动时,妈妈往往会刻意拖长时间,边给孩子们做"慢工细活",边欣赏孩子们一副"俯首帖耳"样子,说着永远也说不完的悄悄话。妈妈的亲子活动,既让孩子们尽情享用母爱,受益无穷,同时也是妈妈尤其是晚年妈妈无比宽慰自豪的美好光阴。

妈妈还把亲子活动延伸到孙子辈身上。妈妈讲给儿辈听的那些经典故事,尤受孙辈们喜欢。只是,妈妈从来不给孩子的孩子掏耳修甲。妈妈明里说:一笼负责一笼,他们的耳朵、指甲得有他们的妈妈去弄。暗里妈妈还很诙谐地告诉孩子们,自己已年老眼花了,万一勿小心将宝贝孙子们的耳朵手指弄伤了,偓就无法向他们的爸爸妈妈交代了,会挨他的妈妈骂。而偓要是把你们弄伤了,你们的妈妈也就是偓最多只会难受,但勿会挨你们的妈妈骂。

孙子辈里,无论是内孙还是外孙、谊孙,妈妈跟爸爸一样,丝毫不分内外,对他们个个疼爱有加……孙子们的品行特征以及他们小时候的情形,妈妈对他们了如指掌,直到他们都上大学、工作、成家了,仍能一一娓娓道来。

妈妈说,文森(孙子)最好养,爱睡爱吃,很有规律,睡点到时,奶瓶一沾嘴就睡着;文丹(孙女)最难带,勿肯睡觉,勿肯食饭,有时哄次睡喂顿饭,要抱着她逛遍楼里楼外;文佳(孙女)浑身"肉擩擩",腋窝下全是一褶一褶的肉,长牙时特爱咬人,尤其是她二伯兆雄被咬最多;文君(孙女)喂饭最难喂,最娇气,多喂一小口都不行,会马上从嘴巴甚至鼻子里

呕出来,把人吓得够呛;赛锋(孙子)嘴型、讲话语气样式都最像他爷爷;李锋(外孙)从小头脑反应快、人来熟,长大后是块做生意的料;杨水军(外孙)老实本分肯做事,这点最像外公;杨建华(外孙女)从小爱打扮喜欢靓,以后肯定会理家;杨萍芳(外孙女)懂事早肯吃苦,才上小学就会给自己赚零花钱了;李帅(谊孙)嘴甜有礼貌,会与人打交道,以后考大学选志愿时最好报记者专业;徐鹏飞(谊孙)一举一动都好有规矩,不愧是从小在军营里长大的;沈洁(谊孙女)笑面特别靓,还有开口眼角就先笑;……

在亲子互动的悄悄话环节,妈妈还特别善于运用客家谚语启迪孩子们。妈妈的谚语,都是自然而然地脱口而出,很生动形象。比如,讲完懒汉题材的故事后,妈妈就会以"夜里想千般,天光(亮)坐门槛"予以警勉;每当孩子们遇有挫折时,妈妈以"跌倒作拜年""皇帝也一样,气闷分得平"予以劝慰;提醒孩子们做事要讲究效率,别穷忙乎时,妈妈以"搬到饭甑替狗做"予以告诫;为促使孩子们养成讲卫生习惯,妈妈以"有钱人吃药,冇钱人洗澡"戏称;孩子们有时做事不够持恒、缺乏毅力,说得多做得少时,妈妈则以"蚁公(蚂蚁)腿胜过麻雀嘴"相励。还有,以"人心高了高,有酒嫌冇糟"喻贪心,以"恶猪母(母猪)会撞上恶狗母(母狗)"喻恶人自有恶人治,以"田螺冇水口难开"喻受贿者,以"马屎皮上光,一肚烂草囊"喻徒有其表,以"放屁安狗心"喻乱许愿,以"穷人有病冇人知,知县有病满县知"喻世态炎凉,以"赖铺鸡母(母鸡)屎多"喻讲话罗嗦,以"屙屎勿出赖粪寮(厕所)勿好"喻过于强调客观原因,以"歪竹头生好笋"喻上一代不行不等于下一代也不行,以"有钱着钱急,冇钱捡到睡"喻凡事都是相对的,等等。妈妈这些通俗易懂、朗朗上口、寓意深刻的客家谚语,孩子们至今印象殊深。

给孩子们扒扒耳、修修甲、绞绞面,与孩子们一块打打牌、种种菜,让孩子们给自己捶捶背,唠唠悄悄话,早已成了妈妈尤其是晚年妈妈生

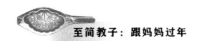

活的重要部分,更是妈妈的寄托与依赖。

整个正月,无论孩子们多么热衷玩耍,多么忙于迎来客往,妈妈总能敏锐捕捉"战机",隔三岔五逮住一个孩子"开工",一个都不能少,几无"漏网之鱼"。当然,深知妈妈这一偏好的孩子们,有时也会主动索要。每每遇有孩子们投怀送抱,妈妈的笑靥,会顿时像捡到一个大金元宝似的绽开。妈妈与年幼时的孩子们"亲子"互动,充满了母爱和期盼。而与已为人父人母的孩子们"亲子"互动,更多的则是一种辛勤付出后的收获惬意。

晚年的妈妈在亲子活动中发现孩子们因工作事业压力及年龄因素致鬓角增加"银丝"时,会流露出诸多不舍与忧虑。病重在床的妈妈,一见到孩子,也仍总是关切地盯着孩子们的脸色,语重心长地对他们说:任何情况下,都要照顾好自己的身体,身体第一重要。反复叮嘱孩子们做任何事情都不要太过勉强,该得的自然来、跑匆了,勿该得的抢不来、留不住。


2014年的年,是孩子们跟妈妈一起过的最后一个年。

两年前爸爸的走,对妈妈精神上的打击,无疑是巨大无比的。对相濡以沫六十余载的爸爸的无限思念,内心的煎熬,使原本天性乐观的妈妈一度变得郁郁寡欢,消瘦了许多。

孩子们一度以为这是人之常情,过一段时间妈妈就会慢慢好转解脱的。实际上也貌似如此,大概两个月后,妈妈好像也逐渐放下,不再沉默寡言,还经常劝慰仍沉浸在无比痛苦之中的孩子们。

岂料,这只是一种假象。爸爸走后都有半年时间了,2013正月底的一天,凌晨时分,老三兆星依稀听见妈妈住的房间有异响,过去一看,原来是妈妈倚靠在爸爸的书桌边,以原先数落爸爸时那样的语气声调,边诉说着什么边啜泣着。兆星搀扶妈妈去卧室休息时,才发现妈妈的床铺

上连被子都没展开。

显然，妈妈这个晚上是一夜无眠的。这种情况应该也不是就这一次，妈妈一定熬过无数次这样彻夜难眠的漫漫长夜。妈妈走后，孩子们每每想到这，都无不追悔莫及，纷纷深责自己未能及时发现爸爸走后妈妈的内心煎熬，并及时想办法帮妈妈走出因爸爸走了的痛苦之海。

孩子们这才明白，是相依为命相濡以沫六十多年的爸爸的走，使妈妈一直走不出来。正是这种走不出来，妈妈的身体急转直下，很快就病倒了，几十年来极少住院的妈妈开始三天两头被孩子们送往医院，直至爸爸走后的第三年的老年节那天，妈妈也永远追随爸爸去了天国。

因爸爸的走，妈妈积郁成疾，住进厦门大学医院时，身体已是非常虚弱。当年腊月二十九那天，妈妈强打精神，坚持要出院。对孩子们说：回家住，偎才会休息得更好，病才好得更快。孩子们当然明白，历来讲究讨吉的妈妈是不愿大过年时，孩子们为了她，来回奔波在家与医院之间。

出院时，医生开好的一大把中药，妈妈甚至不愿意带，还幽默地对护士说：回家过年，都是带好吃的年货，哪有带药回去的。妈妈住院期间以吃中药为主，出院时，医生再三交代，为巩固疗效，药一顿也不能停。但到了年初一这天，无论孩子们怎么搬出医生的话，妈妈也是坚决不吃药的，实在拧不过孩子了，妈妈还会搬出她的"撒手锏"理由，妈妈说：过年不吃药，特别是初一不吃药，就意味着我一年就用不着吃药了，我的病好了，这样你们不喜欢吗？！孩子们自然清楚，妈妈是不愿意过年时让左邻右舍闻到家里有熬中药的药味……

妈妈生病期间，再怎么受病魔折磨得难以忍受，她都一概强挺着，装作若无其事。有时身体尤其是背部痛得实在受不了，想让孩子们给她挠挠痒时，妈妈才会若有所思地对孩子们说：你们像以前那样将手放偎背上，再让偎猜猜是谁的手吧。

2014年的年夜饭，是在老二兆雄家吃的，这时的妈妈已经行动不

便,只能坐在轮椅上了。妈妈最喜欢孩子们一大家人一起吃年夜饭了。不过吃了这顿年夜饭后,历来讲究过年在家吃团圆饭、喜欢看孩子们在家里的热闹劲的妈妈出人意料地宣布一个决定:明年过年在外面酒店吃。原来妈妈不忍心看孩子们既要照顾自己又要辛苦忙着准备年夜饭。

岂知,这一年的年夜饭,却成了孩子们与妈妈吃的最后一顿年夜饭。这个年,也成了有妈妈的最后一个年。

有妈妈时的年,虽过得热热闹闹,却因年复一年,习以为常,不觉得有什么特殊之处。少了爸爸的年,是个残缺的年。再少了妈妈的年,则已然年非年矣。妈妈远走了,年也渐行渐远,却留下了永恒的年味……

与其叹惜失去的弥足珍贵,不如谨记"树欲静而风不止,子欲孝而亲不待"的古训,趁亲在,抓紧孝! 愿天下的孩子们,珍惜有妈妈(爸爸)时的每一年每一月每一天,珍惜有妈妈(爸爸)时的每一个年、每一顿年夜饭、每一句悄悄话、每一次相伴出行……

# 后　记

　　本书最终集腋成裘，成册刊印，与爸爸和妈妈的孩子们及众多亲人基于对爸爸妈妈及爷爷奶奶的深情缅怀，共同回忆、提供了大量"母爱"细节分不开，也与书中叙及和未叙及的众多挚朋好友一直以来的嘉勉期许分不开。

　　本书动念起笔于妈妈走后的那年（2014年）的深秋。这本并非鸿篇巨制，仅区区二十余万字的小作，却耗时近十年之久，既因年代久远，跟妈妈过年的那些事那些话需反复缅忆核对，也因笔者才疏学浅，行文中常有黔驴技穷之感，辍笔频频，更因笔者常常是落笔见人，睹物感伤，缅亲情涌，思母思父之泪时时无法自抑，往往难以续笔。

　　厦门大学原常务副校长潘世墨先生，虽才高八斗，身居显位，却传承敦厚家风，登高自卑，广传国学，孝悌有加，教子有方……为笔者双亲在世时念兹在兹之大先生，一向深为笔者及家人敬仰。潘世墨先生不仅欣然允诺给拙作作序，并携夫人郑力加女士通宵达旦多遍细阅书稿及查阅客家习俗资料，就拙作的行文立意、情感伦理、方言使用等方面，予拙作以提纲挈领、高屋建瓴的点拨，并作成洋洋两千余字之序，实令笔者感佩至深。

　　国家一级出版社、全国百佳图书出版单位——厦门大学出版社，秉持"蕴大学精神，铸学术精品"出版宗旨，在主题选定、作品修改、三审三校、美编插图、装帧设计、文宣策划等方面予以全方位把关，并优先安排出版，从政治导向、文化内涵、框架结构、书名等方面，以精湛专业水准，

画家谢济斌创作本书插画

宏观把握到位，细节雕琢入微，串珠成链，使原本粗糙之作得以面世。

福建省美术家协会会员、知名画家谢济斌先生，以其对拙作通篇内涵的全面把握及对客家习俗文化的精准解读，耗时近两个月，应景创作了十五幅贴切文意、栩栩如生的插画，大大增加了读者的阅读画面感，顿令拙作蓬荜生辉。

知名作家吴尔芬、战友范西峰、大学同窗陈雪根与陈其春、中学同窗沈君生等先生，从各个角度对拙作作了导读荐语，可谓画龙点睛。

同窗挚友，曾任《中华工商时报》总编室主任，荣膺"中国经济传媒全国十佳编辑"的陈雪根先生，在书稿交付出版社前，不顾眼疾，费时逾月，大至篇章结构，小至别字生词，先行予以"调校"。

王震先生与夫人文武(作家、知名心理咨询师)伉俪携其公子怒安与儿媳文佳，作为拙作刊印前的"原始读者"第一家庭，从家风传承、亲情感受、文字润色等方面不吝赐教。

柯成美、柯瑞榕、柯瑞栋、柯中强、柯国强、柯家财等宗亲，余学群、陈彦翔、吴端荣、郑宪、郭红燕、宋方青、陈际安、黄炳耀、林长旺、罗小平、谢建平、周兴寿、苏辉、罗宗乐、林功隆、李庆豪、李阳、叶琦芬、陈景

作者与出版社编辑讨论稿件修订

梅、刘翰墨等先生女士,从推荐出版、史料补正、风土人情、乡规民俗、方言解读、文档编辑、装帧设计等层面对拙作提出宝贵意见,悉心帮助。

另,本书第169页述及"妈妈能叫得出职务却叫不出姓名的"与"妈妈既叫不出职务也叫不出姓名的",依次为:厦门警备区原政委、厦门市委原常委林世犇,某海防团原团长(后为福州军分区原司令员)洪维平、龙岩军分区政治部原主任黄华松、某海防团保卫股原股长金允贵、某海防团某连原连长(后为某海军陆战旅原旅长)郭龙,某炮兵团某连原连长陈厚为,厦门警备区政治部宣传科原科长刘铁,厦门警备区政治部秘书(后为漳州市长泰区区委常委、人武部政委)张海涛,厦门警备区战士业余演出队原队长张贤明,某海防团政治处原干事林伟逊、曾宝妹、程顺昌。在此列出,虽有赘述之嫌,却因其曾为妈妈叨念,若仍"无名无姓",笔者于心不安,故在此予以补记,以显其尊。

谨此,笔者代表妈妈(爸爸)的孩子们,一并向以上令拙文得以成册刊印、关心厚爱过笔者及笔者家人的所有恩人,由衷表示感谢!

作者

2024年元月

我想天堂一定很美

妈妈才会一去不回

一路的风景都是否有人陪


如果天堂真的很美

我也希望妈妈不要再回

怕你看到历经沧桑的我会掉眼泪


妈妈是天上的星星眨着眼睛

在我迷失的黑夜指引我前行

……


节选自翟熠衡歌曲《天堂一定很美》